十二星座女孩
励志言情小说系列

青春正好，莫言离殇

我是双子座女孩

乔雪言 著

**I AM
A
GEMINI GIRL**

Do not grieve
youth for departure

北京联合出版公司
Beijing United Publishing Co.,Ltd.

序：我的青春真实存在过

这本书于我而言意义深重。

它是我人生的另一个第一次，休笔长久之后第一次起笔写纸质实体出版小说。

我不是新人，但我现在以新人的姿态重新开始。

我曾经有一个很可爱的笔名，叫"米米拉"。

我站在宽大的镜子前，看着自己的脸，这张脸还散发着年轻温热的气息，依然有着白皙柔软的质地，但你看我的眼睛，像九万五千英尺的深海，这片深海里蚀了多少梦想、枯了多少玫瑰、埋葬了多少时光你都不知道，只有我知道，因为那是我的故事。

我是一个很有故事的人。

我曾经站在冬天的街头将我所有的孤独和热情都说与风听，现在，我把我的故事娓娓讲给你听。

我出生在一个并不富裕的家庭，我们家有三个小孩，但我父母是很要强的，他们不管自己怎么苦都会保证让我们三个有饭吃、有衣穿、有书读。

我也争气，一直都成绩很好。

在大学最后一年我进入某公司，我读书读得早，好像连幼儿园都没读过。

那个时候大学还未毕业，我应该是同届学生中最早出来实习工作的。

我刚满二十，双十年华，桃李之年，白得像一张 A4 打印纸，自卑着，又努力着，很傻很单纯，还做着半明半昧的梦，梦里有秋千的摇曳和百合的芬芳。

为了生存，也为了分担父母的经济压力，为了我弟的学费，我做了枪手，那个时候我太年轻也没有想很多，至于做的是谁的枪手我就不说了，这是我第一次踏足长篇实体小说出版界。

那个时候我的写作速度很快，可以连续几天不睡觉写通宵，半个月可以写十几二十万字，年轻明媚的生命似乎有无穷无尽的激情、精力和冲劲，那时还有一种恨不得把自己的一切能力都展露出来急于得到认可的强烈心理。

我为这个人写了很多本小说，每本都是十几万字以上，都红了都畅销。

当生存和家里的经济压力得到疏解，我开始有了梦想，它就如一块晶莹的七彩水晶悬挂在天空中发着美丽的光，它冲我微笑，向我招手，照亮我卑微的脸，那样的盛世光芒让我相信，我们这些平凡的女生男生也可以通过努力成为将来的传奇。

于是我哭着跟公司说："我不想做枪手了，我想写真正属于我自己的书。可不可以？"

最后公司终于同意，让我取个笔名写真正属于自己的书，于是我取了笔名"米米拉"，笔名的意思很简单，米米拉，就是米米来的意思，钱多多来。

那时候我还是少女心，笔名取出来也是可爱梦幻的风格。

之后，我的人生就被写书占据了，我每天关在小黑屋闭关写，我把它视为我自己真正的事业，我想通过努力抵达梦想的彼岸——成为全中国最好的作家。

我舍弃了生活，舍弃了一个青春女孩拥有的很多权利，舍弃和打乱了一个正常人活着该有的数种元素，当别人吃饭时我在写，当别人睡觉时我在写，当别人逛街时我在写，当别人会友时我在写，当别人过节时我在写，当别人打扮时我在写，当别人谈恋爱时我在写，当别人和家人团聚时我在写……

写写写写写。

我的世界只剩下写书，我的时间和青春都献给了写书。

现在我回想起来，那时候我青春的天空布满的只有两个字：写书。

写书其实是一件很孤独的事情，你必须撇清外面的干扰，全心沉浸于文字里的世界，如果你那么珍视你的每一个字，你无法做到敷衍也无法做到一心二用，你必须给你的主角和读者一个认真的无愧于心的交代。

每每从书中抽离做片刻休息时，我都会有恍若隔世之感，对外面的世界有时候难免会反应迟钝。

我的青春是带着浓浓的黑眼圈和倦意走过来的，我没有普通女孩的娱乐，我是一个孤独和工作狂的存在。

我付出了很多，比别人付出的多得多，很累的时候我也不曾放弃。

我写了很多本，都是大热畅销作品，第一本《214度恶龙王子》就红了，我做了很多的签售。

也许上天在让我热爱文字的同时也给了我这方面的才华和天赋，但我的努力和用心也绝对是一个无法忽略的很大原因。

现在回想起那时候，每写过的一个字都是我的心血，我用雕花做釉的心态去对待；每写过的一个情节都好像一次约会，我在跟我的文字谈恋爱；每写完的一本书都是我的亲生孩子，十月怀胎的辛苦和孩子成功出世的幸福喜悦我都有切肤之感。

当我觉得梦想离我越来越近的时候，这个世界跟我开了一个很大的玩笑，我的人生被泼成墨一样浓重的黑夜，没有预兆。

这个时候我才知道，我活在一个多么薄情的世界里，我原本引以为傲的单纯和天真才是最大的败笔。

单纯＝单蠢。

那是我迄今为止人生里最惨烈的一场事故。

它让时钟停摆，风景成尘。

它让我开始怀疑人生，开始觉得梦想在这个冰冷残酷充满欺诈的世界里的可笑。

我独举玫瑰穿过人海，感受不到自己的心跳。

它让我很长一段时间不再信任任何一个人。

每个夜晚我都会惊醒，那带着伤口的脊梁，绵密反复地作痛，波及全身，鲜血淋漓。

到后面，我连哭都哭不出来了。

因为，眼泪流干了。

自此，我彻底休笔。

做回一个普通人。

做回一个朝九晚五的上班族。

做回一个没有梦想的木偶娃娃。

我成了一具行走的干尸。

偶尔听到"米米拉"这个名字，我"呵呵"笑笑，像听着别人的事漠然走过。

偶尔遇到一个很单纯的姑娘，我喜欢她又同情她，担心如若没人保护，她定会被这个世界所伤害。

大风吹过峡谷，白云浮过山脉。

芦苇折了又长，蔷薇残了又开。

家门口的梧桐树越拔越高，流动的绿意和沁人的清香将围墙上的烧痕覆盖得几乎看不见。

是谁说的，时间是最伟大的治愈师，再多的伤口，都会消失在皮肤上，溶解进心脏，成为心室壁上美好的花纹。

流水枯荣，花田树荫，生命须臾败落。

幸好，我还年轻，幸好，我还伤得起。

没什么大不了的，重新来过吧。

过往的经历就让它沉淀成一杯清酒，我干了，你随意。

这次写这本书，我非常感谢黎靖老师，他是我人生路上的一位贵人，是我迷惑时的明灯，关于这本书的内容他给予了我很多专业性的建议和指导，让我大受启发。他很值得我敬重、学习和崇拜。

他所说的要塑造正能量的爱情是很对的。

最好的爱，是彼此成为更好的人。

我们一起在时光中磨合成长，你抹去我的嚣张戾气，我磨掉你的生涩胆怯，你越来越温暖担当，我越来越沉静柔软。

这本书的女主角商言汐跟我一样是双子座，她的某些性格跟我类似，写起来会比较得心应手，里面的爱情很虐心但很好看，里面不光有爱情，还有亲情、友情、梦想等丰富的主线。

这个故事感动了我自己，我才会把它写下来。

希望也能够感动你们。

鉴于以往笔名事故的阴影，其实我是很排斥起笔再用笔名的，但黎靖老师说我的本名"李健"在言情小说市场是比较难被接受的。他说的有道理，我也很相信他，所以我取了"乔雪言"这个新笔名，那就试试吧，"乔雪言"不可能再被人夺走了。

至于前面说的关于"米米拉"的那些，不为别的：

第一，我只想证明我的青春曾真真正正存在过，曾那么触手可及地真实存在过。

第二，我想跟我的悲伤告别。这篇序是一个庄严的告别仪式。愿你们所有人的梦想都不被伤害，所有岁月都无可回顾，人生无可辜负。

我是独一无二的乔雪言。

我是不可复制的李健。

我是曾经的米米拉。

我回来了！

我现在回来了，用乔雪言这个笔名，用李健最真实的姿态。

曾经看过我文字的你们，相信你们跟我一样都长大了，我的文字相对于米米拉时期也长大了成熟了，你们还在吗？

我很想念你们。

乔雪言

2016 年 2 月写于长沙

第一章

十五岁·大岩桐·白光

【引言】

这个世界上，

有些事有多么寒冷，

就会有另外一些事，

有多么温暖。

你无法控制你的人生没有寒冷的时候，

但你可以学着，

努力抓住遇到的每一丝温暖。

不管怎样，

你都应该多笑，

毕竟，

你这么年轻。

年轻，

是最大的奢侈品。

01

【你要相信，每一种悲伤都有它存在的意义。】

这是一个灼热到让人没有欲望开口说话的夏天。

天气燥闷到仿佛一点星火就会引起爆炸似的。

长沙连续几日的高温让人觉得这个夏天好像漫长到永远都不可能结束了。

"中国四大火炉之一"的称号真是名不虚传。

校园里的樟树叶在空中翻作白灼的光辉，很多的鸣蝉正在声嘶力竭地苦叫。

花坛里垂了头的桔梗花和带着醺醉的粉红的紫罗兰，都在那吓人的光和热之下屈服，露出倦乏的姿态来，灌木类的木槿和扶桑的叶子也都蔫蔫地打卷了。

一阵夏天的闷风突然穿过，那些似乎带着一丝丝烤煳味的花香就吹进了对面敞开着的教室门里来。

十岁的漂亮小女孩收拾好书包，擦了一把额头上的汗，和几个小姐妹牵手搭肩的，蹦跳着小跑出了教室。

幼学之年，最透明的时代，头顶的蓝天干净澄澈，忧愁和悲伤都还没来得及在她的生命里登场。

其实现在长沙的白光已经不似晌午时那般泛滥滔天了，一天中最热的时间已经过去，现在是4点的下午放学时分。

不过大地还是像蒸笼一样，热得让人喘不过气来。

走出校门，迎面的风似热浪扑来。

小女孩跟小姐妹挥手道别，各走各路，各回各家。

走了一段路，小女孩看到前面有一大群人在叽叽喳喳地仰头围观。这么热的天，什么热闹这么好看？

好奇心驱使，她忍不住拨开人群，挤进去看，看到高楼上站着一个长裙飘飘的窈窕女子，由于有些高度，看不清楚脸，只觉着身影有些熟悉。

她看到高楼上方的蓝天没有一丝云，蓝天四围挂着一层似雾非雾的白气，既苍凉又惨兮兮的模样，让人心里无端的发燥、发毛、发慌。

她随口问边上的一位阿姨："阿姨，能不能请问一下，站在高楼上的人是谁啊？她站那么高要干什么？"

她刚听到旁边的人回答"站在楼上的人据说是叫俞沛菡"，回答声还未完，那个女子就从楼上跳了下来，闷重的一声巨响，尸体砸落在她面前，溅了她一脸一身的血。

"啊！"

商言汐惊叫着被吓醒。

她青春的如花的脸惨白成一张纸，细密冰冷的汗珠布满额头，她的表情像是被千万把刀来回缓慢地切割着一样难受。

这是一个重复的梦魇。

梦里的女子躺在干到要开裂的水泥地上，鲜红的血从她的头下身下汩汩地流出来，缓慢地流动着，流动成悲伤与绝望的巨大河流，流动成花叶两不相见、生生相错的曼珠沙华。

女子美丽的脸庞那么熟悉，她漂亮的眼睛睁得很大，她很直接地诠释了什么叫香消玉殒、什么叫触目惊心，她用力地看着天，半张着带血的嘴，像要说话。

而那些溅到小女孩脸上、身上、脚上的血，像有毒的液体，刺得她的皮肤滋滋作响，开出黑色的花朵，一点一点啃噬她的血肉和心灵。

好似在飓风中丢掉呼吸，整个人逐渐剥夺了小时候的信仰。

商言汐永远都忘不了这一幕。

这一幕是个吞噬一切的黑洞。

它像年终回放带一样在她的脑海中千遍万遍地循环播放，然后在每个漆黑的深夜把她拖进痛不欲生的梦魇。

它像钢铁做的轮胎一样重重地碾压过她的心脏，她疼得苍白着脸、颤抖着牙，连发出声的力气都没有了。

她坐在床上抱着双膝痛哭。

她的房间那么大、那么豪华，就像古代的公主香阁，但这只是放大了她的孤独。

多么讽刺。

现在已是早晨。

长沙。

初秋。

九月末。

窗外像打开冷冻库时冒出的白气一样迷蒙升腾的晨雾，被还没来得及关的路灯照射出一团一团黄晕来。

围墙内的香樟树上结着一张新织的蛛网，细碎的新鲜露珠在上面一闪一闪的，如同婴儿的眼泪。

她今年才 15 岁。

刚迈入高一的门槛没多久。

及笄之年，青春才刚开启，如水一般流泻，似草原上的草一样丰茂繁盛。

同龄女孩应该在幻想如何来一次远行、如何引起某个暗恋男生的注意、如何混进酒吧去放肆泡一次了。

但她已目睹花落的寂然，心藏深重的阴影。

02

【无论你遇见谁，他都是你生命里该出现的人。】

商言汐没精打采地起床。

踏入高中读高一也读了差不多一个月了，她好像还是没适应，心还在初三的暑假里恋恋不舍。

"言汐小姐，这是你今天要穿的一套校服，昨天那套我已经帮你洗了。"

"言汐小姐，牙膏给你挤好了，洗脸水给你打好了。"

"言汐小姐，早餐做好了，请吃吧。"

"言汐小姐，这是你中午要带的便当。"

"言汐小姐，车已备在楼下了。"

"哦。"商言汐统统麻木地应着。

没错，她家很有钱，有管家、有司机、有仆人，她是标准的富二代，在物质上她什么都不缺。

"林姨，我爸呢？"商言汐突然想到一句。

"哦，对了，老爷让我转达你，他一早赶飞机又去出差了，这次要去一个月。"面容慈善的女管家毕恭毕敬地回答。

"呵，那正好，巴不得，我正好不想见到他。"商言汐负气地说一句，然后背着书包钻进了豪华锃亮的宝马车里。

什么爸爸嘛，昨天刚回来今天又走了，老是在外面忙，不见踪影。

买这么大的房子干什么？经常是她一个人住，空荡荡的也太冷清了。

关于她对她爸的不满，她三天三夜都说不完。

司机把她送到校门口，她下车，冲司机挥挥手："拜拜。"

然后，她漫不经心地往校内走去，走到她那班所在的那栋教学楼，在一个隐秘的楼梯口，她突然睁大乌黑美丽的眼睛，捂住自己的嘴巴，像被点了穴一样顿住了。

天，她看到了什么？

她竟然撞见、撞见一男一女在接吻。

男的是翩翩美少年，标本一样的美少年。

白皙俊逸的脸近乎透明，精致到无可挑剔的五官，修长挺拔的身材，油画一般的神韵，下巴轮廓完美又带着寂静的力量，冷漠傲然的气质更是出众，普通的白色校服穿在他身上竟然有了 LV 般的高贵优雅。

这种人生下来就是让人羡慕嫉妒恨的，她从未见过比他更好看的男生。

女的也很不赖，窈窕美少女，温柔纤细，楚楚动人，眉毛细弯，海藻般的乌黑长发，在肩头披散开来，前面别了个粉色的秀气发卡，陶瓷娃娃般我见犹怜。

他吻着她。

像进行神的祭祀一样小心翼翼地亲吻。

带着一点羞涩和爱意。

淡橙色的阳光烂漫地洒进来，洒在两人的脸上，在亲吻的两人周围轻盈闪耀。

少年的表情很专注。

少女的脸颊有淡淡的红晕。

少年一只宽大的手掌捧着少女小巧的脸。

少女的手轻轻地抓着少年的衣襟。

他们的睫毛在如玉的肌肤上颤动，是微微旋舞着的花。

这幅画面安静又美好，充满了浪漫的香气。

像青春电影里的经典镜头。

如大师笔下精心描摹了一遍又一遍的定格漫画。

似夏夜巨大的星空，无声无息地覆盖着整个地球。

但，又比它们都真实。

商言汐呆呆地看着看着，看到忘了呼吸。

有一些什么东西翻涌着她内心沉睡的还未正式开启的那个时代。

多年以后商言汐回想起这幅画面，惊觉这是她对爱情最初的启蒙。

她尽管在电视和网络上看过接吻，但从未看过真人现场的，也许她后面之所以会爱上墨离，从这时起就埋下了种子。

正当她睁大眼睛看得忘乎所以时，少年"唰"地睁开眼睛针芒一般望向了她。

商言汐猛地浑身僵硬，无法动弹。

她的第一反应不是疑问：她实在是躲在一侧没有出声，他什么时候发现她的？而是叹为观止：天，为什么会有这么好看的眸子？睁眼的少年更加帅到无法无天了。

他的眼眸好像陷阱，很黑，并且深。

深不见底。

但又有一种月光般的冰凉和空洞，只能看到浅浅的一层，就被静止了。仿佛有了一层隔阂，无论如何也跨不进去。

在商言汐的记忆里，少年和自己对视时的表情，像是一整个世纪般长短的慢镜。

少年停下亲吻，向商言汐走来，少女抓住少年的手，用带着紧张不安又疑问的目光看他，少年轻柔地拍了拍她的手："你先去上课，我来处理。如果我去迟了你帮我跟老师请一下假。"

然后，他继续朝商言汐所在的方位走来。

商言汐这时才醒转过来，眨了眨眼睛，脑子里冒出一个字：

跑！

身体跟思想一起动，她飞快地拔腿就跑。

后面有呼呼的风声，少年居然也跑了起来，在后面追她。

少年身上有一种淡淡的薰衣草的香味，很淡，绵长，略带木头香，清澈，森凉，冷冽。

这种香味像有一种吸附的魔力，像是寄生虫般，钻进商言汐的鼻孔，在她的记忆里安营扎寨，一点一点熏染她以后的天空。

"啊！被美少年追按理应该是很享受的，我为什么现在只觉得很恐怖？"商言汐嚷嚷着，加快了逃跑的步伐。

"别追我，别追我，别追我，我不是你亲爱的，也不是九天仙女呢！"

"我什么都没看见！"

"我说了我什么都没看见！你可以不追了吗？"

"别追啦，我要迟到啦，没空跟你在这里比赛跑呢。"

"天，你到底有没有听见我说话啊？一边跑一边说话我可是很累的，我跑不动啦……"

不管商言汐如何冲后面的少年叫，少年依然默不吭声地一个劲狂追着她。

这场追逐已经到了操场上，一前一后背着书包穿着校服的两个身影在白茫茫的晨雾里移动，少年柔软的发丝和少女俏丽的马尾在气流里飞舞，最终两人的距离越来越近，越来越近……

啪！

她被他抓到了。

大长腿的都跑得这么快吗？她第一次开始讨厌起大长腿来。

"你告诉我，你是哪个班的？叫什么名字？"少年修长的手抓着她的手腕，肌肤相触，商言汐感觉到他的手带着细微冰凉的触感，果然是个冷血动物，这和商言汐第一眼看到他时的感觉是一样的。

但，为什么她此刻觉得自己的手腕有些发烫？

商言汐突然起了恶作剧之心："你干吗问我这些？怎么，看本小姐貌美如花，所以对我一见钟情想追我吗？"

少年很不屑地翻了个白眼。

天，他居然冲她翻白眼，更可气的是，翻了个白眼也还是这么帅，商言汐的内心有点崩溃。

"你这表情是什么意思？你难道觉得我长得不漂亮吗？"商言汐忍不住问。她可是从小被人夸着漂亮长大的，在自己的外表上面素来自信满满，现在却有人对着她翻白眼，她当然受不了。

少年根本就不理她，冲她身上扫一眼，直接扯下了她别在校服上的校牌。

"还我！"商言汐本能地反应过来去夺。

少年用自己的长手把校牌举得老高，商言汐跳起脚来也够不到，这场面开始变得滑稽起来。

"该死！我长得又不矮，你为什么长那么高？你到底吃什么长大的？"商言汐一边继续努力去够校牌，一边气鼓鼓地说。

"高一（5）班，商言汐。"少年念着夺过来的校牌。

"我记住你了，"他"啪"地把校牌扣在商言汐的额头上，然后带着警告的语气冰冷地说，"不准你把我跟筱柔早恋的事情说出去，听到没有？"

筱柔？刚刚跟他接吻的那个女孩子叫筱柔吗？还真是名如其人，柔情似水得一塌糊涂啊。

"我凭什么要帮你保密？我又没有好处！"商言汐反驳。

少年不再说话，开始用他那双绝美无双的黑亮眼睛上下打量她。

他这是要干吗啊？打劫吗？

如果是要打劫的话，劫色应该不可能，他自己颜值这么高，还有个同样颜值顶尖的女朋友，已经足够了；劫财比较有可能，光论她商言汐的气质就这么高贵，外人怎么看她都是富家女啊。

商言汐被他犀利冷冽的眼神看得心里直发毛。

她本能地护住了自己的左手手腕。

这个动作彻底暴露了她。

少年突然以迅雷不及掩耳之势抓起她的左手手腕，把她左手手腕上戴着的那块手表摘了下来。

好家伙，眼睛这么毒啊，是不是他看出了这只手表是瑞士名牌货，是她身上最贵重的东西？

"你把表还给我。这表不值钱的。"商言汐赶紧说。

少年看着表，不作声。

"真的不值钱，这是高仿品，看着像，但真的是假的。这个连超 A 的等级都算不上，顶多算 A 货。我是实在人才会跟你讲真话。我戴这表就是为了虚荣，装品质、装高端，为了在女生中炫耀炫耀，你知道女孩子总有点虚荣心理的。你拿了没什么用的，不信、不信的话你自己验验。"商言汐继续说。

"少废话，我有眼睛！因为你自己是傻子，所以也把别人当傻子吗？"少年的一句话就把商言汐打入了十八层地狱。

"喂，谁傻啦？亏你长了一副好皮囊，说话怎么这么毒？本小姐也不想跟你废话了，快点把表还给我，我要去上课啦！"商言汐说着就扑上去夺，少年非常灵敏地闪过了身，商言汐扑了个空，趔趄着还差点摔倒。

"真的是气死我啦！快点把表还给我！"商言汐叉着腰，破口大叫。

但她的情绪明显影响不到少年。

少年不紧不慢地说："我知道以你的性格不会替我乖乖保密的，不过，现在有了这只表。这只表在我这里押三年。如果你把我跟筱柔早恋的事情说出去了，这只表我会立马毁掉它。如果你乖乖听话，高中毕业前我会原样奉还。"

03

【在人生最自由的青春年少里，任性一点，没什么不好。】

"你说什么？你是不是疯了？"商言汐现在真的有想踢他的冲动。

"我刚刚已经说得很清楚了。'君子一言，驷马难追'，我说到做到。"少年依然是冷漠到不动声色。

"你算什么狗屁君子？你就是根黄瓜，欠拍！你自己早恋违规在先，还扣押别人的表威胁别人，你就是个彻彻底底的土匪！暴君！人渣！"商言汐抓狂。

"你骂够了吗？骂够了的话我走了。"少年把商言汐的手表像放自己的东西一样放进自己的书包，冷着脸说话，抬脚就走。

"不准走！"商言汐赶紧冲到他前面，伸开双臂拦住他，"这只表我绝对不可以押给你！"她青春美丽的脸上布满了坚定不移的神色。

这个自以为是的家伙，他根本就不知道这只表于她而言的意义。

这只表对她来说无比贵重，不是因为价钱，不是因为品牌，而是因为她母亲。

它是母亲送给她的十岁生日礼物。

它是一只高级定制腕表。

表的底部镶嵌有她和母亲的合照。

母亲的笑颜像冒着热气的乳白牛奶，温润柔和，饱满醇香，那是世间最美的笑颜，它安静地沉淀在表底，伴她成长，给她力量。

她在十岁时对她说："我亲爱的小言汐，生日快乐，妈妈祝你越来越聪明、越来越漂亮。好好保管哦，记得每天戴着这只表，它不仅可以让你看时间，让你更加有时间观念，学习更有效率，另外，它还能像妈妈一样陪伴你，看到它就像看到妈妈我一样。"

"不要，我不要表陪着我，我要妈妈陪着我。"十岁的小言汐嘟着嘴跟母亲撒娇。

"傻瓜，你已经十岁了，生日蛋糕上点了这么多蜡烛，已经长这么高了，站在电梯里都可以按到很高的楼层数字了，你已经开始在长大了，是小大人了，你要学着慢慢独立。你长大的同时妈妈也在慢慢变老，妈妈还指望着你将来长大了可以保护妈妈呢。"母亲慈爱地望着女儿说。

"哦，妈妈我懂了，妈妈您放心，我会学着独立，尽快长大，好保护妈妈您。"

这只表寄托着母亲对她的爱和期许，是无可替代的一种存在。

也是不可复制的一种存在。

她每天当宝一样戴在手腕上，时不时擦一擦、看一看，怕它丢了，怕它脏了，怕它花了，怕它的指针不走了，怕它被雾气模糊镜面。

它的意义超越了生命。

她怎么可能让它被一个陌生少年押三年？

怎么可能？

"我说了不准走！"眼见着少年对她的阻拦没有任何反应，绕道继续往前走，商言汐着急地用力抓住了他的校服衣襟，这样一抓他的校服在他身上有点变形移位，露出了一半的漂亮锁骨，深刻如海峡。

"放开。"少年的脸上没有表情。

"不放！你到底是谁？为什么这么嚣张？告诉本小姐你的大名。"商言汐咬牙说。

"我叫——墨离。"

墨离？果然名字跟人一样狗屎！商言汐在心里臭骂。

等等，这个名字好像有点熟悉，好像听姐妹们议论过，说什么是这届高一学生里长得最帅的校草？而且，成绩很好？万人迷？风云人物？新晋男神？

管他是男神还是男神经，不管啦，嘴皮子上，商言汐呼啦啦突然转换了风格，她一改刚才的怒颜，笑眯眯地说：

"呵呵，亲爱的墨大帅哥，我发誓，我以人格担保，我绝对不会把我刚刚看到的说出去的，如果我说出去了我会天打雷劈不得好死。就求你把我的表还给我吧，好不好？我求求你啦。"

墨离俊美的脸呈扑克状，没有反应。

"好不好吗？你这么英明神武，就请你不要欺负我这一个弱女子啦。好不好？好不好吗？"在电视里看到的台湾女生的发嗲她都用上了。

这个女生可真能折腾。墨离心想。

"不好！"他用两个字就扼杀掉了她所有的努力。这一招完全没用。

他是理性谨慎的处女座，如果手里没抓商言汐的把柄，他根本不信她会保守秘密。

之后，商言汐又软磨硬泡、讨价还价了很久，不管怎么样墨离都不愿把手表还给她。

最后，墨离不耐烦了，他直接用力甩开她纠缠的手，商言汐没有防备，被他一甩重心不稳，"扑通"摔倒在地，摔了个大大的狗啃泥。

等她反应过来，他已经消失在她的视线里。

商言汐趴在地上，捶着地面咬牙切齿地大叫："墨离你这个大浑蛋！你从小缺钙，长大缺爱，姥姥不疼，舅舅不爱。你左脸欠抽，右脸欠踹。你驴见驴踢，猪见猪踩。你后天就属核桃的，欠捶！你是人渣中的极品，禽兽中的禽兽！我把你扔进黑洞里，黑洞也能自我爆炸了！你真是活着浪费空气，死了浪费土地，在家浪费人民币！"

"我怎么骂你都不解恨！"

"墨离你这个王八蛋！你等着，我不会放过你的！我迟早会把我的手表拿回来的！"

04

【其实每个人生来都是一座孤岛，但友情可以让大家连成一块陆地。】

"言汐你今天怎么来得这么迟？早自习也没赶上。这第一节课都上了好久了。"商言汐一从后面溜进教室，同桌兼好姐妹之一的伊娜就关心地悄悄问她。

天秤座的伊娜，跟商言汐同岁，是个热辣美少女，长得漂亮性感又艳丽迷人。

用台湾那边的话来说，很正。

比商言汐发育得早，才15岁身材就已经发育得很好，浑圆坚挺的胸，驴子屁股小蛮腰，一双修长纤细笔直的美腿，喜欢偷偷擦红酒颜色的口红。

现在的食物都这么营养，发育得早也不足为奇。

她像漫画美少女一样波浪卷的栗色长发习惯性披着，一抬手一投足都充满了青春明媚的风情。

有一只耳朵上戴了七颗耀眼的耳钉，另一只耳朵上戴了四颗。

她敢爱敢恨，敢作敢当，个性非凡。

如一颗饱满甜美又危险凌厉的果实，被很多男生惦记着。

她敢穿商言汐不敢穿的很多衣服，在夏季可以穿裸露到大腿根部的短裤，和露出肚脐的上衣，才15岁就可以穿很高的高跟鞋健步如飞。

商言汐叛逆归叛逆，但主要表现在嘴皮子上，穿着打扮在同龄人中还是比较正常的。

伊娜是商言汐在内心里向往、但在现实中没有勇气去成为的那种女生。

"幸好我机灵，帮你答了'到'，嘿嘿。"坐在后桌的好姐妹之一安七七用铅笔戳了戳商言汐的背部，小声说道。

尽管她已压低声音，但商言汐还是感受到了一股明显大于正常人声音的浑厚气流重重地冲击着她的背部和耳朵。

这就是胖子的特色吗？

没错，安七七是个大胖子，白羊座的她，有200斤，比两个商言汐还重，才15岁就已经长到了170厘米的个头，目测应该还会有再长的空间。

同龄人的白衬衣和蓝色制服里，包裹的是日渐挺拔的骨骼，她的白衬衣和蓝色制服里，包裹的是越来越多的肥肉，充气一般越来越膨胀的肥肉。

但她乐观得很，一点减肥的想法都没有。她把吃视为人生第一大快乐，如果吃都要节制，那她表示活着没有什么意思了。

在商言汐眼里安七七还是挺可爱的，顶着标准的蘑菇头，像一个发福版的樱桃小丸子。

"谢谢你们俩的关心，我今天要气炸了，我遇到了一个衰神。"商言汐用力抓着手里的书，纸张都皱了。

"什么衰神？到底是哪个不长眼的，敢惹到我们商大小姐不开心？"同样坐在后桌、跟安七七同桌的白润盏娘炮十足地细声问道。

嗯，没错，他很娘炮，很中性，他也是商言汐四人帮里的好姐妹之一。

虽然他是男的，但大家都没把他当男的看。

他长得比女孩子还要漂亮精致，同时也比女孩子还要爱漂亮，一双顾盼生辉的丹凤眼，连女生都自叹不如的、吹弹可破的肌肤，一张白净到几乎要发出光芒来的脸，十指修长柔软，头发染着时下流行的颜色。

如果他不说话的时候，绝对是可以迷倒一片少女的，可一说话画风就变了，他没有评上校草不是因为颜值不够只是因为娘，想来也真是可惜。

"叫什么墨离的，把我手表给押了。啊，想想就心疼，我的表啊……"商言汐把身子往后靠，转头冲后桌说。

"商！言！汐！上课时间在聊什么？"就在这时，一个带着熊熊怒火的声音和一个带着粉笔灰的黑板擦凌厉地砸了过来，商言汐灵敏一闪，黑板擦没有砸中她，却正好砸中了从教室后门进来巡察的教导主任。

站在讲台上的张老师吓呆了。这一切可不是他干的吗？

教导主任顶着满脸的粉笔灰，模样滑稽，脸色铁青。

"张老师，请你出来一下。"教导主任一说话，脸上的粉笔灰就扑啦啦地往下掉，他背着手，忍着怒气出去了。

"是，主任。"张老师低着头，哆哆嗦嗦地跟了出去。

商言汐吐吐舌头，和众姐妹一起趴在课桌上笑了。

下课时分。

商言汐跟伊娜、安七七、白润盏一起坐在教室里聊天。

商言汐跟他们三个打探："快点告诉我关于那个什么墨离的基本资料。"

"长得特别帅，颜值逆天啊，是我们轩宁高中当仁不让的校草兼男神。"安七七有点花痴地说。

"成绩特别好，听说小学、初中每次考试都是全校第一，这次进到我们高中，他入校考试考的也是全校第一名。学霸。模范生。老师们都很喜欢他，都恨不得认他做儿子的那种。"伊娜嚼着泡泡糖吹着泡泡说。

"那就是高颜值、高智商咯？还让不让人活了？"商言汐长叹一声。

"你别急，他也有缺点的，比如性格不好，喜欢扮酷，话少，高傲，冷得像座冰山，平常跟谁都很疏离。"白润盏擦着护手霜说。

"这算什么缺点呀，这种酷酷的性格放在男生身上是超级有魅力的好吧？我就喜欢酷酷的男生，真是帅得掉渣啦。"安七七边大口啃着薯片，边叽叽歪歪地说。

"你个大花痴。"伊娜戳了下她肥厚的额头。

"好啦，你们快点说，还有什么关于他的信息是你们知道的？"商言汐问。

"我还知道一点，墨离是——"安七七眨了眨不大的眼睛，故意卖起了关子。

"是什么？"三人齐问。

"处女！"

"噗——"安七七的话一出，商言汐喝到嘴里还没来得及吞下的一口水就像喷泉一样喷了出来，喷到了安七七肉嘟嘟的脸上。

"言汐你干吗那么大反应？我又没说错。"安七七用肉嘟嘟的手抹了一把脸上的水。

"你说错了，墨离是男的，要说也应该是处男才对。"白润盏捂着嘴笑。

"嗯嗯嗯。"伊娜笑着点头附和白润盏。

安七七霎时反应过来，大声纠正："你们想到哪里去了？我说的是处女座，是星座！不是那个处女！"

"哦，原来是这样。"三人恍然大悟，但之后还是笑个不停。

"等一下，"安七七像突然想到什么似的说，"墨离是处女座，言汐你是什么星座？我记得你好像是双子座的，对吧？"

"是啊，我是双子座。怎么了？"商言汐说。

"那完啦完啦。星座学上说，处女座跟双子座是最不合拍的一个星座。难怪你们俩第一次见面就杠上了，保不准以后你们俩还会有无穷无尽的恩怨和争端产生啊。"安七七翻着星座书，无限同情地对商言汐说。

"你少给我妖言惑众的！"商言汐"啪"的一下就把她的星座书打落在了课桌上，"星座这种东西，我压根儿就不信。你也少信点。'多读课本，相信科学'才是正道，好吧？"

"是，谨遵商大小姐的教诲。但是，喜欢研究星座可是我除了吃之外的最大兴趣爱好了，你可不能这么残忍地剥夺了啊。"安七七把星座书重新捡起，抱在怀里说。

"我的意见，关于星座，仅止步于娱乐，你还是少信为好。"商言汐说。

"停，转话题。我要去上洗手间了，拜拜。"安七七屁溜屁溜地跑了，她跑步时众人仿佛感觉到了教室在震动。

"关于墨离，你们还有没有想说的？"商言汐把目光转向伊娜和白润盏。

"他是高一（4）班的，就在我们隔壁班。"白润盏说。

"啊？这么近？我怎么都没发现？"商言汐说。

"我亲爱的商大小姐，你平时的眼睛是长在脑门上的，你怎么可能发现？"伊娜说。

商言汐白她一眼。

"他还是班长。"白润盏接着补充。

"他在学校寄宿，你晚上可以溜到男生宿舍扮鬼去吓他。"伊娜说。

"啥？为什么墨离高中就开始寄宿？"商言汐着实惊讶。

"不知道，也许因为是学霸，视时间为生命，想节省因每天往返家与学校途中浪费的时间，好用来学习吧。"白润盏认真地分析。

"好吧，学霸的世界我们不懂。"商言汐悲叹。

"他家有没有钱？有没有什么势力或背景？他爸妈是干吗的？最好别有背景啊，要不然我怎么去找他算账啊？"商言汐问。

"这个我们就不清楚了。"伊娜和白润盏摊手。

"唉，不管了，不管他家有没有背景，我都不怕他！我去要回我自己的表，正当合理，天经地义。"商言汐说。

"嗯，姐妹儿支持你！"伊娜和白润盏冲她握拳。

05

【如果你很想欺负一个人，也许，这是心动的前戏。】

第二天放学后。

天气不错，初秋的风和煦柔和，轻微的茴香气息弥漫在校园中，还有金菊的芬芳气味。秋意踮起脚尖掠过树顶，染红了一些叶子。

碧云天，黄叶地，秋色连波，波上寒烟翠。

暮色四合。

夕阳已在天边，一色的蛋青色，滑得如美女的微笑，里面还透出淡淡的红晕。校园里的建筑树木都被镶上了一道亮边，亮得纤毫毕现，包括一茎草、一块石子。

此时的校园很热闹，同学们背着书包鱼贯而出，三三两两，勾肩搭背，嬉笑打闹着，晚霞映照在他们年轻无敌的脸上，很动人。校门口也有一些跑车和家长，都是来接孩子放学的。

只有墨离坐在教室里没有动。

他不急，他是寄宿生，不用赶着回家。

他端正笔挺地坐在他的座位上，静谧无声地做着习题，仿佛整个世界都与他没有关系。

他有那样墨黑的眉，专注而绝美的眸子，周身被清冷的薰衣草香包围。窗外九月末的夕阳斜下，红晕笼罩四周，艳丽的晚霞铺陈开来，如一幅生动浓烈的水墨画。

透过玻璃窗反射出的余晖映在他精致绝伦的侧颜上，把他的脸镀上一层柔和的橘黄色，如琉璃闪烁，流云漓彩，美轮美奂。

"怎么样？帅得掉渣吧？"安七七躲在高一（4）班的教室窗外看着他，对同样躲在一旁的商言汐、伊娜和白润盏说。

"帅个毛线球球！"商言汐毫不留情地违心反击一句。

再帅有什么用？再帅也不能当饭吃，再帅跟她一毛钱关系都没有。她最鄙视花痴了。她只想要回她的手表。

"别啰唆了，快点进去，好不容易等到他们班的同学都走光了。"商言汐踢了下安七七肉肉的大屁股，把他们三个都推进了高一（4）班教室。

"咳。"她双手抱胸，昂着头，气势汹汹地杵在了墨离面前。她的身后站着三个人。这场面看着，商言汐还是蛮有大姐大的感觉的。

她那声咳是提醒墨离她来了，但墨离头都没抬，继续做习题。

"墨离你听好了，我今天来是让你还表的，快点把我的手表还给我，否则，我会叫你好看的。"商言汐瞪着墨离，不客气地说道。

墨离依然没有反应。

"你听到我说话没有？快点把我的表还给我！我今天可是有备而来的！"商言汐逼近他，加大了声音的分贝。

墨离看都不看她，冷着一张冰山脸，快速收拾好东西，提了书包起身就要走。

"好小子，把我当空气？给我拦住他！把他按到椅子上！"商言汐被他的冷漠和目中无人气坏了，她让他们三个把墨离按在椅子上，让他无法动弹。

"你想干什么？"墨离终于抬起幽深的眸子看她了，脸上依然面无表情。

"我不想干什么，只要你把我的手表还给我。"商言汐笑眯眯地看着墨离，漂亮的大眼睛里闪现狡黠的光芒。

"急什么，会还给你，只不过是在三年后。"墨离的声音平静疏离，没有温度。

"你这说的不是废话吗？我现在就想要回我的表，马上，立刻，秒秒钟！你没有资格霸占我的表三年，你根本就没有道理可言。这只表你没有所有权。你还想让我闹到警察局去吗？你讲点道理行不行？"商言汐凑近墨离，瞪着美丽的大眼睛看着他。

她很吵。墨离将头扭到一旁，不屑与她对视。

"我说过的话我不想再说第二遍，你要干什么随便你。"没有人可以那么轻易改变他的决定。况且，他根本不觉得这个丫头片子能做出什么过分的事情来。

商言汐听到这话真的气死了。他很欠揍。她难道是前世欠了他 500 万吗？

"好，那就别怪我不客气了。姐妹们，把他给我按好了。"

商言汐说着，从书包里掏出早已准备好的一次性染发剂，"咻咻咻咻"，冲着墨离一头乌黑的秀发乱喷，没过多久，他的头发就被染成了奇丑无比的大红色。

"哈哈，很丑，不过，还没有丑够。"商言汐笑着，开始用毛笔蘸着颜料，往墨离俊美无瑕的脸上涂涂画画。

墨离本能地要躲闪，被她和她的姐妹们用力按住。

"有本事你别躲！你刚刚不是说了我要干什么都随便我吗？"商言

汐对墨离说。

墨离不再动。

毛笔在他脸上画来画去，有点痒，他忍着。

"你在我脸上画的是什么？"墨离问。

"乌龟，好多的乌龟，因为你就是属乌龟的，左脸颊画有 3 只绿的、1 只黑的、1 只白的乌龟，额头上画有 2 只粉红乌龟，鼻子上画有 1 只紫乌龟，右脸颊画有 1 只黄的、2 只橙的、3 只蓝的乌龟，下巴画有……"商言汐一边画一边说。

"商言汐，你今年才三岁吗？"墨离相当无语。

"你胡说什么，我今年都 15 岁了！"商言汐瞪着黑葡萄一样明亮的大眼睛看着他。

"你现在的所作所为就是一个三岁小孩才会做的事。"墨离说。

"你……我乐意，我乐意变三岁，关你屁事。"商言汐气呼呼地更用力地在他脸上画乌龟，将他整张脸画满了乌龟之后，她又气咻咻地用黑色颜料在他脸上画了好几笔大叉，密密麻麻点了好多芝麻一样的麻点，然后把他的两边眉毛连成一条线，把他的嘴巴涂成了中毒一样的深紫色，并扩充唇形，画成了香肠嘴。

最后还用双手使劲揉揉揉，把他的一头染得惨不忍睹的红头发揉成了乱七八糟的鸡窝。

"这这这……这真是神一样的杰作啊。鬼斧神工，独具匠心。"伊娜感叹。

"哈哈，要说有多丑就有多丑，太爽了，言汐我崇拜你，你终于成功地将一名绝世美男变成了逆天丑男。"白润盏盯着墨离这张面目全非的脸，笑岔了。

"天，我的上帝，这、这真的是我们轩宁高中的校草吗？这也太丑了，太怪异了，太恐怖了。墨离，真的是你吗？我幼小的心灵已经受不了这种打击了。不，言汐你救救我的眼睛，赶紧把我们的校草还回来吧。"安七七开始干号。

"Good！Very good！我要的就是这种效果！"商言汐掏出手机，啪啪啪放肆拍照，还多角度拍，将墨离从未有过的奇丑无比的样子全部收录进了手机相册里。

"亲爱的墨大帅哥，你看看你现在这副样子，是不是很'帅'呢？"商言汐把拍的手机照片给墨离看，青春肆意的脸上呈现得意的笑容。

"就这一招吗？我还以为你会有什么高招呢。"墨离被画得乱七八糟的脸平静到像结了冰的湖面，风怎么用力吹都吹不起一丝涟漪。尽管他现在这张脸已经不敢看了，但声音一出，清冷的音乐一般的好听声音，立刻让他变回男神的感觉。

"你……我还没说完呢。你如果不把手表马上还我，我就把你这些爆丑照发到学校 BBS 论坛和 QQ 群里去（那时还没有微博和微信），还会打印出来到处张贴，让你的完美模范生形象毁得一干二净。怎么样？你怕了吧？"商言汐说。

"对，我很怕，你尽管发。"墨离淡淡地冷笑着，乌黑眼睛里的光深不可测。

"你……你……你很拽哦！"商言汐气得要吐血了。

他不怕，他居然不怕。这是个魔鬼一样的男生，她找不到他的弱点。她充满了无言的挫败感。她该怎么办？

"言汐，快跑！教导主任来了！"就在这时，伊娜抓着她就往教室后门跑，白润盏和安七七也赶紧松开墨离，慌里慌张地往教室后门跑。

言汐逃跑的时候还忍不住转头看了一下，看到留着胡子的高高大大的教导主任像门神一样立在教室前门，死死地盯着他们四个，脸上的表情甚是吓人。

他们四个以最快的速度跑到了教室后门的位置，本想奔向光明的出口，但是门外突然出现一个女生，以迅雷不及掩耳的速度把后门关上，从外面反锁了，商言汐差点一头撞到门上。

商言汐记得关门的那张脸，很美丽的一张脸，楚楚动人如小白兔一样无辜的一张脸，这张脸应该会被很多人所喜欢，可以骗过很多人。

但商言汐刚刚看得很分明，她黑色的瞳孔中闪着丝丝幽蓝冰冷的光，那是精明的算计的光，还有她的嘴角，有一闪而逝的晦暗的冷笑。

这个人就是与墨离在楼梯口接吻的女生，叫筱柔的。

教导主任怎么会突然过来了？他根本就从来没有放学后巡察的习惯，一定是这个叫筱柔的女生通风报信的。

真讨厌。

06

【一声姐妹大过天。友情是一种温润的、似曾相识的感觉，是青春的三分之一。】

"你们四个，跑跑跑，要跑到哪里去，跑得了和尚跑不了庙。"教导主任气势汹汹地走了过来。

"现在都给我站到讲台上去，站成一排。"教导主任拿着教鞭，用浑厚的男中音严厉地说。

商言汐四个只得乖乖照做。

"给我老实交代犯错事实，你们四个为什么要欺负这么好的模范生墨离同学？他到底是哪里得罪你们了？你看看你们把他弄成了什么样！"教导主任说。

"报告主任，不关他们三个的事，欺负墨离的事是我一个人干的，请您让他们三个走吧。"商言汐说。

"你当我是瞎子吗？难道他们三个只是你请来的观众？我明明亲眼看到你们四个一起在欺负墨离。还乳臭未干，就学会了讲义气吗？现在不是讲义气的时候。"教导主任说。

"我说的是真的，他们三个就是我请来的观众，把墨离弄得这么丑总得有人看才有成就感，所以我就请了三个观众来。他们绝对没有半点参与我欺负墨离的行动。请您让他们走吧。"商言汐继续大言不惭地撒谎。

"报告主任，我们三个都参与了。"没想到伊娜、白润盏和安七七居然异口同声地说。

商言汐恨铁不成钢地瞪着他们，使劲挤着眼睛用眼神说道："我在维护你们呢，好歹配合一下啊。一个人'就义'总比四个人'就义'要好。"

"言汐你就别再挤眼睛了，你忘了我们四个当初结成姐妹的结拜誓言了吗？'黄天在上，樟树为证，我们四个，在3月28日结为金兰姐妹。虽非亲骨肉，但比骨肉亲。从今往后，有福同享，有难同当，一起疯，一起闹，永不离弃。若违此誓，人神共弃。'现在，不正是应该有难同当的时候吗？你干吗要抛下我们一个人承担？"伊娜说。

"是啊是啊。"白润盏和安七七附和。

"这……"商言汐不知道要说什么了，只觉着很感动。

缘分，是一种妙不可言、玄之又玄的东西，突然有一天就降临在互不相识的几个人身上。

她记得，他们四个，从幼儿园起相遇就同班，小学、初中也都在一起念。

或许在喜怒无常的平凡中，友情才会格外美丽。

初一的某一天，伊娜突然提议："咦，既然我们四个玩得这么好，干脆结拜吧。"

"可是我是男生，也可以结拜吗？"白润盏当时很担心地带着娘娘腔问。

"哈哈，你不用担心，我们从来不把你当男生看啊，我们一直把你当成我们的姐妹儿。"商言汐笑着说。

"那还等什么，赶紧结拜吧。"安七七说。

于是，他们挑了个结拜的良辰吉日，3月28日，在初中校园最大的一棵樟树下，点了几根蜡烛插了几根香，嘴里念着：

"我，商言汐。"

"我，伊娜。"

"我，安七七。"

"我，白润盏。"

"黄天在上，樟树为证，我们四个，在3月28日结为金兰姐妹。虽非亲骨肉，但比骨肉亲。从今往后，有福同享，有难同当，一起疯，一起闹，永不离弃。若违此誓，人神共弃。"

之后，他们四个用小刀把自己的名字都深深地刻在了那棵樟树上，刻在了一起。

那年热血沸腾的誓言，言犹在耳，振聋发聩。

有些友情，好像指甲一样，剪掉了可以再重新长出来。

但这青梅之交的挚友，就像左膀右臂，就像世上的另一个自己，失去了就永远没有了。

"你们四个不要在这里姐妹情深了，"教导主任的话打断了商言汐的回忆，"我知道，商言汐为头，你们三个是帮凶。赶紧交代犯错事实，你们四个为什么要欺负墨离？"

"这是我们之间的私人恩怨，恕我无法汇报教导主任您。"商言汐既有礼貌又态度坚决地说。

她不希望让教导主任知道她的手表被墨离扣押了，如果主任把这消息传到她父亲那里去，父亲定会觉得她很没用，连母亲那么重要的纪念物都保管不好，只是徒增父女间的矛盾而已。

"大胆。好，你不想说我也没兴趣知道，反正我明白是你欺负了墨离就行。墨离从来都是规规矩矩、严守纪律的好学生，从不生事，倒是你，是生事专业户。你自己算算，你这是本学期第几次欺负同学了？应该不是个位数了吧？"教导主任吹胡子瞪眼地说道。

商言汐低着头不说话。

"我不想跟你们这种没有思想觉悟的学生在这里浪费时间了，你们四个赶紧跟墨离道歉，然后将墨离的头发和脸都弄干净，还原他原本的模样，然后明天放学前每个人交一份检讨上来。"教导主任说。

姐妹三个迫于教导主任的施压，不情愿地跟墨离道了歉，然后拉着墨离去洗头洗脸，但商言汐可没那么配合，她斩钉截铁地冲教导主任说道："我不会道歉，也不会写检讨，因为我没错！"

"你说什么？你敢再说一遍？"教导主任瞪大了眼睛盯着商言汐。

"我不会道歉，也不会写检讨，因为我没错！"商言汐重复，年轻气盛的脸上有着无比笃定的坚决。

"你你你，你真是茅坑里的石头，又臭又硬。你怎么没错？你哪哪都错了，你不听老师的话，更是错上加错。"教导主任气得头顶冒烟。

商言汐不再理他，一只手将书包斜挎在肩上就大步流星地往外走。

"你回来，你去哪里？你还没跟墨离道歉的！"教导主任冲她喊。

"我回家，主任拜拜。"商言汐头都没回，冲后面无限帅气地象征性挥挥手。

"反了反了，真是无法无天了。商言汐，我明天要把你父亲叫来谈话。"

07

【人都是这样，明知在被窝里玩手机伤眼还是会玩，明知熬夜伤身还是爱晚睡，明知顶撞父亲不对有时还是克制不住。】

翌日。

教导主任办公室。

气氛有点凝重。

西装革履的商镇禹，彬彬有礼地坐在教导主任面前，但脸色有点压抑不住的不好看。

他身躯凛凛，相貌堂堂。一双眼光射寒星，两弯眉浑如刷漆。鬓若刀裁，不怒自威。

浑身散发着一股普通人不可能拥有的强大气场。

一看就是一个很有能力的男人。

没错，他很有能力，他是著名的商氏集团的掌舵者，在商界几乎是翻手为云覆手为雨，叱咤风云，神话一般的人物。

普通的充满铜臭味的商人与他根本不是一个级别，他绝对可以称得上商人和中年男子中的潘安，出身名门，气质高贵，面若中秋之月，色如春晓之花，从上到下都整洁得一丝不苟，如狮子般自尊自傲，气宇轩昂。

岁月很是眷顾他，刀削般的俊脸上不仔细看根本找不出皱纹，完全看不出真实年龄有四十出头，外人看来顶多三十岁的样子，成熟稳重的味道让他更加充满男人魅力。

这个男人年轻时定是少女杀手，商言汐能长这么漂亮，除了她美丽母亲的一部分基因遗传，另一部分当然是因为他。

现在这样的他，也应该还是有很多女人想扑上去，但可以想象到她们一个个都会撞到头破血流地牺牲，他的眼睛里除了埋藏着刀枪剑戟，还有一种拒人于千里之外的孤独，秋水般深刻的孤独。

商言汐看着这样的父亲，在某一刻，她突然觉得墨离有点像年轻时候的他。

"商总，不好意思，你这么忙还把你叫来。我是实在没办法了。虽然你确实很会赚钱，我也知道你平时很忙，但是再忙也得多管管你女儿啊，你看看她，这已经是本学期第11次欺负同学了，本学期才上了多久，不到一个月，那么平均是3天一次的欺负同学频率，这也太不像话了，才上高中就这样，那以后会不会更加无法无天了啊？"教导主任在商镇禹和商言汐面前走来走去，喋喋不休地说道。

"抱歉，刘主任，是我疏于管教，是我这个做父亲的不对，我回去一定会好好管教她的。"商镇禹说。

"还有，她目无尊长，忤逆老师。我昨天让她写检讨和跟同学道歉，她居然不听，说她没有错，跟牛一样犟，怎么做她思想工作都行不通，还不经老师同意就擅自跑掉。"教导主任说。

"抱歉，主任，这确实是小女的不对。"商镇禹说着从椅子上站了起来，他一站起来比教导主任还高，王者的风范不言而喻。

他转身看向一直低着头站在一边的商言汐，商言汐被父亲高大的身躯和气势笼罩在阴影里。

"言汐，听话，既然是你错了你就要道歉和写检讨，主任的要求并不过分。来，你先跟主任道歉，说你昨天不应该不听他的话擅自跑掉。"商镇禹对商言汐说。

商言汐很不想照父亲的话做，但是迫于父亲强大的威慑力，她只好硬着头皮说："对不起，主任，昨天我不应该不听你的话擅自跑掉。"

"嗯，下次不会再这样了吧？"教导主任的脸色有所和缓。

"不会了。"商言汐表面这样答，内心在说：那可不一定。

"行，知错能改善莫大焉，我接受了你的道歉。我现在把墨离叫过来，你接下来跟他道歉。"教导主任说着就拨通办公室的座机，让人把墨离叫了过来。

很快，墨离就敲门进来了。

商言汐冷不丁地跟墨离的视线撞到一起，墨离看她的眼神带着不动声色的冰冷和不屑，甚至还有一丝似有若无的玩味。商言汐皱紧眉头，眼睛里闪过一丝恨意，嘴巴里带出一声冷哼，重重地扭过了头，不再看他。

这两个人，真是冤家。

"商言汐，现在墨离来了，你跟他道歉。昨天的事情确实是你不对，你们四个按住他，你把他的头发染成那个鬼样子，把他的脸画得面目全非的，还拍了那么多手机照片，虽然你没脱他衣服，但这种性质跟拍裸照一样恶劣，你侵犯了别人的人权。你有胆就把那些照片让你父亲看看。这谁能接受得了？你把一个男生的自尊放在哪里了？"教导主任说。

"我没错，首先是墨离侵犯了我的人权，我才会侵犯他的人权的。"商言汐说。如果说昨天的染发画脸算侵犯人权，那之前墨离不经她同意强制夺取扣押她的手表也算侵犯人权。

"他侵犯了你的什么人权？我昨天已问过你了，问你欺负墨离的理由，你自己不说，今天我再给你一次说的机会，你现在说。"教导主任说。

"我不说。反正我没错。"商言汐看了看父亲，还是不打算说。

"报告主任，我以我的人格担保，我并没有做任何侵犯商言汐人权的事情，我想我跟她之间是有什么误会，她才会对我抱有如此大的成见。"墨离以标准的模范生语气很有礼貌地跟教导主任说。

他的声音和他的举止都让教导主任满意极了，他平时的成绩和表现又无可挑剔，如果说这个世界上没有绝对的公平，人的本性里注定有"偏心"这一项，那么，老师偏心像墨离这样的模范生，是合情合理的。

"墨离同学，我知道了。"教导主任拍拍墨离的肩，对他报以理解。

"哪有什么误会？明明是你欺负我在先！你这个死墨离，你还可不可以再虚伪一点？"商言汐忍不住冲着墨离大叫。

"言汐！"商镇禹打断她，"别说了，爸爸很了解你的性子，你这么厉害，别人不被你欺负就不错了，他怎么可能会欺负到你？就算你被他欺负了，那也应该是有缘由的吧，墨离同学不像是一个不讲道理的孩子。"

商言汐气鼓鼓地站着，不再说话。

"好了，其实是很简单的一件事情，你跟墨离同学道歉，道完歉后再写份检讨交给主任，这件事就过去了。很简单的。你可以做到的。"商镇禹走近商言汐说。

"我做不到！我没有错！我拒绝跟这只死墨鱼道歉！"商言汐大声说。

死墨鱼？很好，她开始给他取外号了。墨离在心里冷笑。

"死墨鱼？商言汐同学，注意你的措辞啊，不能给同学乱起这么难听的外号，这有失你作为一位高中生的身份。"教导主任说。

"言汐，快点跟墨离道歉，不要让爸爸没有耐心了。爸爸工作这么忙，本来在开一个很重要的会议，为了你临时才坐飞机赶回来的，你要听话，要懂事。你不小了，已经15岁了。"商镇禹的声音开始有点沉，他的脸色越来越不好看了。

"我也没耐心了，我说了我没错，我不道歉，你还让我说多少遍？让我跟这只死墨鱼道歉，除非太阳打西边出来。我走了！"商言汐说着掉头就走，商镇禹一把抓住她的手臂。

"你很擅长逃跑是吧？逃跑能解决问题吗？你这个性格跟你妈一模

一样。"商镇禹英俊成熟的脸上开始浮现怒色。

他这句话里有一个字刺激到了商言汐,她的血液蓦然翻滚,回游在胸腔里,钝重地撞击着胸腔,一阵强过一阵的伤痛感,一直冲到头脑里,淹没理智。

她狠狠地甩掉抓着她的手,随即犀利的话语夺口而出:"别跟我提我妈,你没有资格!你这个害死我妈的刽子手,你有什么资格教训我?"

"啪!"一个巴掌应声而落,落在商言汐白皙娇嫩、青春无敌的脸上,巴掌的后面是商镇禹铁青的脸,带着震怒,带着痛苦,带着悲哀,带着恐惧,带着很多难以名状的复杂的情绪。

五根手指的力量在皮肤上传来火辣辣的痛感,但更痛的是心脏,商言汐的眼泪"唰"地冲了出来,大滴大滴地往下掉,像是被人忘记拧紧的水龙头。

她捂着被打的那边脸,痛哭着跑了出去。

商镇禹颓丧地垂下打女儿的手,面色如死灰般寂寥。

整个办公室黯淡无光。

灰蒙蒙的。

第二章

十五岁·三色堇·弥坚

【引言】

在你的生命里，

有没有这样一个男孩子？

你遇到麻烦，

他会第一个冲锋陷阵；

你伤心哭泣，

他会第一个递来手帕；

无论你怎么闹，

他始终微笑以待；

无论你走多远，

一回头他永远在。

他温柔又善良，

万般优秀却从不跋扈。

如果你的生命里有这样一个男孩，

请你一定要珍惜。

万人追不如一人疼。

最珍贵的感情从来不用捧在手心。

他是荒芜刻薄的青春岁月里最熨帖的存在。

01

【陪伴胜过千言万语。】

轩宁高中的教学楼天台上。

风很大，像是从黑洞里突然吹过来的大风，带着锋利的悲伤的气息，大到几乎要将天上所有的云都吹散了，同时也卷走了所有的温度。

商言汐一个人蹲在天台角落，背靠着冰凉坚硬的墙壁，风吹起她的黑色马尾和凌乱的刘海儿，她抱着自己瘦削的身子，只觉得很冷。

冰川世纪般的寒冷。

她的眼泪不停歇地流着，濡湿了她美好纯净的小脸。

头顶骤然飞过一只羽毛丰满的大鸟，留下一声尖锐的鸟叫声，还有一片毛茸茸的绒羽，在空气里硬生生扯出一道透明的口子来。

浸满了咸湿眼泪的脸暴露在风中，被吹得冰凉，那一巴掌的疼痛更加明显，像被撕裂了的含羞草，缓慢的，来回的，灼人的，煎熬的痛。

父亲太可恶了，竟然动手打她。

那只墨鱼，他迟早会有报应的。

她没错，她没错，她绝对不会道歉。

"妈，我好想你。"

商言汐边一个人哭着，边乱七八糟地念叨着。

她的白色衬衫和校服裙摆都在风中凌乱地鼓胀，像要展开翅膀飞翔，但又还缺少一些力气，有无助感，让人无端生怜。

她以为她会这样一直哭下去，哭到不想哭了，然后自己一个人回教室，跟她的那三个姐妹强装笑笑说没事。

但，眼前突然出现一方手帕，抓着手帕的是一只修长白皙、如玉般精美绝伦的手。

是谁？

谁来了？

商言汐情不自禁地抬起了头。

大片大片的白光猛地像潮汐般涌入她的眼帘，还隐隐带着钻石的晶莹亮泽，瞬间照亮她灰暗的脸庞和天空，晃得她睁不开眼。

她本能地用十指去挡。

那些明晃晃的光线就被她的十指割裂了，但每一条指缝里，都好像有一张俊美异常的脸，带着盛世繁花的惊艳微笑，闪烁着让人无法忽略的光芒，如同漫画里隆重登场的男主角，越来越清晰，越来越清晰。

多年以后，商言汐回忆起这幅与蔚蓝重逢的场景，确定他真的是踩着白光而来的少年，他是一个天生的发光体，他出现的地方都是光源的入口，他只要站在那里，什么都不用做，"哗啦啦"的所有光线就会争先涌进来，再深再大的黑暗都能够穿透、照亮。

他是从天而降的来拯救她的英雄。

他有一张梨花一样干净的脸。洁白，柔软，带着无尽的暖意。

他微笑着，温柔如水地对她说："别哭了，给你手帕。"

他的声音非常好听，很淡很轻，宛若织在空气里的轻纱，将所有的白色花朵，所有的风景，笼罩出一片氤氲。

天空。

云朵。

风声。

耳边嘶磨的艾草。

泪痕未干的少女。

身上带着淡淡清甜香的少年。

朝着一个方向闪动的光线，光线里能隐约看到飞舞的微尘。

这个简单的场景，是渺小又伟大的存在。

美好得让人叹息。

"蔚、蔚蓝？怎么是你？你怎么会在这里？你不是考上了北京最好的高中去北京读书了吗？"商言汐接过少年手中白净的手帕，收住眼泪，用手帕毫不淑女地放肆擦擦擦，连着鼻涕一起擦。

嗯，没错，眼前俊美到发光的少年名叫蔚蓝，是跟商言汐从小一起长大的青梅竹马，他们俩已经认识很久很久了。

在商言汐所认识的所有男生里，颜值能够与墨离处于同一级别的，应该就只有蔚蓝了，但这两个人，是截然不同的类型和气质。

"你老是闯祸，我不放心你，所以还是转学回了长沙，转到了你们学校你们班。我的猜测果真没错，你又闯祸了。"蔚蓝带着一丝宠溺地对商言汐笑道。

他带笑的眼睛似一块剔透的琥珀，拥住里面小小的商言汐。

在商言汐的记忆里，蔚蓝永远都是微笑着的，他的笑不浓烈，但细腻绵长，仿佛能够抽出丝来，温暖得如同春日早晨八九点钟的太阳，带着宁静安逸之气，绝不会灼伤人，在这个喧嚣浮躁的世界里优雅静好，慢慢氤开。

"什么呀？你干吗要转学？"商言汐很是震惊，"那么好的学校，别人想考也考不上那里呢。你在北京多好啊，那样我有空时就可以去北京看你，顺便去游游故宫、吃吃糖葫芦和北京烤鸭什么的，蹭吃蹭喝蹭旅游什么的。现在我的计划全泡汤啦。"

"现在我就算回来了，如果你想去北京，等放假时我还是可以带你去啊。"蔚蓝微笑着说。

"那不一样。"商言汐转过身，继续用手帕擦眼睛和脸，现在没哭了，快擦干了。

"你不高兴我回来？"蔚蓝绕到她面前，"我本以为我回来你会惊喜呢，没想到是'惊悲'啊。"

"没有，我没有不高兴。你回来，我谈不上惊喜，但也谈不上'惊悲'啦。"商言汐有点没心没肺地说道。

"你这样，我很伤心哦，好歹我们也是认识了15年的青梅竹马，就算装，你也应该装高兴一点嘛。"蔚蓝佯装伤心地说道。

"哈哈，你知道我就是这样的性格啊，我不喜欢装，如果看到一个女生很作，我就想一巴掌拍过去。你如果喜欢装的女生，那你可以从你的追求者名单里去挑选，应该可以挑出一大把的。"商言汐说道。

"言汐，你别策我了，你知道那些追求者我都不喜欢。"蔚蓝看着商言汐说。（注：策是长沙方言，有劝说、煽乎、忽悠之意）

"好，不喜欢挺好的，老师说了不准早恋，你现在才读高中就别想这个问题了，等你上了大学再说。还有，我要纠正一下你刚刚说的一点：我没有闯祸，这次不是我闯祸，是别人欺负我。"商言汐说。

"是谁敢欺负我们商大小姐？你尽管说出来，我一定会帮你讨回公道的。"蔚蓝说。

"一个叫墨离的，一条臭墨鱼。因为我无意中撞见了他的一个秘密，他生怕我把秘密说出去，就抢了我的手表，说要扣押三年，那块表是我妈送我的很重要的纪念物，你说我怎么可能让他押三年？那条死墨鱼真的太可恶了。"

"嗯，那个人确实太坏了。这块手表绝对不能押在他手里。"蔚蓝说。

"是的。还有我爸，他根本不理解我，不站在自己女儿这边，站在墨离那边，一定要我跟那个叫墨离的道歉，我也是气不过才顶撞了他一句，他就打了我一巴掌，真的好痛。"商言汐摸了摸自己被打的那边脸，那个场景历历在目，她越想越难过。

"言汐你也别太难过了，你爸肯定不是真心想打你的，他也是情绪太过于激动，一时没控制住自己，他打完之后一定很后悔的。来，让我看看你的脸。"蔚蓝凑近她，想用自己修长的手轻轻去碰一下她被打的左脸，被商言汐躲了开来："痛，别碰。"

蔚蓝只得作罢，摊开手来："好，我不碰。你在这里等我一下啊，我去买点东西，很快就回来。"

"好。"商言汐点头。因为刚才跟蔚蓝的一番倾诉，她现在觉得舒服多了。

很快，蔚蓝就回来了，手里除了两瓶鲜橙汁饮料，还有一包冰块、一条毛巾。

"我知道饮料你是给我喝的，但冰块和毛巾是拿来干吗的？"商言汐拿过一瓶饮料，揭开盖子咕隆隆喝了一大口，盯着蔚蓝手里的冰块问道。

"给你敷脸的，怕你这么漂亮的脸蛋会肿啊。"蔚蓝说着，用毛巾将冰块包得精精致致的，小心翼翼地贴到商言汐的左脸上。

商言汐躲开："不要啦，没关系的，我皮糙肉厚的，脸不会肿的，过几天就好啦。"

"听话。"蔚蓝用双手捧住她的脸，固定住。他温暖又坚定的关切眼神，让商言汐没办法再拒绝，只是嘀咕："你这样给我敷脸，我要怎么喝饮料嘛？这饮料可是瓶装的。我口渴呢。"

蔚蓝微笑，像变戏法一样从身后变出一根吸管来，插进商言汐的鲜橙汁瓶口："喏，用吸管喝。"

"哈，你想得还挺周到的嘛。"商言汐笑了。坐在学校天台上抓着饮料瓶大吸一口，大叫："爽。"

好像所有的不快和忧愁都随着甜香的鲜橙汁吸进喉管，抵达胃部，被胃液稀释，消化掉，或者随着汗液排解掉了。

蔚蓝轻柔地挨着商言汐坐下，侧过身抓着冰块帮商言汐敷脸，温柔地微笑注视着她。

那样长久地温柔地注视。尽管商言汐没有看他。

有细小的光晕蔼蔼地落在他光洁的额上，越过他漂亮的瞳孔抵达一片终年不化的苍茫大雾。

他们在教学楼天台上坐了很久。

无限漫长时光里的温柔。

无限温柔里的漫长时光。

真希望永远都这样，蔚蓝想。

末了，蔚蓝低低对商言汐说："言汐你放心，我一定会帮你把手表夺回来的。"

02

【能坚持的时候千万别轻易放手，失去了就去让自己变得更好。】

星期五下午的体育馆，有很多同学走了进去，女生一律穿着白色的衬衫和蓝色的格子短裙，胸前系着漂亮的蝴蝶结领结，男生一律穿着白色的衬衫和淡蓝色的长裤，胸前系着长长的蓝色领带。这是轩宁高中的初秋校服之一，如果冷，外面还有淡蓝色的针织毛衣可以套。

年轻鲜活的身影像一尾尾鱼儿一样灵巧地游入大门，青春的笑脸让蓝天白云都黯然失色，站在高楼上俯视，很是壮丽。

接下来是跆拳道课，这天是高一（4）班和高一（5）班一起上，同学们都开始在体育馆的更衣室里换跆拳道服，准备迎接接下来的跆拳道课，有些去的早的动作快的，已经换好了，走出更衣室，在跆拳道场地内摩拳擦掌，舒活筋骨，跃跃欲试。

男生更衣室里。

墨离走到自己的储物柜前，打开柜门，然后面无表情地一粒粒解开自己的校服衬衫扣子脱下衬衫。

瞬间，他近乎完美、青春修长又带着肌肉的俊美上身暴露在空气中，犹如古希腊的雕塑，让空气都忍不住发出一声惊叹。

他的肤质似夜空里皎洁的上弦月，熠熠生辉，身形是黄金比例切割的，宽肩窄腰，如刀削剑刻般的帅气挺拔，是穿衣显瘦脱衣有肉的那种，看来平时经常锻炼，标准的小鲜肉。

他每动一下，身体线条都很迷人，青春逼人的气息贯穿在身体内外，仿佛还可以看到骨骼和肌肉在放肆地成长中，节节拔高，完全可以想象到成年之后的这具身体会有多的诱人。

男生的十五岁，好像能听得到长个子时"咔嚓、咔嚓"的声音。

这不是简单的身体，是上等的艺术品，倘若女生们看了，定是面红耳赤地要流鼻血了。

"哟，身材不错哦！"蔚蓝提着书包微笑着走过来，朝墨离光着的上身迅速扫了一眼，说道。

墨离转头看了他一眼，眼中一闪而逝的惊艳，又扭过头去，面不改色地继续做自己的事情，去拿柜子中的跆拳道服。他确定他从来没有见过这位少年，气质和外貌都不输给他的少年，这一届中应该是没有的，他难道是新转来的吗？

"喂，同学，你找谁？你是不是走错地方了？"墨离又忍不住转头看向蔚蓝，声音冰冷。

蔚蓝微笑着，没有立即回复墨离，他停在与墨离相邻的一个储物柜前，把书包放下，很麻利地用钥匙打开柜门，开始优雅地脱衣服。

同样是绝美得用语言无法形容的身体，白皙光洁的皮肤，青春动人的线条，身如玉树，玲珑剔透，光一个背部就足以销魂了。

两人的区别在于，墨离的身体像雪一样冰凉、遥不可及，而蔚蓝的身体仿佛能看到阳光在上面浮动的暖意，浅浅金色，所有嶙峋的棱角都可以在此融化。

两个校草级的男神光着上身并排着在男生更衣室里换跆拳道服，这幅画面说有多养眼就有多养眼。

"我没走错地方，我是新转来的高一（5）班的蔚蓝，以后请多指教。"蔚蓝边折叠脱下来的衬衫，边微笑着对墨离说道。

"你不用请我指教，我们不同班，见面的次数应该会很少。"墨离边穿跆拳道服，边冷酷地说道。

"那可不一定哦。这不，我们现在就见上了。这两节跆拳道课，是我们两个班一起上。"蔚蓝微笑着说。

墨离不再理蔚蓝，他迅速穿好跆拳道服，将换下来的校服整整齐齐地折叠好，连同书包一起放进储物柜，锁好柜门，起步就要离开，却被蔚蓝挡住了。

"墨离同学，请先别走。"蔚蓝的声音很有礼貌，但却带着不容拒绝的力量。

"你知道我的名字？"墨离不悦地抬眼看他。有种来者不善的不好预感。

"你墨离大名鼎鼎如雷贯耳的，我知道并不稀奇啊。"蔚蓝的微笑像月光一般皎洁明亮。

"少给我绕弯子了，你找我什么事？快点说。"墨离显得极不耐烦。

"我是一个很讲道理的人，不会无缘无故跟人过去。你就不该押了商言汐的表。"蔚蓝说。

"呵，原来是想替商言汐那个臭丫头打抱不平，你是她的护花使者吗？看来你的眼光不过如此。"墨离冷笑。

"我的眼光怎么样根本用不着你来评价。你看不到别人的好，不是因为别人不好，而是因为你根本不配看到她的好。"蔚蓝的声音不大，依然平静沉稳，但每一句话都一语中的，让人无法忽视。

"也有可能是我不屑看到，"墨离继续冷笑，"在你眼里也许她是块宝，但在我眼里她什么都不是。你如果是想帮她拿回那只表，门都没有。"墨离说着，绕开蔚蓝就往外走，蔚蓝从后面抓住他的手臂，他灵敏地一个反击，两人开始打起来。

两人在男生更衣室打得难解难分，硝烟弥漫的。

蔚蓝边打边说："那只表对于言汐来说真的意义深重，你如果是一个堂堂的男子汉，你就不应该这么欺负一个小女生。"

"意义深重？什么意义？"墨离边打边说。

"那是她母亲送给她的最后一件礼物，而她的母亲，在五年前就去世了。"两人打得不相上下，蔚蓝既要防守又要反击，打得大汗淋漓，喘着气说。

这句话话音刚落，墨离就转身躲开，"嗖"地停住了手。

蔚蓝见他这样，也停下了手。

墨离有片刻的呆怔。这么听来，那个小丫头还挺可怜的。

"你说的是真的？"墨离抬眼问蔚蓝。

"你觉得我会为了达到目的，而不择手段地编造别人母亲过世这样的谎言吗？对不起，我还没有这么恶毒。"蔚蓝回答。

墨离冷静下来，他回想起商言汐在教导主任办公室跟父亲顶撞的那一幕，她捂着被打的脸痛哭着、梨花带雨跑出去的样子，越想越觉得这是真的。

那她为什么不在他夺她表那天就直接说出这个理由？后面也一直不说。是不想让他同情吗？

他记得他第一次遇见她，她睁着乌黑漂亮的大眼睛在明目张胆地偷窥他接吻，他从来没见过这样大胆肆意又厚脸皮的女生，她精力旺盛地冲他大叫大闹，她后面还很恶作剧地染红他的头发给他的脸上画乌龟，她如此任性妄为，他想着这样的女生肯定是家世优渥、活得很好、没有忧愁、恃宠而骄的大小姐，但，他现在开始怀疑自己的推测了。

心里涌上一股不知名的怪怪的感觉，是怜惜吗？墨离分辨不清。

"手表我可以还给商言汐，但是我有一个条件。"墨离面无表情地望着窗外说。

"什么条件？"蔚蓝有点惊喜，他终于松口了。

"跆拳道老师上次上课的时候说了，今天这两节课是检验上次上课的成果，会是我们高一（4）班和你们高一（5）班一对一的PK上次学的跆拳道招式。给了我们每个人一个星期的时间准备和练习。这次我跟你打，三局分胜负。如果你打赢了，手表我马上还给商言汐，但她还是必须要替我保守秘密；如果你输了，手表依然在我这里扣三年，她还是要替我保守秘密。"墨离冷若冰霜地说出了这番话。

"我答应你。"蔚蓝想了一秒钟就下了决心。但他的话音还未落，男生更衣室的门"咯吱"一声开了，另外一个声音就急匆匆地冲了进来："蔚蓝，别答应他！"

跟这个声音一起冲进来的，还有一个人，是穿着跆拳道服的商言汐，这一身打扮很是清爽可人，她如玉般的脸上是满布的着急和担心。

"你干吗？你是女生，干吗跑到男生更衣室来了？"墨离吓一跳，赶紧看看自己的全身，幸好，他换好了衣服。

这时的蔚蓝也早已换好了跆拳道服，做工精细的白色跆拳道服穿在他身上更衬得他的肌肤胜雪，身形英挺，玉树临风，超凡脱俗，颇有正义武士的风骨，帅极了。

因为他们俩博弈得太久，整个男生更衣室现在就只剩下他们两个了，其他人都换好衣服出去了。

"你怕什么？你又没什么可看的。"商言汐一句话就顶得墨离像被鱼刺噎住了似的，做不得声。

墨离咳嗽几声，清了清喉咙，皱着眉头问她："你难道一直在偷听我们说话？"

"没有！我就听到了最后这两句，我也不是故意想跑进来的，是已经开始上课了，跆拳道老师在查勤了，只有你们两个没答'到'，说你们两个怎么还没去上课，我就说我跟你们两个熟，我去找你们，结果来找你们就看到你们俩在说话。"商言汐说。

商言汐顿了顿，把蔚蓝拉到一边，说道："蔚蓝，你别答应他，你才从北京转学过来没多久，上周的跆拳道课你都没上呢，你怎么可能打得过他？"

"傻丫头，我在北京上体育课的时候也有学跆拳道呢，而且北京那所高中的跆拳道课教学质量比这边还好，另外，你前几天不是教了我你们上周学的跆拳道课内容吗？我事后也温习了练习了几遍。我没问题的，你别担心了。"蔚蓝冲着商言汐温柔微笑，摸了摸她的头说。

"我还是担心，担心得胃疼。"商言汐看了一眼墨离，他是门门成绩都第一的全优生，怎么看怎么厉害，虽然蔚蓝的成绩也很好，初中就是以全校第一的成绩考上了北京的著名高中，但蔚蓝那么善良，墨离一看就是出招狠辣、手下不留情的那种性格，蔚蓝真的能打过他吗？

"你担心也没用，他已经答应我了。"墨离走过来，双手抱胸，毫不留情地说道。

"都是你，你这条臭墨鱼，全是你出的馊主意。"商言汐瞪他。

"你应该感谢我，如果没有我这个馊主意，你连一丁点拿回手表的希望都没有，但现在，你有了五成的希望。"墨离板着一张千年不化的扑克脸说。

"嚯，你以为你是救世主是吧？大言不惭，死不要脸。你要知道这只手表本来就是我的！本来就是我的！"商言汐冲着他的耳朵大叫。

"你小声一点会死吗？"墨离急速弹跳开，捂着耳朵痛苦地皱眉。这个丫头，真是颠覆了他对女生的认知。

"会死！"商言汐继续顶他。墨离真是服了她。

他转移话题，看着他们俩无比冷漠地说道：

"不PK也可以，如果不PK我没有任何损失。我好心给你们一个能拿回手表的机会，是你们自己不珍惜，那就不能怪我了。我也不想再在这里浪费时间了，我要去上课了，再见。"

他说完就迈开步子要走，蔚蓝的声音喊住了他：

"我PK！请你给我一点时间让我做言汐的思想工作。"

墨离收住步子，站着没有动，也没有转身。

"言汐，你要相信我，"蔚蓝轻柔地握住商言汐的双肩，看着她的眼睛无比真诚地说道，"为了你，我一定会全力以赴的，我一定会赢的，你会站在旁边替我加油的，对吗？"

"这个……我……我……"商言汐好纠结，她一面很担心蔚蓝会冒险，担心蔚蓝不但会输有可能还会被墨离打伤，一面又很想拿回那只手表。

"好、好吧，我相信你。我当然会为你加油的。"最终，商言汐还是选择了相信蔚蓝。

"你一定要小心，墨离一看就是个狠角色。"商言汐对蔚蓝千叮咛万嘱咐的。

"嗯，你放心。我会小心的。"蔚蓝点头。

"别把我说得那么恐怖，我又不是吃人的老虎，我会对蔚蓝温柔以待的。"墨离背朝着他们说出这句话，就大踏步地走出了男生更衣室。

他走过的地方，留下一阵很淡却存在感极强的薰衣草香，像会上瘾的毒，冷冽到让商言汐忍不住打了个寒战。

03

【青春最是嚣张，爱一双鞋就早出晚归把它穿旧，爱一个人就不言不语为她打架。】

他们三个走到跆拳道课堂的场地上，按位置盘腿坐在地上。

高一4班和高一5班的同学们都早已穿着一色道服整齐地围坐在四周，中间腾出一块很大的长方形的空地，那是老师上课、操练和学生PK的区域。

商言汐感觉到有人在看她，她扭过头，但是那道目光在她转头的时候急速闪去，她知道是那个叫筱柔的女生，后面打听得知她姓慕，全名慕筱柔，是墨离不公开的女朋友，她也是高一（4）班的，跟墨离同班。

"现在开始上课。同学们好。"穿着跆拳道服的老师站在场地中央，中气十足地跟四周的同学们说。

"老师好。"同学们异口同声地喊。

"上周上课我说的话你们还记得吧？这两节课检验上次上课的成果，你们一对一的PK上周学的跆拳道招式。每个人都给我好好比，每个人的表现我都会计分的，每场比试都有三局。我会一个个喊同学上来PK，至于PK的对手我尊重你们的选择，让你们自己定，但绝对不能弃权，每个人都要比，弃权的就是0分。现在，请高一（4）班的墨离同学出列，走到我所在的场地中央来。"跆拳道老师说。

"是，老师。"墨离迅速出列，笔挺地走到了中央，冷傲英俊的模样和巨大的气势让人不敢直视。

"他好帅哦，穿上跆拳道服更加翩若惊鸿、婉若游龙啊。"四周有一堆的女生在小声地花痴。慕筱柔美丽精致的小脸上出现不悦，他是她的男朋友，不是他们可以觊觎的。

"你们有谁敢挑战墨离同学的？上来。"跆拳道老师说。

四周瞬间寂静无声，大家都把头低得很低，只差没像乌龟一样把头缩进壳里去了。谁敢挑战他啊？他初中时就获得过跆拳道冠军，招招狠厉，一脚就可以把人踢晕的那种，谁挑战他就是谁找死。

"我来。"蔚蓝举手，从容自若地走到场地中央。

他和墨离对视，彼此心照不宣。这是他们俩刚刚在男生更衣室达成的约定。

"哇噻，这位转校生也好帅哦，跟墨离的颜值有的一拼耶。"周围有女生窃窃私语。

"你们俩准备好了。五、四、三、二、一，嘘——"哨声响起，PK开始。

"呀——！"

墨离腾空而起，一双强劲有力的腿挟着破空的风声向蔚蓝飞踢而去。

"啊——！"

蔚蓝的喊声也随着他的长腿飞踢了出去，那腿风也是雷霆万钧的。

围坐着在四周观战的同学们都看呆了，这两个人都太厉害了，都是跆拳道高手。

前踢！横踢！

下劈！上踢！

侧踢！后踢！

后旋！前摆！

双飞！旋风踢！

这些最基本的跆拳道腿法都用上了。

漫天是凌厉的巨大风声，窗户玻璃和门都仿佛被震得隐隐作响，两双闪电般的腿影在空中交错打斗，看得大家眼花缭乱，目瞪口呆。

更精彩的是，这两个人的打斗还用了以基本腿法为基础而演变的各种组合腿法，还有各种特技腿法，比如腾空180度侧踢、360度腾空转身侧踢、360度腾空反轮踢等，有一些腿法是跆拳道老师都还没有教的，他们俩居然都会，让在旁边观战的老师也很惊诧。

"我只让你们俩用上周学的招式打，别打过了！"老师在边上喊，但场面显然已经无法控制。

大家大气都不敢出，眼睛也不敢眨一下，生怕一眨眼就错过了精彩的画面，这应该是轩宁高中本学期来最精彩、最激烈的一场跆拳道较量了。

在边上看着的同学中，数商言汐最紧张，她的手放在自己的腿上用力地抓着，都快要把裤子给抓破了，额头冒出了星星点点的汗珠，她真的很担心蔚蓝；相反的，慕筱柔倒是显得平静很多，她太了解墨离了，她相信他会赢。

"蔚蓝，加油！"商言汐大喊，她的三姐妹也马上跟着她一起喊。

"墨离，加油！"那边，慕筱柔也喊出了声。

很快，加油声变成两派，高一（5）班的是蔚蓝那派，高一（4）班的是墨离那派。

"第一局，墨离胜。"每打完一局，跆拳道老师铁面无私地宣布结果。

"第二局，蔚蓝胜。"

这个时候，汗水已经浸湿了墨离和蔚蓝的道服，青春的有力的身体在道服下若隐若现，又性感又养眼，他们英气勃发的脸被汗水映得发亮，脸上身上都有不同程度的瘀青，嘴角都带着血，两人都被对方打伤了，但眼睛里像燃烧着火焰一样越来越灼亮，斗志依然昂扬。

最后一局墨离的出招更加干脆凌厉，进攻得异常猛烈，快狠准，毫不吝惜体力，出腿虎虎生风，他的身体素质、腿部力量和速度确实很好，几乎是天生的跆拳道苗子，如果他有志在跆拳道界发展一定会脱颖而出。

蔚蓝开始感觉到应对吃力，墨离是他迄今为止所遇到过的最强大的一个对手，前面两局已经耗损了他的很多体力，汗水湿透他身上的道服，仿佛整个人泡在水中一样，每一次出腿变得越来越吃力，每打一下，脸上、头发上、衣服上的汗水都会像细碎的珍珠飞溅开来。

蔚蓝的每一次进攻墨离都能避开，墨离似乎开始猜到了蔚蓝的出腿方式，但墨离的进攻，蔚蓝好几次被踢中了。墨离用了更厉害的招数和反攻，蔚蓝开始越来越摸不透墨离的出招。

蔚蓝使尽浑身气力飞身直踢，却又一次踢了个空，重重落下来，那力量反噬在他自己身上，一阵血气翻涌。

就在这时，墨离一脚踢在他胸口的护具上，紧接着就是一连串的进攻，他险险闪开，勉强一个回身横踢才将墨离这轮凌厉的反攻挡回去，踢到了墨离一脚。

蔚蓝感觉到自己已经筋疲力尽。他的双腿沉重得像被灌了铅，连呼吸都是火辣辣的，胸口和喉咙干涩疼痛。

"蔚蓝你承认吧，你打不过他，你的跆拳道功夫没有他到家。"蔚蓝在心里这样对自己说。

但，他转头看向商言汐所在的方向，她用那么期待鼓励的眼神看着他，她是他的女神啊，他不能输！为了她，就算打得头破血流也要胜利！

其实，墨离这边也已经力气消耗得比较严重，蔚蓝也是他所见过的为数不多的劲敌之一，他也被打得大喘气，全身大汗淋漓，头脑有些眩晕了。他也在坚持，虽然他的体力和技术比蔚蓝还是稍胜一筹，但蔚蓝有他独特的长处，这么长久地打下去墨离难保不会遭遇滑铁卢，他要快一点结束这场比赛。

蔚蓝努力让自己冷静下来，用力地喘气，在墨离漫天的腿影中，他想要看清楚到底问题出在哪里。但他还没有看清楚，"啪！啪！"他的胸部和脸部就又受了两记猛烈的重击，他站立不稳，跌倒在地，嘴里被迫吐出一口血，又苦又涩。

"蔚蓝！"众人担心惊呼，商言汐的眼泪已经涌了出来，她"唰"地站了起来。

"淡定，淡定。你放心，蔚蓝还会站起来的。"伊娜把商言汐扯下去，让她继续坐着。

墨离以为他自己赢了，但是下一秒钟，蔚蓝又挣扎着用力站了起来，他还没有输。在跆拳道比赛中，如果将对手一招打倒，10秒钟内对手没有爬起来，比赛随即终止，如果对方在这10秒钟内爬起来了，比赛要继续。

"啊！"蔚蓝大吼一声，拼尽全力重新向墨离发起猛攻。这次他的进攻像暴风雨一样紧密没有缝隙，墨离被他重重地踢到了胸口，但他很快反应过来用了更快速的一招反击，蔚蓝再一次被他击倒。

全场的同学们包括老师都看傻了眼，只是两堂课的分数而已，有必要这么拼命吗？这已经不是简单的跆拳道PK了，而像是一场不要命的决斗。他们当然不知道他俩所说的约定，但就算是为了一只手表，也不至于如此啊，这两人的性格，真是……

"1、2、3、4、5、6……"大家在数着秒数，看蔚蓝还能不能站起来。

"蔚蓝，加油！加油！"商言汐从位置上站起来，边喊边哭。

蔚蓝趴倒的身子开始动起来，颤抖着，挣扎着，试图用瘦削的、骨节分明的手用力撑住垫子，汗珠从他苍白的没有血色的脸上不断落下，一滴，两滴……

"7、8、9、10！"在第10秒钟，他终于用尽全部的力气，颤巍巍地站了起来。

观战的人群里发出赞叹的惊呼："啊，他终于站起来了，站起来了，蔚蓝好样的！蔚蓝真棒！简直是百折不挠啊！"

"呵，站起来了又有什么用！"墨离在心里这样想着，未等蔚蓝的飞踢到达他的面前，他一记漂亮又冷酷的 360 度腾空反轮踢踢中蔚蓝的头部。

"砰——！"

"轰"的一声巨响，仿佛晴空中巨雷炸开，蔚蓝的身体顿时被踢得飞出几米，重重摔倒在冰冷的地上，已经来不及想什么就陷入了无边无尽的黑暗之中。

"蔚蓝。"商言汐痛哭着跑过去抱住他，眼泪似倾盆大雨，脸色惨白如纸。

"蔚蓝已经昏厥，赶紧送校医务室。大家不要慌，他会没事的。墨离和蔚蓝的三局 PK，墨离以两局胜出，两人的表现都很优秀，虽然蔚蓝输了，但他百折不挠的跆拳道精神很可贵，我都打 100 分。"跆拳道老师这样宣布，此时，墨离已火速背着蔚蓝去了校医务室。

04

【最真的东西往往都是最简单的。】

"啪！"在校医务室，商言汐边哭边忍不住打了墨离一巴掌，"都是你，你是不是人啊，你有必要踢那么狠吗？如果蔚蓝有个三长两短，我不会放过你的。"

"你……"墨离被她这一巴掌给打蒙了。从来没有女生敢打他，她是第一个。如果不是看在她哭得这么可怜的份儿上，他不会饶过她的。

幸好蔚蓝没有什么大碍，在校医的救治下，蔚蓝很快苏醒了过来。

此时，校医务室就只剩下了蔚蓝、墨离和商言汐三个人。

墨离当着蔚蓝的面，把手表扔给了商言汐。

蔚蓝和商言汐都呆住了，面上无一例外地浮现惊诧。

"明明是蔚蓝输了，你为什么要把表还给我？"商言汐疑惑地问墨离。

"对，墨离，我愿赌服输，那场跆拳道比赛我败在你的手下我心服口服，当初答应的我都会做到，你大可不必这样。"蔚蓝对墨离说道，因为刚刚的那场激战，他现在的声音还有些虚弱。

墨离走到门口，又转过身看向蔚蓝，他高大修长的身影在地板上投出很长的剪影，光线忽明忽暗地透过校医务室乳白色的棉布窗帘在他的脸颊上跳跃。他似笑非笑的表情就这样镶在这片柔和的金黄色里，跟他的声音一样带着一种蛊惑人心的力量，他对蔚蓝说：

"在某种程度上我们是同一类人，我们都会为了自己最在乎的东西奋不顾身不惜拼命。既然是同类，应该彼此信任友好相处。"

他说完就走了，蔚蓝看着他消失在门口光线里的俊美背影，淡淡地笑了，一副了然于胸的样子。

"你听懂了他说的话？可我为什么听不明白呢？"商言汐眨巴着漂亮的大眼睛说道。

"你看你跟他，一个处女座一个水瓶座，一个性格疏离一个性格温暖，各方面都南辕北辙的，哪是什么同类呢？他真是在瞎说。"商言汐继续说道。

"嗯，有可能是在瞎说哦。"蔚蓝笑笑，不管内心怎么想，他都宠溺地顺着她的话去说。

"不管他是出于什么理由还的手表，总之手表我们拿到了，我们想要的目的达到了，这样就可以了，不是吗？至于其他的，都不重要。"蔚蓝看着商言汐娇美如花的脸蛋温柔如水地说道。

"嗯嗯，也对。"商言汐摸着失而复得的宝贝手表，点头。

"对了，我还发现一件事情。"商言汐突然跳起来说。

"什么事情？"蔚蓝微笑着问她。

"我发现：那条墨鱼好像也没有我想的那么坏呢。"商言汐说。

"嗯。"蔚蓝微笑，顺手把她垂落在面颊的一缕凌乱头发轻柔地拂开，别到她小巧精致的耳后。

窗外，十月的艳阳如水泻下。

仿佛能听见蝴蝶亲吻花朵的声音。

十五岁的商言汐此时并不知道，多年以后的故事应验了墨离的话，在爱情里他跟蔚蓝是同类，都是执着到死的那种类型。

05

【百善孝为先。对父母好一些，你想要的，岁月都会给你。】

上次商言汐欺负墨离、被教导主任抓住要其道歉写检讨的事件在蔚蓝的帮助下过去了，但商镇禹那一巴掌的阴影却还没过去，父女俩处于冷战中。

这个周末，商镇禹很难得地撂下一大堆的工作回了自己家的花园别墅。

他上二楼，小心翼翼地去敲女儿的房门："言汐。"

房间里一点动静都没有，没有人回应他。

"言汐。"商镇禹敲着门又加大分贝叫了一声。

还是没有反应，他无奈地自己推开了门。

商言汐的房间是组合式的，最外面是会客厅，中间是书房，里面是衣帽间，再里面是睡房，睡房里有独立的宽大卫浴间，睡房外面还有个能晒太阳、能荡秋千、摆满了奇花异草的小阳台。

整个房间有两百多平方米，普通人家一套房子一般就一百多平方米，光她的一个组合房间就比普通人家一个家的面积还要大了。

商镇禹穿过会客厅，看到了正一个人坐在书房书桌前闷头玩电脑的商言汐，她的耳朵上戴着巨大的白色高级耳机，衬得她那张青春娇美的小脸更加的小巧可人了。

其实商言汐一早就起床了，但一直没出门，早餐也是由做饭的仆人送到房间里吃的，她也听到了父亲的喊声和敲门声，只是装作没听见。

"少玩点电脑，伤眼睛。"其实不想唠叨的，但是看到女儿这样商镇禹又忍不住唠叨。

商言汐目不转睛地对着电脑，没有理他。她不是在玩游戏，她是在看心理学方面的视频讲座。

别看商言汐表面嘻哈顽劣的，爱好却比较高端，从高中起就喜欢心理学，平常多爱阅览心理学方面的书籍、电影、讲座、视频之类，梦想成为一名心理师。

"言汐你看，爸爸给你买了很多漂亮的新衣服，是这次去香港出差带回来的，是你最喜欢的一个牌子。还有新鞋子。你要不要现在试试？"商镇禹几乎讨好地把大包小包的礼物呈到商言汐面前，他想补偿他之前打她的那一巴掌，但商言汐看都不看一眼。

她对父亲的怨恨，从十岁起就种下了，并不仅仅是那简单的一巴掌，只是那天那些话，那个巴掌，又把她深埋的阴霾打了出来。

气氛有丝尴尬，商镇禹感到一种无言的心痛。

他把礼物放到沙发上："言汐，我把礼物放这里了，待会儿蔚蓝一家，还有你镇平叔叔会过来吃午饭，爸爸亲自下厨，你记得穿漂亮点出来见客。"

商言汐仿佛没听见一样，依然看着电脑屏幕默不作声。

等父亲出去，她忍不住转过了头。

"唉。"她叹一口气，没有心思再看心理学讲座了，她把耳机摘下来，用鼠标将电脑点到关机程序，起身，去衣帽间挑衣服，挑了半天好像没挑到合适的，她想起父亲放在沙发上的那堆礼物，于是去翻，翻出一条当季最新款的名牌裙子和平底鞋，在试衣镜前换上了。

看着镜子前亭亭玉立、明丽动人的自己，商言汐的心情好像好了一点，女孩子嘛，总归都是爱漂亮的。

"言汐，我来了，你要不要跟我下楼？"门外有人敲门，那是蔚蓝清澈好听的声音。

"来啦。"商言汐的声音变得欢快不少，她迅速跑过去开了门。

"哇，你今天真漂亮。"蔚蓝一看到商言汐，眼里便露出惊艳。

"那是，我每天都很漂亮的。"商言汐的小尾巴翘到了天上。

"嗯嗯，是的，你每天都很漂亮，你是世界上最漂亮的公主。"蔚蓝的嘴巴像抹了蜜似的，眼睛笑得弯成了一轮新月。

"我们下去吧。"商言汐说。

"好。"蔚蓝答。

下面客厅坐着的，有蔚蓝的父母和商言汐的叔叔商镇平。

蔚蓝家跟商家是几辈的世交了，住得也不远，平时互通来往比较多。

商镇平是商镇禹的亲弟弟，目前在商镇禹的公司规规矩矩地上班，做着商镇禹的左右臂。巨蟹座的他，跟他哥哥性格不大一样，他的个性温顺亲和、平易近人，没有商镇禹那么凌人的气势和冷漠的距离感。

"蔚叔叔好。"

"李阿姨好。"

"小叔好。"

商言汐一下楼，就热情地灿笑着跟长辈们打招呼。

系着围裙在厨房里忙活的商镇禹探出头来，看着女儿穿着自己新买的衣服和鞋子，嘴角微微上扬。女儿终归还是很善良的，不忍负了自己的意。

"哎哟，言汐，越长越漂亮了哦，而且聪明伶俐，一点都不比电视里那些小明星差。"

"镇禹你真是有福气呢，有个这么好的女儿。"

长辈们看到商言汐笑得合不拢嘴，连连夸赞。

"哎呀，想当初我就想生个女儿来着的，没想到生了个男孩。我就一直想要一个像言汐这样的女儿呢。"李阿姨看着商言汐一直喜欢得不得了，慈爱地笑着说。

"生了个男孩有什么关系，蔚蓝这么听话、这么优秀，年年是全校第一，你们夫妻也是修了几世的福啊。另外，等他们俩长大了，你要蔚蓝把言汐娶了不就得了，到时候你又多一个女儿了。"商镇平打趣道。

蔚蓝在一旁安静地听着，脸红了。

商言汐拿个抱枕就冲商镇平丢了过去："小叔你真是老不正经的，我们俩的事不用你操心！就算我以后长大了，我也不会嫁人的！"

"那是因为你现在年纪还小，等你长大了就不会这么想了。言汐，千万别喜欢上别的男孩哦，阿姨就只认你这个儿媳妇，蔚蓝，你要加把劲哦！"李阿姨笑着说。

"妈。"蔚蓝白皙脸上的红晕又深了一分。

大家这样笑着攀谈了很久，之后，午饭做好了，蔚蓝赶忙帮着商镇禹端菜摆筷。

在饭桌上，商言汐对别人都很热情，说说笑笑的，但对父亲还是没有话，与父亲也坐得很远，父女间没有互动。

李阿姨看着这种情形，边吃边说道：

"言汐，听说你跟你爸闹了点小别扭？哎哟，多大点事儿啊，父女间有什么隔夜仇呢。你爸爸真的是这个世界上很不错的爸爸了，他这么多年一个人带着你不容易，他是个大老爷们儿，也不擅表达，平常话也不是很多，他内心有很多的无奈是没法跟你讲的，你这么冰雪聪明、伶俐懂事，你一定能够体谅你父亲的心的，对吗？"

商言汐本来吃饭还吃得挺起劲的，也暂时地忘了父亲跟她之间的不快，但李阿姨这么一提，她的脸瞬间冷了下来，饭嚼在嘴里也嚼不出滋味来了。

敢情父亲今天请他们过来聚餐，就是为了来游说她的？父亲还真是煞费苦心哇。

"是啊，言汐，别生你父亲的气了，小叔知道你很乖很孝顺，你这样憋着不理你父亲，你自己心里其实更难受。"商镇平夹了一筷子商言汐爱吃的宫保鸡丁给她，对商言汐说。

"嗯，我跟我爸有时候也会有不愉快，但时间一过气一消就没事了。嘴巴难免碰到牙齿，常在河边走难免会湿鞋，父子间吵架也很正常。不管谁对谁错，他永远是我爸，我也永远是他儿子，这是不可能改变的事实。他爱我，我也爱他，这一点我们心里也清楚。一家人，永远是最重要的、最亲密的。"蔚蓝说道。

商言汐一直沉默着吃饭，也不知有没有听进去。

"好了，言汐这么聪明，她自己一定想得清楚的。爸爸是好爸爸，女儿也是好女儿。来，我以饮料代酒，祝你们父女俩永远和睦相处，每天开开心心的。"蔚叔叔举着一杯椰汁，起身，向商镇禹和商言汐说。

商镇禹和商言汐各自举起杯，起身，跟蔚叔叔碰了杯。

"也祝我们大家每天都开开心心的，万事如意。"蔚叔叔干了那杯椰汁后，又倒一杯，第二次举起了杯。

大家开心碰杯。

"第三杯，我们来祝'家和万事兴'。"

"好，家和万事兴。"

饭后，蔚蓝本想请商言汐去游乐场玩的，但是伊娜的电话打了过来：

"亲爱的言汐，我们去豪帝网吧上网吧，七七和润盏都去的，我们组成四人联盟去打游戏。今天星期六，明天不上课，我们可以玩得很晚的，嘿嘿嘿。"

"OK，半个小时后在豪帝网吧碰面。"商言汐答得很爽快。

"言汐，我下午没什么事情，我陪你去吧。"蔚蓝一脸温柔地看着商言汐。

"不要，别妨碍我跟我姐妹儿聚。"商言汐拒绝得很干脆。

"好吧，你早去早回，注意安全。有什么事随时打我手机。包里多带点钱啊，出门在外多带点钱会比较方便。"蔚蓝有点失望，但还是微笑嘱咐。

"蔚蓝大妈，你真啰唆。"商言汐把书包里的书倒出来，把手机和钱包装进去，边清书包边取笑他。

走到一楼门口，商言汐要去开门，蔚蓝却抓住她的手臂提醒她："言汐，你是不是还忘了什么事儿？你外出上网的事情还没跟你父亲说，你总要跟他说一声，免得他不知道你去了哪里，担心你。"

"好吧。"商言汐觉得蔚蓝说得有道理，她也不是故意不跟父亲说的，她急着出门，粗心忘了。

她迟疑着，有点别扭地走到客厅里正在聊天的父亲和长辈们面前，对着父亲声音不大地说道：

"咳，那个……爸，我现在去跟我的几个朋友上网，晚点回。不用等我吃晚饭。"

"好。"商镇禹惊喜地看着女儿，笑着答道。他的内心欢喜不已，女儿的心总归融化了一点。

"蔚叔叔、李阿姨、小叔，我走了啊，你们接着玩，多玩会儿，拜拜。"商言汐礼貌地一一跟他们道别。

"好，乖。再见。"长辈们回应。

蔚蓝把她送到门口，帮她开门，让她出去，之后他还想接着往下送的，却被商言汐恶声恶语地挡在了门里："STOP！STOP！送到这里就OK了！蔚蓝同学，警告你别跟着我啊！如果你做跟屁虫，我会严重鄙视你的！"之后她就像兔子一样一溜烟地跑了。

蔚蓝无奈又宠溺地笑笑。她呀，他真的是拿她一点办法都没有的。

06

【明天和意外，我们总是猜不到哪个先来。】

这个"晚点回"就是一夜未归，商言汐、伊娜、安七七、白润盏这四人帮一起在豪帝网吧上网打游戏，打得噼里啪啦、热火朝天、昏天黑地的，完全忘了时间。

而且，最开始，他们在网吧还与人发生了一个小插曲。

是这样的，就是抢位子，有四个连成一排的位子本来是他们四个看中了的，整个网吧就只剩这四个位子连在一起了，他们四姐妹想坐一起，但有另外四个女生也恰巧看上了这四个位子，蛮不讲理，互不相让，于是就对撕啊，八个人在网吧干了一架。

至于这个鸡飞狗跳、硝烟弥漫、你抓我头发、我撕你衣服的混乱打架过程就不用叙述了，总之，最终，以商言汐为首的四人帮姐妹团抢位成功，那四个女生被他们打得狼狈不堪，夹着尾巴灰溜溜地逃跑了。

只是，在打架的过程中，安七七的头被那帮女生不知用什么东西重击了一下，商言汐听到一声巨大的"啊"，安七七肥大的身体就倒在了地上，当时商言汐吓坏了，可没想到很快安七七就又爬了起来，精力充沛地大叫着继续投入了混乱的战斗，商言汐看她的头没出血，好像没什么事情，就以为没什么，也没留意。

战斗结束，上了一段时间的网后，坐在商言汐左边位置的安七七突然摸着自己的头跟她说："言汐，我怎么觉得头有点疼？"

"啊，是你刚刚打架时被那个坏女生打过的地方吗？"商言汐有点担心地扭过头看着安七七。

"是啊，你帮我看看，看有没有肿？"安七七把她肥厚的蘑菇头脑袋凑过来。

"好。"商言汐抓着她的脑袋，仔细看。网吧光线并不算亮，加上安七七的头到处都是脂肪和浓密的头发，商言汐仔细看了很久也没看出什么名堂。

"亲爱的，我怎么觉得你的脑袋哪里都是肿的？"商言汐说。

"啊！整个脑袋都肿了吗？那是不是很严重啊？"安七七吓得大声尖叫。

"不是！"商言汐摸了摸鼻子，"因为你胖，所以哪里都是肿的。"

"什么呀，你这是在变着法子嘲笑我吗？"安七七叉着腰，不服气了。

接着，她叽里呱啦说了一大堆，控诉全人类对胖子的歧视：

"胖有什么不好的，冬暖夏凉的。有我在的地方就有自信，衬得你们一个个都很瘦、都很自信啊；有我在的地方就不会浪费食物，甭管有多少食物我都吃得完的。吃自助餐的时候带上我，保准你吃够本。我目标大，好找，站在人群里你肯定一眼就看到我了。我是多功能人肉靠垫，靠着我多舒服。另外，我站在你旁边像一张门似的，谁敢欺负你啊，谁欺负你我就压谁，保准把他压得跟葱花肉饼似的。哈哈。"

"哈哈，听着确实不错哦，胖子原来有这么多好处啊。我爱死你啦，我的胖七七。"商言汐给了安七七一个大大的拥抱。

"其实，七七，不管你胖不胖，我都喜欢你啦，做你自己是最重要的，只要你开心就好。你永远是我最好最好的姐妹之一，我从来就没有嫌弃过你，刚刚只是在跟你开玩笑嘛，嘻嘻。"商言汐很认真地看着安七七肉嘟嘟的大饼脸说。

"我知道你刚刚是在开玩笑啦，我一点都不介意。"安七七很灿烂地笑着说。

"你的头现在还疼不疼啊，要不要上医院去看一下医生？说实在的，你要我看我真的看不出什么东西，我不是医生，不专业，总之从表面上看是没看出什么问题的。"商言汐轻轻地摸了摸安七七的头，有点担心地问道。

"现在，我感觉我的头好像不疼了。不呢，我才不上医院呢，我最怕去医院最怕打针了，看到那些穿白大褂的人我就心里只发憷。我没事了，我们继续上网玩游戏吧。"安七七拉着商言汐的手说。

"好吧，如果有什么事你一定要及时跟我说。"商言汐说。

"嗯嗯。"安七七笑着点头。

接下来，他们四个又陷入了狂热的上网打游戏中。

不知不觉，就上了一通宵。

第二天清晨，网吧安静了很多，大部分上网的都是昨夜回家了，有小部分熬夜的也支撑不住四仰八叉地倒在座位上或趴在电脑桌前或在包厢卡座的沙发里睡着了，各种千姿百态的睡相都有，看着真是大开眼界。

还有几个清醒的在动着鼠标打着键盘，发出寥寥的单调的几种声音。

网吧的清洁工已经在开始扫地清桌子了，扫地的声音在清晨的空气里最是清晰。

网吧此刻的光线感觉病恹恹的，不知是不是因为早上网吧工作人员关了不少灯的原因，但外面的天又还没有亮透，隔了灰尘厚重的玻璃窗透进来的光线更加屈指可数，犹如包在薄膜里的蛋黄液，怎么都挣扎不出来。

商言汐揉了揉熬红的眼睛，伸了伸懒腰，看着头顶的网吧天花板，突然觉得它像一块巨大的抹布搭在头上，叫人感到无端的非常压抑。

她看看旁边，伊娜和白润盏还没睡，还在坚持上网，但安七七躺在座位上一动不动，显然是睡着了，耳机还戴在她的耳朵上，她的电脑还开着，她的一只手里还握着鼠标。

"姐妹们，你们饿不饿啊？要不要我出去帮你们买点早餐回来？"商言汐冲着他们说道。

"言汐，别买早餐了，早餐待会儿一起出去吃吧。我要回家了呢，吃完早餐我就回去。我妈已经打了好多个电话来了。我们确实出来得太久了。"白润盏看了看他的手机说。他的声音柔细得接近女声，有点娘嘛，但听着并不让人觉得讨厌。

"嗯，回去吧，早餐下机后一起出去吃。熬了一晚，玩够了，我要回去补眠了。"伊娜把耳机从她自己的耳朵上摘下来，理了理她有点乱了的漂亮卷烫长发。

"好吧，我也下机，啊，我屁股都坐麻了。"商言汐说着关了电脑。

"喂，七七，起来啦，别睡了，下机，我们要走啦。"商言汐喊旁边睡着了的安七七。

没有反应。

"喂，睡得这么死啊？起来啦！"商言汐使劲摇她，她在她的摇晃中像没骨头的无脊椎动物一样"扑通"一声滑落到了地上，到了地上她也还是一动不动，如同……如同死尸一般。

他们三个都吓坏了。

"你醒来，你醒来，七七，你别吓我。"恐惧像一只恶魔的手一样猛然间掐住了商言汐的喉咙，她全身的血液仿佛都凝固到了一起，她跪到地上抱起安七七，放肆呼喊她。

没有用。商言汐颤抖着手去探安七七的鼻息。

"怎么回事？好像……好像没气了……"商言汐"哇"的一声哭了出来。

"啊？不会吧？"伊娜和白润盏也着急地跪下来，抱住安七七，都去探安七七的鼻息，结果都是一样的。他们两个也哭了。

"不可能，不可能，七七她昨天晚上还好好的。言汐，我打 120 叫救护车；你打给蔚蓝，我们需要人帮忙；润盏你赶紧去叫网吧的工作人员来临时急救，帮忙。"伊娜哭着说。

"好。"两个人都照做。

商言汐确实是想打给蔚蓝的，但是慌乱中却拨错了电话，拨通了墨离的电话，她口不择言地讲了一通，墨离很快就赶了过来，等看到墨离，她才发现自己打错了电话找错了人。

已经没有时间思考了，只能将错就错了。

120 急救救护车也来了。

墨离和他们一起以最快的速度将安七七送进了最近的医院。

07

【爱是一种猝不及防，"啪"的一下击中心脏，不能预见，不能等待，亦不能准备。】

但是还是晚了，医生说："在一个半小时之前就已经死了，因为头部受重击，脑溢血加精力消耗过度死亡。脑溢血，又称脑出血，它起病急骤、病情凶险，死亡率非常高。"

原来早就死了，那个时候他们还以为安七七在睡觉，他们是几个太年轻的孩子，什么都不懂。

这场死亡来得太过突然，没有任何预兆。

这是一场致命的打击，犹如晴天霹雳，商言汐他们三个只觉得自己的后脑勺被什么东西重重一击，几欲昏死过去。

商言汐肝肠寸断，心如刀绞，紧紧咬着嘴唇，哭得泣不成声。

剧烈的疼痛激起波纹，扩散到全身，把她的整个身体都挤扁了。

她环抱住自己，抖得像风中凌乱的树叶。

都是她的错，如果他们昨天不去网吧，如果他们不去抢位子，如果他们不跟人打架，如果安七七说头疼的时候她坚持送她去医院，如果在上网期间她密切关注她的身体变化、一旦有不对劲就马上采取措施，只要这其中的任何一个"如果"成立，她就不会死了。

可是人生没有如果，只有后果和结果。

安七七死了，这是不可改变的事实。

商言汐痛不欲生地自责不已，她宁愿现在死的那个人是她，谁能告诉她，有没有死亡交换之术？为什么上天要这么残忍，安七七才15岁啊，她才15岁，最美好的花季，她那么善良单纯可爱，她什么都还没来得及做，她还没有吃遍天下美食，还没有谈过一次恋爱，还没有见证过姐妹们的幸福，还没有实现她自己的梦想，什么都还没来得及。

商言汐苦涩的眼泪疯狂奔涌，流得满脸都是，滴在地上，开出一地的绝望。

她哭的时候一直都紧紧地死咬着自己的嘴唇，用力地死咬着，仿佛嘴唇越痛，心就不会那么痛了，她把唇都咬出了血，那些唇血跟眼泪混合流下，看着触目惊心。

墨离站在边上怔怔地看着商言汐，他从未见过如此悲伤绝望又可怜凄惨的她，那个笑得没心没肺又倔强得像头驴一样的女孩，仿佛是另外一个人。

他无法形容此时此刻自己的感受，他实在看不下去了，冲她喊："别咬了！别咬你自己的嘴唇了，听到没有？"

她不听，依然死死地咬着自己的嘴唇，好像咬得更用力，眼泪流得更凶猛了。

墨离的心骤然涌上一股模糊的钝痛，大脑冲动之下，身体已经比意识先行，他上前捧住她的脸，低头吻住了她的嘴唇。

整个世界瞬间安静无声。

商言汐震惊得睁大双眼，松开了原本咬着自己嘴唇的牙齿。她一时间搞不清楚究竟发生了什么，两只手僵硬地张在半空。

这只是一个安慰之吻。

只是墨离为阻止她再咬自己的嘴唇而采取的权宜之计。

但这却是商言汐的初吻。

墨离的唇冰凉。

商言汐的唇带着泪水的苦涩和鲜血的咸腥。

四唇相接，恍若灵魂的力量在上面传递，一点点抚慰着商言汐崩溃的内心。

很短暂的一个吻。

却又漫长得像过了一个世纪。

吻完之后的商言汐终于不再咬唇了，墨离伸开双臂抱住她，她在他怀里放声大哭，哭了很久很久。

商言汐永远都忘不了那个吻和怀抱，那是她青春岁月里绝世无双的两个第一次，是墨离最初在她面前呈现的绝无仅有的温柔，是他将她紧紧地拉住，不让她被黑暗所吞没。

原来时间可以证明，某些表面看似薄情的人，内心有着怎样的慷慨与繁华。

原本不算很熟的两个人，因为这场变故，很多东西都完全不一样了。

第三章

十七岁 · 蓝鸢尾 · 漩涡

【引言】

一生经历一次的青春，

是承载于玻璃片上的标本。

我们穿过垂榕，

穿过连翘，

穿过广玉兰，

穿过珊瑚藤，

穿过时隐时现的悲喜和无常，

然后，

面向太阳，

勇敢地成长。

和过去的自己告别，

成为一个更好的自己。

01

【有时候阳光很好，有时候阳光很暗，这就是青春。】

安七七的葬礼上。

每个人都穿着黑衣，戴着白花，表情苍凉。

商言汐、伊娜、白润盏、蔚蓝、墨离、慕筱柔都出席了。

外面下着雨，南方的天气只要一下雨，就变得阴冷、潮湿，如小孩哭过的脸颊，怎么也干不了。

空气里浮动着浓厚的悲痛和伤感，哭声一片，让人透不过气来。

"商言汐，都是你，是你害死了我们的女儿！如果你不带她去上网，不带她去打架，她怎么会死？"

"商言汐，你这个罪魁祸首，你这个害人精，你怎么不去死啊，怎么不去死？死的人应该是你！"

"商言汐，你还我女儿啊，还我女儿！"

悲痛欲绝的安七七父母对着跪在葬礼上的商言汐拳打脚踢的。

商言汐是四人帮姐妹团的头，每次四人帮姐妹团的行动基本都是以她为首，他们当然把女儿死亡的最大责任归咎到了她身上，他们一致认为是她间接害死了他们的女儿。

但是在法律上商言汐是没有任何罪的，要论罪的话，重击安七七头部的那个女生才是有罪的。

出于愧疚和抚恤，商镇禹在安七七出事那天就赔了很多钱给安七七的父母，那笔钱足以让安七七父母衣食无忧地过完下半辈子了，但白发人送黑发人的痛，是无论怎么补偿都消除不了的。

"叔叔阿姨，你们别打了，七七不是言汐害死的，我知道你们很难过，我们都很难过，言汐也很难过，请节哀顺变……"蔚蓝想要去阻止，被商言汐喝住："别过来，让他们打，是我害死的，七七是我害死的。"

商言汐的血液无法回流到心脏。眼睛里一直源源不断地流出眼泪，像是被人按下了启动眼泪的开关，怎么都停不下来。如同身体里所有的水分，或者还有漂白过的血液，都以眼泪的形式流淌干净。

安七七的父母继续疯狂地打她、踢她、踹她、抓她，一下比一下重，一声比一声用力，他们像得了失心疯一样，仿佛只有这样做，那中年丧女的痛苦才能减轻一些。

商言汐从头至尾都没有反抗，她任由他们打倒在地，蜷缩成一团，打得鼻青脸肿，遍体鳞伤，嘴角出血。

大家都看不下去了，蔚蓝和伊娜、白润盏再一次去阻拦安七七的父母，安七七那边稍微冷静理智一点的几个亲戚也出来拉安七七的父母，把情绪失控的安七七父母拉扶进了里屋，此事才停歇。

墨离一直站在边上看着商言汐，没有动，他知道他无须动，那么多人自会帮她。

他也明白她的想法，她任安七七的父母打，是想减少一些她的罪恶感。

这个女生在他心中的印象，已经慢慢在改变。

02

【 我希望记忆里的你一直都好。 】

轩宁高中都在疯传是商言汐害死了安七七。

原本口碑不好的她，更彻底成了一个别人眼中臭名昭著的坏女生。

学校 BBS 论坛上全都是关于她的各种坏评论和谩骂帖。

那些蜚短流长按照光的速度传播着，商言汐每在校园里走过一处地方，仿佛都能听到，她并不避讳，更不会去反驳和理论。因为，怎么办？连她自己都觉得她是那样的人，她真的觉得自己很坏。

商言汐不住回忆和安七七的相识、在一起的友情，想起安七七的各种好，想起她如阳光一样灿烂的肉嘟嘟的笑脸，想起她每次奋不顾身地帮她打架，想起她吃东西时窸窸窣窣风卷残云地大快朵颐劲，想起她说的胖子有那么多的好处，越回忆越痛苦。

年少时，我们总是很天真，天真地以为，有些人会永远待在我们身边，不会离开。

但命运是最残忍的判官，它会宣判，谁谁谁会跟你在哪个渡口离散。

然后，你会明白，没有哪个人的青春是真正完整无缺的。

安七七在十五岁的渡口跟商言汐离散，接下来的人生，那个缺口该由谁来补齐？

也许，再也补不齐了。

有什么办法。

在命运面前，年少的我们，那么无能为力。

能做的，只有更坚强，更珍惜友情，更善待活着的人。

逝者已矣，生者当如斯。

03

【23℃的气温。PH 值为 7 的空气。温和的阳光。大体而言完美的一天。】

商言汐这段暗无天日的日子，是伊娜、白润盏、蔚蓝、墨离陪她度过的，另外还有一个慕筱柔，慕筱柔是墨离的地下女朋友，墨离走到哪儿她当然就跟到哪儿了。

在学校里，只有这五个人愿意跟商言汐走近，这六个人自然而然慢慢成了经常在一起玩的好朋友，慕筱柔以前跟教导主任打报告那桩事早随着时间慢慢淡忘了。

年少时的友情总是那么简单而纯粹。

商言汐也想努力对他们每一个人好，抓住每一份得来不易的友情。

六个人经常一起吃饭一起玩游戏，偶尔一起打扮成大人溜去酒吧，或去玩蹦极跳伞之类很嗨的极限运动，或隔段时间组织一次春游秋游野炊什么的。

商言汐还是会偶尔带着伊娜和白润盏做出一些离经叛道的事，只是不伤大雅的恶作剧使坏，搞得别人哭笑不得又无可奈何，而不是真的像个小太妹那样仗势欺人胡作非为，毫无原则底线，并且，比以往都收敛了一些。

第二年春天。

有一次在公园烧烤，其他四个人分工去买食材了，剩下商言汐和慕筱柔看管东西，商言汐无聊中随手拿出手机来玩，慕筱柔盯着她的手机非常羡慕地说：

"你这是才上市的最新款苹果手机吧？我在电视和报纸上见过。好新好漂亮。很贵吧？"

"嗯，这是我爸给我买的。"商言汐的语气很平常，并不带任何炫耀的成分，在她的生活里，所有吃穿住行都是最好的，一个最新款的苹果手机很平常。

但她并没有想过，现在才二〇〇九年，一个十几岁的高中生有一台最新款的苹果手机，在这个年代是一件很了不得的事情。在这个年代，普通人家的孩子上高中时很多人都还没有手机，能有一台杂牌子手机的就很不错了，想都别想什么苹果手机。

"言汐，我真羡慕你，有一个那么会挣钱的爸爸。我做梦都想当富二代，但我命不好，出生在一个很穷的家庭。"慕筱柔突然变得很伤感，春日的阳光打在她美丽如画的脸上，皮肤透明的质感，几乎要看见红色的毛细血管。

"啊？你从来没跟我讲过你的家世，我根本就不知道。"商言汐很震惊。

"那么差的家世说出去都丢人，我怎么可能随便跟人讲？但现在我们都这么熟了，是好朋友了，讲出来也没关系。你知道我跟墨离为什么会住校吗？"慕筱柔说。

"为什么？"商言汐问。

"因为没钱，因为我们在长沙没地方住。我们都不是长沙人，我们俩出生在湖南很偏僻贫瘠的一个边远小县城，那里很多山，交通和经济都不发达，有些路都还没修好，我每次从家里出来去镇上买东西，要徒步走很远的山路，回去总是一身泥和汗。"慕筱柔说。

"我和墨离就是一个村的，我们从小一块儿长大。我和墨离的父母都是农民，他们没什么文化，只有一些蛮力，只能靠种田、种菜、种树、养猪赚点钱维持生活，根本没有多余的钱给我们，我和墨离活到这么大都没有过过什么好日子。哦，对了，墨离的父亲早年在长沙打过几年的工，但在六年前他回了村里了，再也不愿出去打工了，也不知道是为什么，可能觉得外面的钱也没那么好挣吧。"

"所以，我和墨离从小读书都很刻苦努力，因为我们想考出那个小县城，想出人头地，想以后挣大钱了让家里人过上好的生活。我和墨离都是以特优生考进来的，所以学校免了我们三年所有的学费和住宿费，还有餐补。"

"墨离在课外打了好几份工，我和他平时的零花钱就出自他打工的收入，我本来也想帮着他打工的，但是他说我身体弱，要我专心学习，他一个人打工就够了。他一直很保护我。"

慕筱柔说了很多，商言汐认真地听着，心里震惊连连。

慕筱柔是公认的校花，墨离是公认的校草，他们俩在人前看着优雅又美好，气质非凡，完全没有小县城来的土气和穷酸，如果她不说，商言汐真的看不出他们的家世是如此让人同情。

墨离是那么冷傲的人，自尊心极强，他一定在用尽所有努力维持着他和慕筱柔看起来跟长沙普通家庭孩子无异的表象。

商言汐的内心涌上一股很复杂的感情。

"筱柔，听你说了这些我很感慨，谢谢你告诉我这么多，说明你很信任我，放心，我不会说出去的，我知道墨离自尊心很强，我也不会告诉他我知道了他的身世的。你有什么困难尽管找我，我能帮的我都一定会帮的。你需要钱吗？我现在可以给你。"商言汐说着，从书包里掏出一张银行卡。她一时半会儿也想不出，除了钱还有什么能帮他们的。

"谢谢你，我不需要，"慕筱柔推拒了，"我现在并不缺什么，墨离课余打工的收入已经够我们两个花的了。我告诉你这些并不是想让你同情或帮助我，只是觉得作为好朋友，我们都是平等的，我没有必要对你隐瞒。如果你知道我和墨离家很穷后还不嫌弃我们，还愿意跟我们做好朋友，那我就觉得很庆幸了。"

"我当然不嫌弃你们，做好朋友哪需要什么贫富之分呢？我们无法选择出生、无法选择父母，但我们可以决定自己的人生方向。每一个生命都是平等的，都值得被尊重。你和墨离都很优秀，你们在我最黑暗的时期都没有离开过我，能够有你们这样的朋友我很开心。"商言汐拉着慕筱柔的手，很真挚地说。

"有你这样的朋友，我也很开心。"慕筱柔甜美地微笑。

"你们俩在聊什么呢？聊得这么开心。"没过多久，墨离他们四个回来了，提着大包小包的烧烤食材。看到她们俩在聊天，便随口问了一句。

"在聊你很帅呢。"商言汐眨巴着亮晶晶的大眼睛，鬼灵精怪地回了一句。

"嗯，这倒是实在话。"墨离大言不惭地收下了她的赞美。

"喂，言汐，你怎么不聊我啊？我也很帅啊。你仔细看看，我的颜值不比墨离低吧？"蔚蓝的话里好像有了一点酸梅汁的味道，他边说边放下食材，凑到商言汐跟前去了。

"人家也很帅呢。"还没等商言汐发话，白润盏也娘声娘气地凑了过去。

大家一阵爆笑。

"笑什么？难道人家不帅吗？"男儿身的白润盏故意跷起兰花指，摆了一个非常妖娆的 S 形妖精 POSE。

大家笑得更厉害了。

"帅帅帅，你们三个都帅，你们是至帅无敌的三剑客，帅出了宇宙新高度，行了吧？"商言汐笑着接话，然后一脚踹在白润盏的屁股上：

"别嘚瑟了，赶紧烧烤啊，我饿了。"

"Oh my god，我的白裤子！商言汐，你赔我的白裤子！"比女生还尖利的叫声冲破苍穹，但没什么威力，只引来了一阵更大的笑声。

香喷喷的烧烤活动进行了一段时间后，伊娜提议：

"多么美的春光啊，咱们六个人来拍张合照吧。现在多拍些照片，可以留作青春的纪念啊。"

"好。"大家纷纷赞同，都凑到烧烤摊的一个方向，飞快摆好了POSE。

"等下，这样不好拍啊。"伊娜将手机调到拍照模式，使劲把手机往前举着，比来比去的，也还是拍不出六个人同框的比较好的画面。

"别说我手短啊，我的手已经够长的啦。"伊娜说。

"没人说你手短，你的手已经长到可以跟黑猩猩媲美了，"商言汐笑着说。

"咔嚓！"青春在此定格。

最后，白润盏还很煞风景地带着娘娘腔来了一句：

"多拍几张，不帅的照片我肯定是要删掉的。记得发给我，我还要PS一下的。"

04

【爱情就像沙漏，心满了，脑子就空了。】

因为友情，商言汐的伤痛慢慢被抚平，对父亲的态度虽然因母亲的事还有怨言，但也好了一些。

他们都在慢慢长大。

如浮草开出伶仃的花。

如春笋脱皮，节节拔高，挺立成青翠的毛竹。

如香樟首尾相连地覆盖住这个城市所有的苍穹。

这样慢慢到了高三。

商言汐十七岁了。

舞象之年。

随着时间的流逝，也不知从何时起，商言汐发现，每每看到慕筱柔跟墨离郎情妾意出双入对的样子，商言汐心里都会涌上一股说不出来的酸疼。

那种酸疼就像打翻了一个醋坛子，坛子碎了，醋液满地都是，坛子的碎片还扎到了她的手，扎得满手的窟窿。

就算她是在看她最喜欢的心理学书的时候，只要墨离和慕筱柔的身影一出现，她马上就会很敏感地去瞟他们了。

她也不知道自己是怎么了。

跟墨离讲话时她会动不动就心跳加速。

他无意识地对她的友情之好都会让她浮想联翩、傻想很多。

经常会看着墨离发呆或自己一个人发呆。

以前大大咧咧的，现在看场电影或听到一首好听的情歌都会有点多愁善感。

经常无端地在新浪博客和腾讯QQ空间，还有QQ签名写一些有关墨离的东西或风花雪月的矫情文字。

甚至发神经偷拍了墨离和慕筱柔的背影合照，匿名去天涯社区发帖子问网友们"你们说这两个人配不配"。

看到网友们的回答大多都是"很配啊，光看背影就是男神女神啊，身材和气质都很完美，天造地设的一对啊。楼主你到底是出于什么样的心理拍的这样的照片问的这样的话"，看到这些评论，商言汐的心里就涌上一股说不出的滋味。

有一次，在学校图书馆，墨离看了很久的书后，不小心侧趴在书桌上睡着了。

那时，正值秋日的午后。

外面的天空湛蓝澄澈，云朵如棉花糖一般美妙。

校园里的栀子树叶翠绿欲滴。

图书馆外墙的爬山虎排山倒海般地攀爬蔓延，有一路迎风招摇的白的粉的蔷薇花。

阳光软如手指，从玻璃窗里照射进来，抚摩着商言汐看书的脸。

商言汐一转头，就看到了墨离的睡颜，因为他就坐在她旁边。

如果时光可以停留在那一年。

如果自此后山河崩裂，日月无光。

如果她年少的骨骼，破灭成灰，可以在风中亘古融合。

无论有多少的如果，她无论如何都不会忘记那幅画面，那是记忆里怎样可以轻易逼出眼泪的画面。

十七岁的墨离，安静地睡在她的旁边，眉目如画，脸颊瘦削，有着叫人窒息的俊美。

他轻轻地合着眼睛，睫毛浓密细长，阳光在上面闪烁，头发在蓝皮书的映照下泛着微微的海水蓝。

他今天穿着整洁的黑色衬衫，没有染发，没有打耳洞，没有像其他男生一样因为耍帅而少扣几粒衬衫扣子。

他不温柔不贴心，很板正，带着与生俱来的疏离和高傲，就算在睡梦中，他的嘴角也没有一丝笑容和舒缓。

但他就是这么吸引人。

他的周身散发着淡淡的薰衣草香，混合着秋日午后阳光的味道，愈加疼痛地侵蚀商言汐的感官。

这是世上绝无仅有的一个墨离。

商言汐怔怔地看着他，看了很久很久，然后，在某一个时刻，她听见了自己骨骼噼啪作响的声音，浑身的血液都炸开。

她无法抵挡身体里一波一波的晕眩。

她在长长的晕眩里发不出声音。

有一刹那，她真的很想吻下去。

对着他完美绝伦的嘴唇，毫不犹豫地吻下去。

哪管他有没有女朋友，哪管他本人愿不愿意，哪管周遭的人会怎么看。

但是这个念头一蹿到她的脑子里，她就觉得自己疯了。

红晕迅速爬上她青春的脸颊。

商言汐拿起书本，捂着自己发烧的脸，几乎逃一般地跑了。

跌跌撞撞跑到外面的时候，商言汐不小心撞到了白润盏和伊娜，差点把白润盏撞倒在地，但她连对不起都忘了说，就惊慌失措地跑了。

伊娜和白润盏很是纳闷儿。

他们俩观察了她很久，发现她最近确实是越来越不对劲了。

某天下课时间，伊娜翻出一本星座书，对着同桌商言汐说："来来来，亲爱的，我给你分析分析你最近的运势。"

"啊？你说什么？"商言汐正托着腮发呆呢，根本没听见她说什么。

"我的天啊，你真的是中毒不浅呀，你没发烧吧？"伊娜很担心地摸了摸她的额头。

"去去去，没事少烦我。"商言汐推开她的手。

"言汐，要不要吃零食？我给你买了一大堆你爱吃的零食。"蔚蓝从课桌里掏出一大包零食，站起身来稍一向前就放到了商言汐的课桌上。

蔚蓝现在是商言汐的后座，原本这个位置是安七七的，自从安七七去世后，这个座位空了下来，大家一看到这个空空的座位就都很伤心，有些跟安七七不熟的同学看到这个空座位还觉得很瘆人，蔚蓝就跟老师提议，把自己调到了这个位置上。

现在，蔚蓝跟白润盏是同桌了。

"不吃呢，我减肥。你给伊娜和白润盏吃吧。"商言汐把那一大包零食丢给伊娜。

"哈哈，谢啦，"伊娜接过零食，分了一半给白润盏，然后撕开一包熟食鸡腿，啃了起来，边啃边啪啦啦地翻星座书，"嗯，就冲你这堆零食，我也得帮你算算你最近的运势。呃，双子座，双子女……让我看看……"

"天！"伊娜突然从星座书里伸出脑袋大叫，唬得白润盏赶紧凑过去看。蔚蓝也从习题中抬起了头。

"怎么了？怎么了？有什么惊人的发现？"白润盏忙不迭地问道。

"星座书上说，言汐最近有桃花劫，爱上了一个人，她最近所有的不对劲都是她陷入爱情的症状表现，而且，有可能是单恋……"伊娜还没说完，商言汐就用手捂住了她的嘴。

"你小声点，学校禁止早恋呢，你现在胡诌这些乱七八糟的，是想要把我陷入怎样危险的境地啊？"商言汐惊恐慌乱地说。

"我没有胡诌啊，这是星座书上说的，这个系列的星座书，是在星座学里很权威的，一般都算得比较准的。有些东西，宁可信其有，不可信其无哦。"伊娜说。

"什么狗屁星座啊，我才不信呢！全都是一派胡言！我对星座一点兴趣都没有！你少给我灌输这些乱七八糟的东西了！星座什么的都是骗那些没脑子的女生的！你平时不是挺冷静的吗？怎么也像七七一样研究起这些……"商言汐还没说完就突然噤声，她猛然想起安七七生前除了吃之外最喜欢的就是星座了，她不由得悲从中来，沉默走掉。

蔚蓝看着她消失在教室门口的背影，面上浮现一层薄薄的忧伤。

05

【一个人可以很天真简单地活下去，必是身边无数人用更大的代价守护而来的。】

高三是青春生命里激流的一段，却又要逆流而上。

一旦进入高三，商言汐就感觉高考在狞笑着向她招手了。

光想象，她就知道，高考绝对会是一场没有硝烟却杀人于无形的战斗。

所以，高三的功课很忙，大家都在为高考做准备。

每个人的课桌上都堆满了小山一样的书和资料。

教室、食堂、走廊、天台、厕所等到处都有啃书复习的身影。

黑板上早就贴了很醒目的高考倒计时的牌子。

班主任经常不厌其烦地像复读机一样在班上重复着"孩子们，高三了啊高三了啊，要抓紧啊要抓紧啊！时间就是金钱，要争分夺秒啊"之类的话。

伊娜和白润盏都被这种紧张的气氛感染，开始看书了。

更别说墨离、慕筱柔和蔚蓝这三个学霸了，这三个都是学校很看好能考上"重本"的尖子生。

商言汐的成绩差，但她一点都不上心，她现在都没有想明白要考上大学的意义在哪里。

商镇禹看她每天放学回到家还是在看她的心理学书、没有一点备战高考的模样，气得把她房间所有心理学书都搜出来一把火烧了。

"爸，你干什么？"

"看看看，我让你看。"

熊熊的火焰之下，爆发了父女俩空前的大争吵。

"你凭什么烧我的心理学书？那是我的梦想。你把我的梦想烧了，我不会原谅你。"商言汐带着哭腔对商镇禹说。

"你还有脸质问我？光看心理学书能考上大学吗？这些根本跟高考一毛钱关系都没有。你如果考不上大学你就是废人一个，全世界都会抛弃你。你已经十七岁了，怎么还是这么不懂事？这么明显的道理你不知道吗？你真的是太不争气了。"商镇禹又气愤又痛心。

"是，我不争气，我就是不想上大学，我就是觉得考上大学没有什么意义。我就不信只有上大学才能出人头地。"商言汐气愤之下顶撞父亲。

"这个社会就是这么现实，就是只有考上大学才能出人头地。你也许要说有些人没有读大学也成功了，那是极个别极个别，而且他们都不是不愿意上，而是很多条件受限上不了才没有上的。那些没文化的，他们如果要成功，要付出比一般人多十倍百倍甚至千倍的努力，更多没文化的都活在社会底层，他们的辛苦和屈辱是你体会不到的。这里明明有条上大学的康庄大道可以走，你为什么要那么愚蠢，活得那么辛苦？等你以后后悔，你就晚了。"商镇禹说。

"好，我愚蠢，只有你聪明，全世界就你最聪明。你别跟我讲大道理，我根本就不听。反正我不想上大学，我的人生由我自己来决定。"商言汐气鼓鼓地说。

"你能决定什么？你现在整个思想都是错的。你这是在逃避。你肯定是知道自己成绩差，考不上，所以索性自暴自弃。"商镇禹说。

"对，我知道我肯定考不上，别说本科，我觉得我连专科职校都考不上，那我为什么要参加高考？考了等于没考，只是浪费时间，有什么意义？"商言汐说。

"你怎么能说这样的话？你现在还没努力还没考，你怎么知道你考不上？你就是懒惰松懈、好逸恶劳、不思进取。我怎么会生出你这样的女儿？你到底是不是我商镇禹的女儿？"商镇禹英俊的脸都气得涨红了。

"你商镇禹的女儿应该是什么样子？应该是十分完美、勤奋刻苦、功课优秀、挑不出瑕疵的是吧？对不起，我让你丢脸了。你当初就不应该生我！你当初也不应该结婚！你结了婚又不好好对我妈！如果不是你，这个家会变成现在这样吗？你以为你赚了很多钱你功成名就，你就是一个好爸爸吗？你除了钱你还有什么？你对我失望，我对你更失望！"商言汐连珠串似的说了一大堆。

"你……"商言汐的那些话，就像无数根针，直直地扎进了商镇禹的心脏，瞬息之间，他的心脏被扎成一个血肉模糊的蚂蜂窝。

他张开嘴，喉咙却像被塞住的水管，无法出声。

女儿……女儿竟然那么无法体谅他的苦心。

心脏的难受牵动了全身，牵动到四肢百骸，商镇禹觉得身体的某一处格外的窒痛，好像是胃部，他本能地捂住了那里。

他此刻的脸像蜡一样的黄，嘴唇都发白了，额头上的神经似乎在突突地跳，眼睛深陷，他的身体开始控制不住地发抖，汗珠子冒了出来。

"扑通！"

商言汐看到父亲直直地栽倒在了地上。

"爸！"

06

【长大就在一瞬间。】

湘雅医院。

淡淡的消毒水味道弥漫在空气中。

走廊里人来人往的，有穿着白大褂的医生或护士，也有穿着病号服的病人，或神情不一的病患家属们。

这是一个神奇的地方，能见证生老病死、生离死别、悲欢离合、人间万象。

商言汐一个人呆呆地坐在走廊的长椅上，表情凝重。

之前突然在家里晕倒的父亲现在已然苏醒，就躺在病房里，医生说无大碍，只是劳累过度加情绪激动所致，休养几天便可出院。

纵然是这样，商言汐的心情依然轻松不下来。

就像是横亘在血管里的棉絮，阻碍着血液的流动，都快凝结成血块了。心里是这样满满当当的压抑和难受。

父亲是被她气进医院的。

这段时间又是安七七的祭日。

商言汐开始重新审视自己、反省自己。

她突然认识到自己原来这么坏这么坏，比自己以前所认为的还要坏上无数倍。

之前她间接害死了自己的好友，现在又气得自己的父亲住院，天下还有比她更恶毒的女生吗？

她该怎么办？她还有得救吗？

那种巨大的愧疚感和自我厌恶感像千斤重锤一样压在她的身上，压得她喘不过气来。

"言汐。"蔚蓝来了，提着一些水果和营养品，坐到了商言汐的身边。

之前商言汐打过电话给他，所以他知道了商叔叔晕倒住院的事情，就及时过来看他了。

"言汐你怎么一个人坐在这里？怎么不去病房里守着你爸爸？"蔚蓝温柔地问。

"我……我不知道该怎么面对我爸。他一定很恨我，是我把他气得住院的。出来透透气也好。我爸现在醒了没事了，有管家在病房里照顾他呢，有什么事管家会叫我的。"商言汐回答。

"那好，我现在先进病房看看商叔叔，顺便把东西送了。我待会儿再出来陪你，跟你聊天，你坐在这里等我哦。"蔚蓝说。

"嗯。"商言汐点头。

没过多久，蔚蓝就出来了，他跟商言汐一起坐在医院走廊的长椅上，跟商言汐说话。

"我刚刚去看了你爸爸，他虽然苏醒了，但还是很憔悴，脸色不太好，笑容非常勉强，神情落寞，郁郁寡欢的，眼睛里有浓重的忧愁，我觉得，你这次真的伤到他了。我看他这样，我心里也不好受。"蔚蓝语气沉重地说。

商言汐低着头看着自己的脚尖，没有说话。

"言汐，你实话跟我说，你一直如此忤逆你父亲，是不是有心结？"蔚蓝认真地看着商言汐说。

"我……"叫她如何说得出口那些残酷的缘由。

"我记得你十岁前不是这样的，你十岁前很乖、很听话、很孝顺，一点都不叛逆、不淘气，和你父亲的关系很好，喜欢上学，成绩也好，是父母和老师眼中都引以为傲、无须操心的好孩子。"蔚蓝说。

商言汐僵直地坐着听着这些话，脸色渐渐变得煞白，手在身侧握紧成拳，指甲深深地嵌进肉里。

那些努力想要忘掉的记忆被人硬拉扯着暴晒在空气中，就像黑暗里有人握着刀柄在心脏里深深浅浅地捅着。

她猛然唰地站起来，冲着蔚蓝大喊："别说了！十岁前的商言汐已经死了！死了！"

她的声音吸引了走廊里来来往往的人的注意，大家都停下脚步或转过头来，带着疑问地看向这边。

蔚蓝束手无策，忍不住拥住了她："言汐，你冷静一点，有我在，你不用害怕任何东西。"

商言汐在他的怀抱中慢慢安静下来。

"来，我们去没有人的地方好好说。"蔚蓝把商言汐拉到医院一处僻静的亭子里。

商言汐的心情相对刚才平复了一些，眼泪缓慢地流下来：

"我母亲是在我十岁时跳楼自杀的，这个消息你应该也知道，当时不少人看见了，只是大家讳莫如深。我母亲就死在我面前。她从楼上跳下来，直接砸在了我面前，鲜血溅了我一脸一身。你当时没有在现场，你根本无法感同身受。我眼睁睁地看着我最爱的亲人惨死在我面前，但是我什么都做不了。我那个时候才十岁，我怎么可能经受得了那样的打击。"

"后来我整夜整夜做噩梦，到现在也还是经常做噩梦。"

"大家都说，我母亲跳楼自杀是因为我父亲出轨，我也去质问过我父亲，他供认不讳。所以我一直怨恨父亲，他的任何话我都不想听，如果不是因为他我母亲就不会自杀，他带给母亲的伤害，我要用我的方式都如数还给他。"

"所以我变得叛逆，变得不爱学习，变得不再像十岁前的我。我根本就回不到十岁前的样子了。我的家已经变成了这样，最爱我的妈妈都不在了，我优秀给谁看？"

商言汐的眼泪一颗一颗地往下掉，滴在手背上，很烫。

"言汐，也许你错怪了你爸爸，"蔚蓝一边心疼地掏出白手帕给她擦眼泪，一边说，"我认识商叔叔那么多年，他深爱你妈妈，身边根本没有其他女人。"

"我不会错的，所有知情的人都这么说，我爸也亲口承认了。"商言汐说。

"那些知情的人是如何知道真相的？"蔚蓝问。

"我不知道。"商言汐说。

"有些事情，不能光用耳朵听，也不能光用眼睛看，而要用心去仔细分析。耳朵听到的有时候可能会是谎言，眼睛看到的有时候也可能会是假象，只有我们的心才最明亮。"蔚蓝无比认真地说。

"你的意思是，我爸在对我撒谎吗？怎么可能？我妈的自杀难道另有原因吗？"商言汐说。

"我现在也不太确定，但我推断，有这个可能。也许你父亲有不得已的苦衷。你给我一点时间，我想我会调查出真相的。"蔚蓝说。

商言汐对他的话半信半疑。

"傻瓜，别想了，你现在想不清楚的东西，只会让你徒增烦恼毫无益处。你要相信我，我这么分析一定有我的道理。你现在只要好好准备高考，其他什么都不用想。"蔚蓝握着她的双肩，看着她的眼睛说道。

"嗯，"商言汐点头，突然如醍醐灌顶、茅塞顿开，"我想通了，我开始想好好学习了。我爸一直都不怎么赞成我喜欢心理学，也觉得我成绩差没能力考上大学，我想证明给他看。还有，我希望考到外地去，离开我爸爸，比如北京，这样，我们父女俩见面少的话，也许彼此之间就不会有这么多的争吵和伤害了，也许关系会改善。"

"嗯，你这样想是对的。言汐，加油吧，你的高考功课我会辅导你的。你这么聪明，只要努力，一定能考上一个很棒的大学的。我们一起加油。"蔚蓝微笑着对商言汐说。

"嗯嗯，一起加油！"商言汐跟蔚蓝碰拳互勉。

之后，在蔚蓝的建议和陪同下，在商镇禹出院这天，商言汐硬着头皮就上次的争吵跟父亲道了歉。

"爸，上次的事对不起，我不应该惹您生气，都是我的错。以后我再也不会这样了。我也会从现在开始好好学习，努力备战高考，争取考上一个好的大学，不让您失望。"

双子座女孩是很倔强也很自尊很爱面子的，她能这样低头鼓起了很大的勇气。

商镇禹表面冷冷的，但最终还是原谅了她，低沉地说了一句："蔚蓝，拜托你辅导她的功课。"

"放心，一定的，商叔叔。"蔚蓝答应得很爽快。

医院外，昨夜的骤雨已经停了。

整个城市被冲洗得很干净，散发着淡淡的泥土芬芳。

天空越来越亮，带着暖黄的光晕，太阳眼见着要挣扎着挤出云层了。

接下来，应该是个好天。

第四章

十八岁·欧石楠·逆行

【引言】

你最爱的是哪座城市？

一定是埋葬了你青春和记忆的城市。

我爱长沙，

爱它的热辣，

它的美丽，

它的自由，

它的丰盛，

它的不可预知，

它的娱乐文化，

甚至爱它四季无常的天，

但我最爱的是，

在这里，

有爱我的人和我爱的人，

有我忧伤而明媚的青春，

有我的未央歌。

01

【喜欢你，喜欢到感觉窗户打开你就会飞进来。】

商言汐开始使出百分之两百的努力拼命学习备战高考，每天挑灯夜读成了书虫，完全像变了一个人，商镇禹看女儿这样很欣慰。

蔚蓝作为尖子生，也一直在她身边耐心辅导她功课。

美少年和美少女一起学习的画面很是美好。

这些时刻，对于蔚蓝来说是享受的，他可以那么近距离地看着她精雕细琢的脸庞、灵动的大眼睛、秀美的鼻子和樱花般的唇色。

她专注功课的样子很迷人，那种认真，似乎能让阳光猛地从云层里拨开阴暗，一下子就照射进来，惊艳清丽，光芒万丈。

她身上淡淡的栀子花香，混合着青春女孩独有的清新气息，布满整个教室，充盈于蔚蓝的鼻端，和她时不时抬起头来冲他露出的纯洁粲笑一起，在蔚蓝的每个梦里长久地缠绕。

像是潮落夜江斜月里细碎的白沙，将蔚蓝的青春年华填充得满满当当的，没有一丝丝间隙。

学习之余，放松闲聊，在无人的自习室里，蔚蓝问商言汐："言汐，你的高考志愿是哪所大学？"

"啊？你突然问我这个干吗？"言汐说。

"因为，我想跟你填同样的志愿，考上同样的大学。"蔚蓝很认真地看着她的眼睛说。

"别！"商言汐迅速抬手反驳，然后打趣道，"亲爱的蔚蓝同学，我可不想告诉你我的高考志愿，不想让你再做我的跟屁虫！上了大学我要放肆去泡帅哥，你如果在我边上就肯定会碍手碍脚的。"

蔚蓝笑了："上大学泡什么帅哥？上大学是要学习的。"他心里有一种微酸的感觉，但他装平静。

"我又不会荒废学业，泡帅哥跟学业是可以并存的好吧？大学的功课肯定没有高中这么紧张了，空闲时间会多出很多。白天学习，晚上泡帅哥，嘿嘿。"商言汐越来越调皮了。

"言汐，别开玩笑了。"蔚蓝一本正经地说，心里的微酸扩大。

"我没开玩笑呢，别人都说，如果大学不谈恋爱就没有一个完整的大学生活。我可不想让我的大学生活留下遗憾。"商言汐笑着说。

"这只是别人片面的说法。你做过数据统计吗？你能够确定每个上大学的人都在大学四年里谈过恋爱？依我所见，很多我所认识的学长学姐在大学里都洁身自好，没有谈过。"蔚蓝说。

"他们就算谈了也不一定会告诉你啊，这是他们的私生活。据说，大学里只有两种人不谈恋爱：一种是谁都看不上，另一种是谁都看不上。"商言汐玩着笔说。

"言汐，你别跟我咬文嚼字了。就算你说得有理，上大学之后，你也不能为了谈恋爱而谈恋爱，一定要是彼此喜欢，觉得适合在一起才谈，恋爱不是游戏，不是拿来玩的，一定要慎重，而且还绝对不能因为恋爱而耽误学业。"蔚蓝说。

"天啊，你怎么像个老师一样的跟我说教？别以为你什么都懂，在恋爱方面你不也跟我一样是张白纸、毫无经验，嘿嘿。另外，你觉得我像那种会把恋爱当游戏、玩弄感情的人吗？"商言汐说。

"像。伊娜说双子座的女生有点花心。"蔚蓝虽然是这么说，但他扬起的嘴角明显能看出开玩笑的成分。

"你找死啊！居然说我花心！"商言汐扬起巴掌要打蔚蓝的样子，

蔚蓝笑着不躲闪，他知道她只是做做样子，从来都不会打下来，"星座那种东西根本不可信好吧？伊娜的话也不可信。"

"伊娜的话可信啊。她长得好看，又聪明，讲话绝不会胡诌，一般都很有道理的。"蔚蓝起了玩心，继续跟她耍嘴皮子。

"啧啧啧，瞧你把伊娜说得这么好，你是不是暗恋她啊？"商言汐灿笑着说。

"没有。绝对没有。我一直以来只是把她当好朋友。"蔚蓝突然严肃起来，非常认真地说道。

"哈哈，不要狡辩，狡辩就是伪装，伪装就是事实。解释就是掩饰。没关系，如果你真的暗恋她，等你上了大学你可以跟她告白，我想你这么好的条件她一定会很高兴地接受你的。挺好的，上大学之后，我泡我的帅哥，你追你的伊娜，那大家以后就都不会孤单了，多完美。"商言汐边说边幻想着上大学之后的情景，想想觉得应该还不错。

"言汐，你开玩笑要有个度。我说了我没有暗恋伊娜，我只是把她当好朋友。上大学之后你也不准泡什么帅哥。"蔚蓝急了，从椅子上站起来，声音加大了分贝。

"凭什么不准我上大学之后泡帅哥啊？你没有权利干涉！"商言汐见蔚蓝这样，她也不甘示弱，从椅子上站起来，同样加大了声音分贝。

蔚蓝看着她天真单纯、带着迷惑、带着倔强，带着年轻气盛的稚气，甚至还有点没心没肺的漂亮大眼睛，那一瞬间在心里的疼痛，就像划破了好多层纸。

就像在数学练习本上乱画时，因为太过用力，钢笔笔尖突然划破了纸，一连划破了好几层，墨水洇开一大片。

把他的心都打湿了，一片黏稠得拨散不开的阴冷的湿。

他深深地看着她，缓缓地吐出一句话："你真的不明白吗？"

他们俩是同一年出生的，他只是比她大七个月而已。

还在各自母亲肚子里时彼此就打过招呼了。

襁褓里的初见。

一同上幼稚园，一同上小学，一同上初中，甚至到了高中，就算他考上了全国最好的高中，他还是不顾所有人的反对，毅然决然地执意转到了她所在的轩宁高中。

十七年的漫长守护，她真的不明白吗？

"你要我明白什么呀？行啦，我不跟你说啦，你看自习室的人早就走光了，我今天的功课也温习得差不多了，我也要走了。"商言汐说完，就收拾书本准备走，蔚蓝猛地拉住她的手，稍一用力就将她拉进了自己怀里。

"言汐，我喜欢你，我一直喜欢你，喜欢了很多很多年了，我想一直守在你身边保护你、照顾你，我们一定要上同一所大学。"蔚蓝紧紧地抱住她，好听的声音在商言汐的耳边清晰响起，那么言之凿凿、情之切切的，坚定不移掷地有声，带着足以匹敌风霜雪雨的款款深情，毋庸置疑。

他其实原本没有想过要这么早告白的，他原本是想等到她上大学、等到她十八岁之后再说，但她刚刚的话太用力地刺激到了他，他内心又着急、又难受、又酸涩、又嫉妒、又害怕、又慌张，冲动之下就忍不住说出来了。

她已经十七岁了，那么亭亭玉立神采飞扬。她长大了，有了对异性的好奇心，居然开始幻想和期待大学要泡帅哥了，他不允许这样的事情发生，他很怕别人抢走她，很怕。

如果这场告白早晚都要来，那么早一点来未尝不可。

商言汐听着蔚蓝的话，震惊无比，呆若木鸡，觉得此时此刻像身在梦境里一般不真实。

蔚蓝这是在跟她告白吗？也不是没有收过情书听过告白，撇弃商言汐的性格差一点外，从小到大，她的美貌还是在男生中很受欢迎的。当然，那些男生统统没法跟她青梅竹马的蔚蓝相比。

很感动，心里有一种温暖的东西在流淌，被蔚蓝这么完美的男生喜欢着，不是一件坏的事情。

但也仅仅只有感动。

商言汐从他的怀抱里挣脱出来，无比愧疚地说：

"对不起，蔚蓝，我一直以来都只是把你当哥哥看的呀。谢谢你，喜欢着这么不完美的我，但你明明配得上更好的人。"

那么温和的拒绝，却像一只无形的巨手，"啪"的一下关掉了悬挂在蔚蓝世界里的所有的灯。

黑暗袭来，光线微弱，模糊到好像看不清楚眼前商言汐的脸了。

蔚蓝像一个被拔掉插线的木偶，一动不动地站在孤独里。

消失了所有的动作和声音。

只剩下发红的眼睛，水雾在里面慢慢上涌，喧嚣，膨胀，霸占整个瞳孔。

"哥哥吗？只是哥哥吗？真是残忍。"良久之后，蔚蓝发声，字字句句里都带着心碎。

商言汐沉默。她低着头，不敢看他，那种愧疚，让她现在也很难受。

"那你告诉我，你喜欢谁？你的身边明明就只有我这样一个男生。"蔚蓝向商言汐走近一步，商言汐马上后退一步，一直充盈在蔚蓝眼眶里的眼泪终于落了一滴出来。

"我喜欢谁？我喜欢……"商言汐的脑子里空白了几秒钟，然后冒出一个名字。

"墨离。"

"我喜欢墨离。"

一开始有点犹疑，后面却越来越确定的声音。

她见不到墨离了会想他，她看到墨离跟慕筱柔在一起会不舒服，她一凝视墨离就会发呆出神、情绪失控，她的世界跟着墨离变幻各种颜色，有时候心疼，有时候又心醉，最初她还不太明白这是一种什么感情，随着时间一久，后面越来越清楚，现在她终于确定，这原来是爱啊，都是爱。

听到这个回答，蔚蓝两只眼睛里的眼泪都不争气地流了下来。

心上像插着把刀。

像要停止呼吸般的心痛。

他认识言汐十七年了，墨离才认识言汐两年多，十七年的时光敌不过两年，真是可笑。

"你疯了，墨离有女朋友！"蔚蓝一抹眼睛，满手是泪。

"我知道他有女朋友，我也没想怎么样。你千万别告诉他我喜欢他，我自己也不会跟他说的，我跟他就还是像以前一样，做好朋友。时光未央，岁月静好，什么都没发生过，什么都没改变过，就这样一直顺其自然地走下去吧。"商言汐低着头说完这番话，一抬头，这才发现蔚蓝满目的泪水。

"蔚蓝你哭了？"她惊诧又难过。

"我没有。我还有事，先走了。"蔚蓝转过身，背过脸，使劲擦了几下眼泪，然后一个人头也不回地迅速离开了自习室。

他很难过，但他不是小气的人，他会迅速调适好心情继续帮言汐辅导功课的。

他也没有绝望，他想他还有机会的，他要跟言汐考进同一所大学，他不会放弃。

02

【你不是仙人掌，又何必那么坚强。】

商氏集团的总裁办公室。

空间非常大，天花板很高，装修大气、豪华、简约、洁净、自然、严整。

墙上挂着一幅字体刚劲的"静心怡神"书法作品，高大的书架上摆满了书和几件名贵瓷器，会客沙发处铺着地毯，角落里放着几盆巨大的绿色植物盆栽。

有一面是落地窗，如果工作累了时可以站到窗前凝神远眺，从这里望过去，可以看到长沙最美丽的江景，视野极好。

整个办公室的风格都体现着主人的高品质。

商镇禹坐在总裁办公桌前，在苹果电脑上聚精会神地工作。

都说认真工作的男人最迷人，此时此刻的商镇禹，无疑是魅力四射的所在。

突然，他停下工作，用手捂住了自己的胃部，表情痛苦。

唉，老毛病又犯了。

商镇禹打开抽屉，从里面拿出一瓶药来吃。

药片就水服后，他感觉好了一些，表情有所缓解。

他靠在真皮转椅上，回想起早前他的医生好友跟他讲的话：

"老商，你这病真要好好治疗，好好调养，耽误不得的。以后别这么拼命工作了，事业固然重要，但身体健康才是第一位的。你记得要按时来复诊和治疗。"

"商总。"这时，西装革履的帅气男秘书拿着文件进来了，打断了商镇禹的回想，他迅速把药瓶盖好，放进抽屉，然后关紧抽屉，正襟危坐地看过去："什么事？"

"有份重要文件需要您签字。"男秘书麻利地把文件打开，恭敬地呈放到他面前。

商镇禹看了一下文件，然后"唰唰唰"，在上面龙飞凤舞地利落签字。

"那个……商总，我刚刚进来的时候，看到您……是在吃药吗？是不是身体哪里有不舒服？"男秘书在走之前，还是忍不住回头关心地问了一句。

"没有，不是在吃药，只是在吃补充营养的维生素片。我的身体健康得很。你别瞎担心了，安心去工作吧。"商镇禹面不改色地说。

"哦，好。您也注意休息，别太操劳了。"男秘书说。

"嗯。"商镇禹点头，冲他摆摆手。

男秘书走出总裁办公室，然后轻手轻脚地把办公室的门合上了。

商镇禹看着摆在办公桌上的女儿照片，陷入了冥想。

03

【以后的我如果让你陌生，也请记住我此刻最爱你的模样。】

高三的最后一个学期来了，通过前面一个学期的努力，商言汐的成绩已经进步了很多。

某天中午。

轩宁高中的学校食堂。

食堂大厅里坐了很多吃饭的同学，每个打饭窗口都排着长队。

一眼望过去黑压压的一片，人满为患，叽叽喳喳的，很是热闹。

商言汐、蔚蓝、伊娜、白润盏和墨离坐在一张桌子上吃饭。

自从上学期蔚蓝告白失败后，他早已经调适好了状态，表面已经可以像没事儿人一样继续跟言汐相处了，不过内心还是会时常隐隐作痛。

"哎，墨鱼同学，筱柔今天又没来上课是吧？她从上学期开始就频繁请假，这种现象什么时候能消除啊？你要不要去做做她的思想工作？眼看快要高考了，她到底在不在乎高考啊？真替她担心。"商言汐又忍不住提到了关于慕筱柔的话题。

"你别管她，你操心你自己就行了！"墨离的脸很黑，明显就是很不想聊这个话题。

这几个月，慕筱柔都是轩宁高中的最热话题人物，因为她参加了一档全国著名的歌手选秀节目，进入前三甲，一夜成名，签了一个很大的唱片公司。

因为这个情况，她经常请假不来上课。

最近娱乐新闻里好多她的报道，大家打开电脑、电视、手机都看得到，她成了引人注目的新星，成了轩宁高中的明星学生。

"你别烦墨离了，他心情不好。"白润盏冲着商言汐小声说。

他为什么心情不好？他女朋友红了，大好前程就在眼前，他不应该替她高兴吗？商言汐心里这样想，但嘴上没敢问出来。

"言汐，你不用担心筱柔了，我昨天给她打了电话，她说她现在的工作很忙，她不打算参加高考了，所以经常不来上课也没关系。"伊娜说。

"什么？不参加高考？"商言汐、白润盏和蔚蓝都很震惊，只有墨离冷酷平静到没有任何表情，好像早就知道了这个消息一样。

的确，他早就知道了，他当初并不赞成筱柔参加歌手选秀，也不赞成她这么小就签约唱片公司，更不赞成她为了这样的工作而放弃那么重要的高考，但筱柔不听他劝，一意孤行，她说当歌手是她一直以来的梦想，现在有这么好的一个机会，她怎么样都要努力抓住。

他并不想剥夺她追求梦想的权利，但等大学毕业后再去追求不行吗？为了所谓梦想而放弃学业，权衡这其中的利弊得失，她真的丈量清楚了吗？

并且，自从参加歌手选秀节目之后，筱柔变得很忙很忙，他们俩能说话、能见面的机会越来越少，距离越来越远，隔膜越来越深，筱柔好像变得越来越陌生，墨离很难过，有一种莫名的恐惧感一直一直在向他逼近。

他不想有这样的感觉，他一直在努力尝试沟通，试着把她拉回来。

他还记得他跟她的最后一次谈话，他跑到她签约的唱片公司去找她，她正在舞台上又唱又跳地做节目排演，美丽迷人，光芒四射，已经有了小明星的 style，但却像隔着千山万水般的遥远。

他把她拉到后台说话。他说："筱柔，你不能放弃高考，我们之前说好了的，要一起考上同一所大学。你忍心看我孤零零的一个人在大学里吗？我不阻止你追求你的歌唱梦想，但梦想和你的学业难道不能并存吗？你大学可以学音乐系，对你的歌唱梦想更有帮助。你既然签了约我也不会让你解约，只希望你能跟唱片公司讲明，多腾出一点时间来打理你的学业。"

"墨离，你别劝我了，我已经决定了。每个人都只有这么多的时间，我没有时间和精力再去备战高考和上大学了。上大学有什么好的？我连上大学的学费都没有，我爸还说让我早点嫁人。公司不会等我四年的。我没钱、没背景、没靠山、没后台，我只有这一个实现梦想的机会，如果失去了也许我一辈子都遇不到这样的机会了，我会遗憾终生。人生在世，我们总要做出各种选择，有得必有失，我不想后悔。"慕筱柔说。

"什么梦想？你不过是爱慕虚荣罢了。你想早点挣钱是吧？我帮你挣钱啊，我把我打工挣的钱都给你啊，你大学的学费我也会一并帮你挣到。我的钱都给你！都给你！"墨离从口袋里书包里掏出所有的现金，还有一张银行卡，全部都扔到慕筱柔身上。钱真的不多，但这是墨离课外打工所有的积蓄了。

"你这点钱有什么用！我告诉你，我已经受够了穷！我不想再等四年，这样的日子我过得太漫长了。我从小到大一个洋娃娃都没有，一条像样的漂亮裙子都没有，一百块钱的裙子我都买不起，我每次进服装店，从头看到尾，最便宜的那件衣服我都买不起，只能跟店员说'一件都没看上'，然后空着手走出来，因为我只有吃饭的钱，我只能穿校服。每次你不知道服装店的店员是带着怎样鄙视的眼光看我的，我受够了！"慕筱柔哭着大声说。

"你知道我站在商言汐旁边有多自卑吗？我明明比她更努力、更聪明、更懂事、更漂亮，但我就是一出生就输给了她。她出生在那么好的家庭，她什么都不用做就可以拥有全世界，但我什么都没有，只能靠自己。"

"我这么漂亮聪明，唱歌又好听，我为什么要受苦？我又没有去偷去抢，我现在用我自己的劳动正大光明地去挣钱，我有什么错？我想赚很多很多的钱、想尽早地功成名就、想尽早地让我的家里人过上好的生活，我想有尊严地活着，我有错吗？"

慕筱柔说了很多，眼泪从她美丽的脸上流下来，把她原本精致的舞台妆都弄花了。

墨离看着她，心里的抽痛像雨滴落在湖面上形成的椭圆形水波纹，一圈一圈地扩散，漾开。

他说："慕筱柔，你已经变得不像原来的你了。你觉得穷就是没有尊严吗？不是只有金钱和名气才能堆起尊严。尊严是在任何情况和任何环境中都不能出卖，也不能丧失的气节、思想、品质和骨气。尊严是勿忘初心，方得始终。你还记得你的初心吗？起码你就背叛了你要跟我一起上大学的誓言。"

"呵，墨离你真可笑，跟我谈初心。我本来就是这个样子，我是摩羯座的，我一直都这么现实，你难道现在才发现吗？我觉得我没有错，我只是去追求我的梦想，追求我想要的东西。对不起，大学不能跟你一起上了。"慕筱柔说。

"慕筱柔，你真自私。"墨离心痛得无以复加。

慕筱柔反驳：

"墨离，你又何尝不自私？我红了你不替我开心，我签了大公司你不替我开心，我挣了钱你不替我开心，你只想把我绑在你身边，做你温柔听话的小女人。你承认吗？你怯懦，你在害怕，你害怕我变得比你强，你害怕你掌控不了我，你害怕你会失去我。但你知道吗？就像手里握着的沙子，你抓得越紧，它可能流失得越快。"

"你居然是这样想我的？"墨离蹙紧了眉头，"我从来没有这样想过。如果你真的好，我会第一个替你开心。我让你别为了眼前的梦想放弃高考耽误学业是基于对你一生的长远考虑，大学都不上的话无论混哪一行将来都是有局限的，无论哪一行都需要文化。"

"行了！你别跟我讲大道理了！我不想再听了！你无论讲多少都没有意义，你改变不了我。我一直以来努力读书也不是真的想努力读书，而是因为努力读书可以达到出人头地这个结果，现在有了一条能更快达到这个结果的捷径，我为什么不选择呢？今天我们就聊到这里吧，我还有很多工作要做，我很忙，你回去吧，让我们俩都好好冷静冷静。不送。"

慕筱柔擦干眼泪，冷漠转身，将墨离一个人扔在后台，走了。

墨离看着那道纤瘦窈窕的身影消失在自己的视线里，心中本来盛长的繁华顷刻荒芜了，一片凄凉。

墨离从回忆中抽出身来，发现他们四个还在聊慕筱柔的话题，他冷冷地说了一句：

"当歌手本来就是筱柔一直以来的梦想，放弃高考也是她自己的决定，我劝过很多次她都不听的，你们劝更加没用。就这样吧，我无法改变她，只能暂时接受。多给她一点时间。希望她以后会想通，然后把大学学业给补起来。"

"好吧。"大家回应。

04

【心软是病，情深致命。】

日升月落，星移斗转。

日子像针尖上的一滴水珠滴入广阔的大海里，没了声音，也没了影子。

高考开始了，又结束了。

商言汐跟其他很多同学一样，觉得就像撬完了一根千斤杠杆，终于浑身轻松。

接下来，轩宁高中举办了隆重的高中毕业晚会。这一届毕业的所有学生都参加了，没有参加高考的慕筱柔也出席了。

毕业晚会在晚上举行，学校在大酒店包了一个功能齐全的豪华宴会厅，有舞池、有歌吧、有就餐区、有游戏区等，有很多好吃的美食，很多好看的节目表演，很多好玩的抽奖活动，但商言汐都没心思注意这些，她的注意力全部都放到墨离和慕筱柔这一对身上去了。

他们俩坐在相邻的座位上，但一直都是零沟通，脸色也比较僵硬不自然，是吵架了吗？在冷战吗？

墨离不开心，商言汐也不会开心，美食放在嘴里，居然味同嚼蜡。

"言汐，我们去跳舞吧。"伊娜说着就把商言汐拉进了舞池。

　　商言汐心不在焉、心猿意马地跳着，左右环顾，发现蔚蓝被很多女生围着，很多女生在跟他告白，其中不乏很优秀的，还有娘娘腔白润盏，居然也有几个魁梧的女汉子女生在跟他告白，但他明显不喜欢，一直是推拒的表情。

　　看来，高中毕业是告白季吗？那么大学毕业是不是分手季？

　　"咦，墨离和筱柔哪儿去了？"商言汐发现自己一闪神，原本坐着墨离和筱柔的位置就空了，她急忙四处搜索，发现筱柔拉着墨离往门口走了，他们的表情好像都很凝重，商言汐心里堵得慌，总感觉会出事一样，她不放心。

　　"我去下洗手间啊。你趁着这会儿空闲时间去应付你的告白者们吧。"商言汐冲伊娜丢下这一句，便急急忙忙地跟了上去。

　　慕筱柔把墨离拉到了酒店一个无人的包间，关上了门。

　　商言汐小心翼翼地跟上去，躲在门外听他们讲话。

　　慕筱柔背对着墨离站在包间里，半天都没有说话，她的面色很不好看，她不知道该怎么开口，她在酝酿勇气。

　　墨离用深沉的目光看着自己心爱的美丽女生，他默不作声地一步步走过去，从身后抱住了她。

　　慕筱柔抓住墨离的手，从他的怀抱中转身，抬起头望着他，然后吻了上去。

　　墨离起初是僵硬的，后面开始回应她，再后面他反被动为主动，紧紧地抱着她辗转亲吻，两人的吻越来越炙热。

　　吻着吻着，慕筱柔的眼泪慢慢流了下来，她推开了他。

　　"我们分手吧。"这句酝酿了很久的话终于从她的嘴里万分艰难地说了出来，伴着她绵延的泪水，暴露在冷气开得过大的包间里。

　　不光是墨离，连门外偷听着的商言汐都呆住了。

　　他的血液陡然冲上头顶："你什么意思？为什么要分手？"

　　"因为，我签约的唱片公司不允许我现在谈恋爱。说一来怕我分神，二来怕影响我的歌手形象。"慕筱柔哭着说。

　　"你是傻偶吗？他们要你往东，你就不敢往西；他们要你不谈恋爱，你就立马跟我分手。你的人生就这么轻而易举地被别人主宰了吗？你就这么没有主见、没有自己的思想吗？"墨离非常生气，口气冷硬地逼近她质问她。

　　"如果我不听他们的话，他们就会将我雪藏，那我的梦想就完了。"慕筱柔被他逼得连连后退，"啪"的一声坐在身后的沙发上，哭得更凶猛了。

　　墨离看着她，感觉自己的心一点一点揪成一团，疼痛而模糊。

　　他弯下腰来，抬起她的下巴，问她："你爱我吗？"

　　"我爱你，我不想跟你分手，可是我没有办法。对不起，对不起。"慕筱柔哭着抓住墨离的手，她的一滴眼泪滴到了他的手背上，比记忆里哪一次都滚烫。

　　他冷酷地甩开她的手和她的下巴，直起身来，看着她："慕筱柔，你承认吧，比起爱我，你更爱你的梦想和前程。"

　　"是。我承认。"慕筱柔去擦自己的眼泪，"可我还是希望我们俩能做普通朋友。"

　　"呵呵，"墨离发出凄凉的冷笑，带着恨意地看着她，"慕筱柔，你真的太自私了！"

　　他转过身，背对着她，用北极光也穿不透的黑暗声线说道："我接受你的分手。今天是我们的最后一次见面。就这样吧。一别两宽，各生欢喜，山南水北，永不相见。"

　　然后他毫不留恋地径直往外走，握住门把，拉开了包间门。

　　"啊！"原本整个耳朵和身体都贴在门上的商言汐被这么一拉，就摔了进来，很是狼狈。

　　墨离看了她一眼，没有任何表情地大踏步走了。

"墨离！"商言汐本能地追了出去，他遭受这么大的打击，她很怕他会想不开，她很担心他。

跟到电梯那里，墨离突然转过身，红着眼冲着商言汐大吼："别再跟着我！滚！"

那个"滚"字刺痛了商言汐的耳膜，她看着他，怔在原地。

"我担心你。你别太难过了，你千万不要想不开，你要对自己好一点。"商言汐颤抖着语气说。

"我用不着你担心！你是我什么人？你以前偷窥成瘾，现在又跟踪成瘾是吧？商言汐，别再为你的恶趣味找借口了！我根本就不喜欢你，你少自作多情了！"墨离冷酷地扔下这一堆话，便乘电梯走了。

商言汐跌坐在地，用发抖的双手捂住了自己的眼睛，眼泪从她的指缝里一点点地流出来，滴落在冰凉的地板瓷砖上，开出暗哑的满布尘埃的花朵。

比想象中的更痛。

原来爱一个人是这样的感觉。

怎么办？她发现自己比想象的还要更爱他。

05

【青春在白色的象牙塔里发酵。】

大学生活开始，已年满 18 岁的商言汐、蔚蓝、伊娜、白润盏和墨离告别了位于长沙的高中，考上了远在北京的同一所大学 A 大。

商言汐读的是她喜欢的心理学专业，蔚蓝读的是工商管理专业，墨

离读的是建筑设计专业，伊娜读的是播音主持专业，白润盏读的是服装
设计专业。

关于读什么专业商言汐之前也是跟父亲起了争执的，父亲想让她读
工商管理专业，毕业后好接管他的公司，但她完全没兴趣。

虽然没选他想要的专业，但对于考上一本大学的女儿，商镇禹是很
开心自豪的，看来女儿是遗传了他的聪明基因，所以用高三一年的努力
就把差成绩补上去了，拿到这个成绩时老师还怀疑商言汐是不是作弊了，
但当然不是。

还记得大学报到的前一天，商镇禹对商言汐说：

"女儿，明天让爸爸开车送你去报到吧。"

"不要。"商言汐一口拒绝。

"为什么？"商镇禹问。

"您开的是几百万的豪车，太炫富了。而且，您是知名企业家，太
出名了。您一送，别人肯定都会认出您来。我肯定就会被同学们攻击或
隔离的，那我的大学生活就毁了。我只想在大学里做个普通人。请您给
我一个平静的大学生活，好吗？"

"好吧。"商镇禹只得作罢。

进入大学，商言汐等人认识了很多新的同学和朋友，见识到了更广
阔的天地。

商言汐在大学跟伊娜同寝室，另外还有两个新室友叫张璐瑶和孟荷，
四人迅速打成一片。

蔚蓝、白润盏、墨离三个同宿舍，另外还有个新男生叫琳琅，是个
长得很帅也很风流的富二代花花公子，很有背景。

A大的同学们都说，墨离的宿舍是A大的校草集中营，是A大的小
鲜肉明星宿舍，除了伪娘白润盏因为太娘炮的性格没有被评上校草，其
他三个都是实至名归的校草。

06

【有时候你需要接受现实，有些事永远也回不去以前的样子了。】

墨离在大学很受欢迎，他只要站在这里，什么都不用做，就可以吸引所有人的目光。

他是天生的焦点。

迎新队伍中的学姐们争相来迎接他，同班同级的女生们也不断来跟他搭讪，但墨离对谁都是冷冰冰的。

他整个人就像罩在一个冰冷坚硬的玻璃罩子里，冷心冷面，隔绝着这个世界。

商言汐知道他不快乐。

自从高中毕业晚会那天之后，她就再也没见墨离笑过。

她知道自从慕筱柔跟他提出分手后，他一直深陷在失恋的痛苦中。

他原本就是那么疏离清冷的男生，身上的温暖本来就不多，如果还被人伤害、被人夺走了的话，他今后的人生该要如何再对别人笑？

一想到这里，商言汐就又心疼又着急。

那种难受，在她身体的每一个细胞里毫无章法地流窜奔涌，形成真切的痛。

她好希望自己能代替他承受所有的痛苦。

这天，她把伊娜和白润盏召集来，急哄哄地说："姐妹儿们，你们快帮我想想办法吧，有没有什么办法能帮墨离走出失恋的痛苦啊？"

"什么失恋啊？墨离失恋了？没见他谈过恋爱啊。这消息也太劲爆了吧？"伊娜和白润盏都是目瞪口呆的样子。

"好吧，你们到现在还不知情，说明我是一个非常信守承诺的人，你们这么好的姐妹我都没有说。我在高一的时候就无意中撞见墨离和慕筱柔早恋的事情了，但我答应了墨离高中三年都不能说，所以我一直守口如瓶，我连蔚蓝都没说，但蔚蓝那么聪明，他很早就自己猜到了。"商言汐说。

"他们俩高一就开始谈了？"伊娜问。

"是啊，高一谈的，秘密谈了三年，因为学校禁止早恋，所以他们俩只能玩地下情，表面就以好朋友的关系相称。他们是彼此的初恋呢。唉。"商言汐说。

"初恋好哇，金童玉女天生一对啊，我一直就觉得他们俩很般配，不在一起可惜了。没想到真的在一起了。可是这么好的一对璧人，应该天长地久、白头偕老啊，咋就分手了呢？"白润盏无不可惜地说。

"言汐你不说我也能猜到，肯定是因为慕筱柔红了，成明星了，所以嫌弃墨离了。"伊娜说。

"不是，是因为她签的唱片公司不让她谈恋爱……好啦，我不多说了，说多了我就变得很八卦啦。总之他们俩玩儿完了，这是事实。这个事情你们谁也不准给我讲出去，听到没有？尤其是不能当着墨离的面说，以免刺激他。我把你们俩当好姐妹才跟你们透露的。"商言汐对伊娜和白润盏下了警告令。

"知道啦，大小姐。"伊娜和白润盏举着单手保证。

"反正以上的都不是重点，都不是我今天找你们来的目的，重点是怎么才能让墨离走出失恋的痛苦。"商言汐愁眉不展地说。

"很简单啊，治疗失恋的最好方法就是开启一段新的恋情。"长得比女孩子还漂亮的白润盏，比着兰花指女声女气地说。

"对啊！我怎么就没想到呢？"商言汐拍着脑袋恍然大悟地说道。

"因为你笨啊！"伊娜风情万种地打趣道。

"那接下来，我们就是要帮墨离找一个新女朋友咯？"商言汐问。

"宾果。"伊娜和白润盏齐声回答。

"那找谁呢？墨离这么完美，要让他能看上的女生真的必须是万里挑一呀。"白润盏陷入了沉思。

商言汐想了想说："干脆我自己上吧。"只要能让他重新快乐起来，她粉身碎骨也甘愿。

"你？"伊娜和白润盏看着商言汐，眼睛和嘴巴都睁得老大。

"是啊！我不行吗？像我这么国色天香、要身材有身材、要脸蛋有脸蛋、要家世有家世的，难道还配不上墨离吗？"商言汐自恋道。

"配得上配得上。但是你也用不着这么大义凛然地帮朋友吧？连你自己都搭上去。连我都觉得你实在是太高尚、太伟大、太具有奉献精神了。"白润盏说。

"言汐，你是不是爱上墨离了？"伊娜问。

商言汐的脸一红，直接承认了："是啊，我就是爱上他了！从高三开始我就爱上他了，但他那时候有女朋友，所以一直没敢说。"

"好！你眼光不错！承认得够爽快！我们一定支持你！"伊娜和白润盏说。

"行，谢谢你们啊，我先自己想想该怎么引起墨离的特别关注，该怎么步步攻陷墨离的心。我先自己试试，如果有什么困难我再找你们啊！"商言汐说。

"OK。"伊娜和白润盏比出漂亮的 OK 手势。

正好，这一年微博出台了。

微博逐渐流行，大家都开始疯玩微博。

商言汐等人都注册了微博，墨离也有，只是发得少，与此同时博客逐渐淡出。

墨离的微博名就叫"墨鱼"。

商言汐经常去墨离的微博转发评论点赞，写各种体现内涵、体现高大上的心灵鸡汤评论，各种带情意的言语暗示。

比如，有一次墨离发了一条"48小时没有说一句话"的微博，配了一张他自己的孤独背影图，商言汐在下面秒转秒评："难过什么，这世界又不是你一个人爱而不得。"

然后她又评论："在这个世界上，不要太依赖别人，因为，即使是你的影子也会在黑暗中离开你。"

她还会经常在自己的微博发一些带隐喻情意的微博，并@墨鱼。

比如，她有一天写了一条这样的微博：

"有人说，真心喜欢的人没法做朋友，因为再多看几眼还是想拥有。@墨鱼，你觉得这句话有没有道理？"

比如，另外一天，她又写了一条微博：

"潮汐是海水在天体引潮力作用下所产生的周期性运动，一般每日涨落一次或两次。墨鱼是喜栖于远洋深海中的海洋软体动物，体内有墨囊可释放浓黑的墨汁，会跃出海面，具有惊人的空中飞行能力。如果潮汐遇到了墨鱼，你猜会怎么样？@墨鱼。"

还比如，她在微博中写道：

"我曾在机场等一艘船，想着海水蓝不蓝。我想跳下去，变成一条直线洄游的鱼。@墨鱼。"

"那瞬息间某人的凝视，某人的样子，总会在一些回忆里栩栩如生，因为总有一些人对记忆和时间忠诚，为虚实相间的一场盛大幻觉负责到底。@墨鱼。"

但无论她写什么，无论她@他多少遍，无论她在微博怎么向他招手，他都完全没反应，从未回应过。

第五章

十八岁·蒲公英·逐爱

【引言】

如果在大学里你爱上了一个人，

那就大胆地去爱吧，

甭管配不配，

甭管一开始他接不接受你，

甭管毕业后你们会不会分手。

每个女生，

在你最美的年华里，

一定要有一场竭尽全力奋不顾身的爱，

不负韶华，

不误学业，

疼痛难免，

和爱人一起进步，

那是你由不成熟走向成熟的过渡，

是你的成年礼。

01

【真挚的友谊是人生最温暖的一件外套。】

"唉，真失败啊！"这天，商言汐在上课的时候又悄悄打开手机微博来刷，看到墨离还是没有任何回应后，沉闷地叹了口气。

因为心情不佳，商言汐眼前所看到的世界瞬间变成了黑白色。

不能再这样下去了，得想想办法。

她发短信给伊娜和白润盏："下课后到学校的篮球场一聚。"

现在他们三个人读的是不同的系，所以上课也不在一个教室。

下课后，他们如约而至。

A大的露天篮球场有很不错的观众席，他们三个就一人捧着一杯奶茶坐在观众席上聊天。

篮球场上有几个帅气潇洒的男生在打球，头发飞扬青春四射的，但这只是无关紧要的一个背景，根本吸引不到商言汐的注意，她的眼里只有墨离。

"这个追人是要讲究技巧的。你没听过一句话吗？爱情需要技巧，婚姻需要经营。想追墨离，你要采取比较理性的战略计划，要一点一点融化和攻克墨离的心，然后让他走出失恋的痛苦。"伊娜说。

"怎么个理性战略法呀？"商言汐问。

"分三步走：第一步，追求目标全面分析；第二步，量体裁衣，制订详细的追求计划；第三步，按计划展开行之有效的追求行动。"伊娜说。

"对，这是我跟伊娜的共识。"白润盏在旁边附和道。

"说得有道理，那我们接下来赶紧做吧，你们俩是我的军师团，你们可得帮我。"商言汐拉住他们俩的手说。

"没问题。"伊娜和白润盏灿笑着一同回答。

接下来，进行第一步，追求目标全面分析。

他们三个搜集了墨离的各方面信息，翻阅了一些性格学、心理学、爱情学概论等大量研究人的书和资料，从他的家世、性格、爱情观、价值观、人生观、生活习惯、兴趣爱好、对食物的喜厌、优点、弱点等来全面分析。

伊娜对星座是有研究的，于是也从墨离的星座性格、属性、象征、最佳配对、掌管宫位、阴阳性、主管星、幸运号码、年度运势等来分析。

伊娜说："从星座学来分析，言汐你是双子座，墨离是处女座，这两个星座匹配度是十二星座里最低的，我劝你还是放弃吧。"

"去你的。我说过无数次了我不信星座这种东西，你别忽悠我了。我坚决不放弃，只要能让墨离走出失恋的痛苦，我愿意与星座叫板，与全世界为敌。"商言汐高举着双手说。

"疯了疯了，你真是疯啦！"伊娜和白润盏都说。

姐妹儿疯了能怎么办？疯了也是姐妹儿也要支持她，所以白润盏和伊娜继续支持她。

第二步，量体裁衣，制订详细的追求计划。

这些追求计划是他们翻阅大量书籍和网络资料所得，他们三个一起研究"如何追求上校草的技巧""如何追求上学霸的技巧""如何追求上性格冷漠男生的技巧""如何追求上处女座男生的技巧"，在各种书籍、视频、网络等地方抄追求方法，不分白天黑夜地弄。

商言汐自己抄，用笔记本电脑敲字抄，敲字整理，敲得很累但还是咬牙坚持。

敲完整理后打印出来，她撕成一条一条的纸开始背，除了背追求方法，主要背的还有关于墨离的各种兴趣爱好、饮食习惯、生活习惯等，这些都是实践时要用的。

伊娜和白润盏就给她打下手，伊娜给她买补充能量和熬夜的食物，白润盏给她按摩肩膀给她做黄瓜面膜敷，给她加油打气，她就立刻满血复活，继续抄和背。

类似这样的小情节很多，搞笑，温馨，和暖。

友情之花开得浓烈。

02

【我只希望这个世界可以很小很小，小到我一转身便可以看见你。】

第三步，按计划展开行之有效的追求行动。

这天，一大早，商言汐就被伊娜从 A 大的女生宿舍硬拽了起来。

"快点去洗脸洗澡，记得洗澡洗三遍。洗干净一点。你别忘了，你今天有很重要的行动。"伊娜把还睡眼蒙眬的商言汐拉进了洗浴间。

商言汐晕乎乎地洗着，啊，好想再睡一会儿啊。我有起床癌，起床癌。

洗完出来，伊娜拿出好几条裙子在她身上比来比去的。

"这几身，都去试一下，我看看哪条最合适。"伊娜说。

"怎么全都是白色的呀？"商言汐瞅了瞅伊娜塞进她怀里的这几身衣服说。

"你个没记性的，不是调查了墨离最喜欢的颜色是白色吗？所以，你要出现在他面前，当然穿白色是最好的。"伊娜说。

"哦，对。"商言汐说着就去洗浴间换衣服。

换完一件就出来转圈让伊娜参谋，开启了时装表演模式。

这时候，同寝室的另外两个女生张璐瑶和孟荷也相继起床了，她们从洗浴间端着漱口杯出来，一边刷牙一边围观商言汐做时装表演。

张璐瑶是河南人，家境普通，长相普通，戴着副眼镜，各方面都很平凡，但学习成绩不错，是很勤奋努力的那种。

孟荷是黑龙江人，农村户口，家里穷，很节约，有点拜金，长得比较清秀，只是有点土气。

这两人都很善良。

"不行，去换。"

"不行，去换。"伊娜每看商言汐穿一件出来，都是这样的评论。

"不会吧？都不行？我看言汐穿每一件都很漂亮啊，她天生丽质，身材又好，穿抹布都好看的。"张璐瑶把牙刷从嘴里拿出来说。

"是的，这些衣服都很漂亮。"孟荷说。

商言汐昂起头，有点小得意。

伊娜打击下来："张璐瑶你这马屁也拍得太酸爽了吧？你那是什么审美？太 LOW 了。我们要学学周星驰他老人家，凡事都要追求完美，这才是人生的最高境界。"

"晕死，就是一件衣服而已，跟星爷有一毛钱的关系吗？"商言汐冲着伊娜翻白眼。

"我只能说你这领悟力太差了，快点去换吧，待会儿如果错过了跟某人偶遇的时间，可别怪我。"伊娜说。

"OK，OK，我去换。"某人是撒手锏。

总共换了十多件，最后那件纯白色的娃娃领连衣裙终于让伊娜觉得不错，就这么定了。这时候，张璐瑶和孟荷早已梳洗完毕出宿舍了。

"要不要再喷几滴香奈儿的香水啊？"商言汐在镜子前左照右照

地说。

"不用。你不是洗澡的时候用了香皂吗？那种淡淡的香皂味就是最好的，清新，馨香，自然，纯洁，美好。"伊娜说。

"呀，伊娜，我才发现你的现代汉语学得这么好哇，怎么考试的时候没见你打高分呢？"商言汐笑道。

"你少取笑我了，快点，我们要出门了。"伊娜开始换鞋。

然后，她们俩去食堂买早餐。

7:30，墨离每天都是这个点儿准时来A大食堂吃早餐。

"好巧啊，墨离。你来买早餐啊，我也是。"商言汐看到了从打餐窗口端着早餐玉树临风走过来的墨离，立马欢喜地迎了上去。其实不巧，她是摸准了他的行程，故意踩着点去制造偶遇的。

但墨离冷冷的，没有反应，只是径直端着早餐坐到食堂的就餐区吃。

"你干吗不理我？"商言汐问。

墨离还是面无表情没有反应，闷不做声地一个人吃着早餐，他连吃早餐的样子都很帅，又优雅又高贵，其他吃早餐的人自动沦为他的布景。

"你等着我啊，我去买早餐，很快就回来。"商言汐这样跟墨离说，然后飞快地小跑着去打餐窗口打早餐，伊娜在帮她排着队呢。

等她以最快的速度端着早餐去就餐区，却发现墨离早已悄无声息地走了，只剩下空荡荡的座位。

"真可恶！死墨鱼！"商言汐重重地跺了一下脚，然后下一秒钟又鬼灵精怪地笑了，"嘻嘻，没关系，待会儿我们又会见面了。"

建筑设计专业教室。

这节要上的是专业基础课：建筑制图与模型基础。

建筑设计专业的同学们陆陆续续地背着书包抱着课本走进来了，墨离也是其中的一员。

一道白影闪过，一位美女不动声色地坐到了墨离旁边的位置上。

一缕清甜的肥皂香混合着少女身上特有的味道传入墨离的鼻子。说实话，挺好闻的。

墨离面无表情地转过头："商言汐，如果我没有记错的话，你学的是心理学专业。你走错教室了。"

"嘻嘻，没走错。我喜欢上你们系的课。我是一个爱学习的人，学海无涯，学海无系别之分，我要全方位拓展自己的知识面。你应该鼓励我、支持我。谢谢。"商言汐一脸的俏皮和无辜，还有诡辩。

墨离的额头冒出黑线，不再理她。

老师走了进来，开始上课。

同学们都开始专心听课，学霸墨离更是正襟危坐聚精会神，商言汐表面上装作很认真的样子，课桌下的脚和手却一点都不老实，不安分地动来动去，左鼓捣一下右鼓捣一下的，时不时地塞点东西在嘴里憋着嘴吃，一刻都没闲住。

"你是老鼠吗？"墨离终于看不下去了，瞪着她低声说道。

"我是。"商言汐笑着小声回答，然后冲他做了一个扮米老鼠的鬼脸。

墨离无语，扭过头，不想再理她。

"好啦好啦，我不吃了，我听话。"商言汐乖乖收拾好零食，抹了抹嘴巴，挺直腰杆儿坐好，开始认真听课。

"这个问题，哪位同学来回答一下？"半节课过去之后，讲台上的老师提问了。

教室下面静悄悄一片，没人敢回答。

"我来。"一个清丽好听的嗓音突然响起，是商言汐举了手，她"唰"地站了起来。

不光是墨离，连其他同学都很吃惊。大家打量着她，心里都在想：这位同学好面生啊，怎么以前好像从来没见过？她真的是我们系的吗？还是新转来的转校生呀？不过长得好漂亮啊。

商言汐心不慌气不喘地讲出了自己的答案，老师连连点头。

"嗯嗯，讲得不错，这位女同学回答得很棒。请坐。"老师用赞赏的口气说。

商言汐很高兴地坐下了。

在坐下之前她看了墨离一眼，心里想着：嘿嘿，你对我刮目相看了吧？连你们系的问题我也能回答出来。本小姐就是这么聪明，只要我想学，没有哪门课是能难倒我的。至于我之前下了多少功夫，翻了多少遍你们系课程的课本，我是绝对不会告诉你的，嘻嘻。

墨离假装没有看到她投来的眼神，依然顶着一张冰山脸看着黑板。

在下课前，商言汐又被老师叫上讲台，在黑板上做了一道习题，也做对了，老师对她赞许有加。

下面的同学们也震惊了，恍若看到了一位学霸女神在冉冉升起。

这样的事件还有很多，原本不大爱学习的商言汐，跟着墨离上了各种各样的建筑设计专业课，每次上课都故意坐在他旁边，在他面前刷存在感。

并且她上课表现很好，经常踊跃举手回答老师的问题，答案完美，老师和同学们都很喜欢她，让墨离不得不注意到她。

为此她在背后没少下功夫，凡是她准备去陪墨离上的建筑设计系课，她都要去了解，以防上课回答不出问题出糗，幸好她本来就很聪明，所以学起来也不是太难。

她还费尽心机，每天大方自然、不厌其烦地制造与墨离的各种偶遇。

"呀，墨离，真巧，你也来看书呀？我也是呢。我来还这本奥斯特洛夫斯基写的《钢铁是怎样炼成的》，顺便还想借一本鲍里斯·瓦西里耶夫写的《这里的黎明静悄悄》。"这是在图书馆的偶遇。

"呀，墨离，真巧，你也在用电脑查资料呀？我也是呢。你查的是什么资料啊？我看看我们俩查的资料是不是一样的？"这是在电脑机房的偶遇。

"呀，墨离，真巧，你也在做习题呀？我也是呢。啊，我的钢笔没水了，你能不能借支钢笔给我用用？先谢谢了。"这是在自习室的偶遇。

"呀，墨离，真巧，你也在湖边吹风啊？我也是呢。天气这么闷热，吹吹风有助于身心健康哈。我买了可乐，你要不要喝？"这是在学校湖边的偶遇。

······ ······

03

【水滴石穿，这世上没有谁刀枪不入。】

北京某厨艺班课堂上。

商言汐穿着白色的厨师制服，围着白色的围裙，戴着高高的厨师帽，左手拿锅，右手拿铲，在可移动炉灶前热火朝天地忙活着。

环望四周，有不少跟她穿着打扮一样的厨艺班学员在操练做菜。

像上课的教室一样，整整齐齐地排了八排的可移动炉灶。

前面有一个四十多岁的男性厨艺老师背着手在跟他们滔滔不绝地讲着做菜的一些诀窍：

"现在，你们将锅里的油倒出去，留点底油就可以了，然后放入20克冰糖改小火慢慢地融化冰糖。冰糖融化后，慢慢的，糖液变色而且会起泡沫，当泡沫要向两边散去的时候，放入煮排骨的汤200克，将炸好的排骨也放进去，放入盐、冰糖或白糖50克，花椒粉少许，改小火慢炖，如果你觉得你做的排骨颜色不够深，可以滴几滴老抽……"

学员们就都跟着老师的说法在做菜。

商言汐有点手忙脚乱的，袖子高高地挽着，满头大汗，漂亮的小脸红通通的，一会儿炒菜，一会儿切菜，一会儿放佐料，一会儿抓起锅子摇几下，一会儿调整炉子的火势，头发乱乱的，手背上沾着酱油和蒜片都来不及擦。

她眼睛里认真无比的光芒，像星辰一样，让人觉得她此刻格外的美丽动人。

在小火慢炖排骨的时候，商言汐终于可以歇口气了，她把锅盖盖好，擦了把额头上的汗，捶着自己的腰说道："呼，累死我了。"

"喂，言汐，你为什么会想来参加厨艺班啊？像你这么漂亮的女孩子，谁会舍得让你下厨啊？何况你现在还在读大学，学校有食堂，又不需要你自己做饭什么的。"站在她左边的一位女学员柳莎问她。趁着不是那么忙的时候，可以聊聊天。

这位女学员是她参加厨艺班后结识的朋友，比她大几岁，刚结婚，是个全职太太。

"因为爱情，"言汐带了一点羞涩地说道，"我的姐妹们告诉我，要抓住一个男生的心，必须先抓住他的胃。所以我就课余时间报了这个厨艺班。我原本不擅长厨艺，也对厨艺完全没兴趣，但为了给我喜欢的人做美食，我愿意改变我自己，成为一个更好的人。"

"哇噻，我听着好感动哦。那个男生如果知道你为他做这么多，他会更感动的。你这么好的一个姑娘，他一定会喜欢你的。"女学员柳莎说。

商言汐灿烂地笑了："哈哈，希望哦。谢谢你，柳柳。"然后她又投入到了紧张的做菜学习中。

商言汐学得很认真。

双子女是很聪明的，她聪明的一个方面就表现在只要是她想学的东西没有学不好的。

她的领悟能力很强，迅速掌握了做很多美食的技巧，厨艺学习成绩很好。

于是，某天，她拿着一个自己做好的便当，找到篮球场上正一个人在打篮球的墨离，举着便当笑着对他说："别打了，中午了，该吃午饭了。人是铁饭是钢。这是我亲手做的便当，刚做好的，还是热乎乎的，你拿去吃吧。"

墨离停下来，抱着篮球看着她，没有接便当，脸上面无表情："我为什么要吃你做的便当？"

彼时阳光正盛，空气里飘荡着彩叶草的芬芳，她被他高大的身影笼罩在阴影里。

商言汐眨巴着漂亮而真诚的大眼睛对他说："其实，我这段时间报了厨艺班在学厨艺，厨艺班的老师让我们每天做出厨艺作品找试吃客点评，这是每天的固定作业，你能不能做那个试吃客帮帮我？"她这话半真半假的。学厨艺是真，但哪有什么固定作业要找所谓试吃客的。

"试吃客？试吃客是不是要冒着被毒死的危险啊？"墨离的语气和目光都是冷峻的。

"不会，绝对不会！我以我的性命担保！我做的东西很好吃的，怎么可能会有毒？如果你被毒死了，我铁定跟着你一起去死。"商言汐着急地说道。

"如果我被毒死了，你跟着我死一百次也没用，因为我已经无法死而复生了。这活儿我干不来，请另找他人吧。"墨离板着一张扑克脸说完就要走，商言汐赶紧拉住他："别啊，除了你，我找不到更适合的人了。试吃客的智商和帅气是非常重要的，这决定了他对美食味道评判的专业性和精准度，你是我见过的智商最高、长得最帅的男生了，你说我不找你找谁？"

……墨离有点哭笑不得。他很明显地知道她是在拍他的马屁，但是她说的又是事实啊。他也自认为自己智商很高、颜值很高，不对，不是他自认为，是全世界都公认的客观事实。

墨离站在原地沉默了一会儿，然后向她伸出手："拿来吧。"

"什么？"商言汐一时没反应过来。

"便当。你不是要我当你的试吃客吗？"墨离冷着脸说。

"啊，哦，这么说你答应我啦？太好啦，太好啦。"商言汐高兴得一蹦三尺高。

赶紧恭恭敬敬地把便当双手奉给他。

墨离看着她阳光下开心的白润笑脸，带着淡淡的嫣红，仿若盛夏的莲，他的眼睛有点晃。

他把篮球放入体育器材室，在水龙头下洗了一把脸和手，坐到学校公园树荫下的草地上吃便当。

商言汐就坐在他旁边，睁着非常期待的大眼睛看着他吃。

"怎么样？好吃吗？"商言汐迫不及待地问他。

墨离慢慢地咀嚼着她做的饭菜，半天都没有回答她。

味道竟然……出乎意料地好，温情、细腻、干净、浓香、咸辣得宜，让他想起了母亲做的饭菜的味道，自从高中在学校寄宿开始，他就很少有机会能吃到母亲做的饭菜了，现在上了大学，到了北京，路途遥远，他更难得回去一次了。

有什么东西随着这些饭菜的味道静静地渗透进了他身体的细胞，那寒冷已久的封冻的心好像有了一点知觉，那是温暖抵达的声音吗？

"把本子拿来，我把试吃后的点评写上去。"墨离说。

"哦。"商言汐赶紧从书包里拿出本子和笔，递给他。

墨离认真地写下了一大段长评，关键是，他的字迹非常漂亮。

"啊，你给我打了个'优'啊，说明我做得很好吃咯？哈哈，我太开心啦。我太有成就感啦。"商言汐一看到长评前的"优"，就开心地抓着本子，仰天倒在了草地上，还手舞足蹈的，手和脚在空中不停地乱动，笑得合不拢嘴。

她这个样子像什么？像壳被人翻过来的乌龟。墨离一想到这个比喻，就不由地扬起嘴角笑了。

"你笑什么？"商言汐从草地上坐起来，摆正姿态。

"没什么。"墨离大口大口地吃饭。真的很好吃，他好久没吃过这么好吃的饭菜了，妈妈的味道，家的味道。

商言汐看着他，眼睛里幸福涌动。他笑了，真好，她的努力总算没有白费。

接下来，墨离每天的早中晚餐就都被商言汐给包了，她每天换着花样给他做便当送便当，而他，竟然也可耻地隐隐期待着，因为，这真的是一种让他无法拒绝的味道。

当然，他也是很尽职地履行着一个试吃客该做的义务，他每天都会一点不剩地吃完，然后很认真地给她的美食作业写点评，从不马虎。

他给的点评全都是优，因为凭良心说，确实味道很好。

一个养尊处优的富家女居然能做得一手这么好吃的饭菜，他真的对她刮目相看了。

他慢慢吃上了瘾。

一个月后，商言汐却再也不给他送餐了。

他等了几天等不到，终于有一次在学校的路上偶遇时，忍不住问了她："咳，商言汐，那个……你这几天是手受伤了吗？"

"没有啊。"商言汐说，并摊开自己如玉般的青葱十指给他看。

"那，你这几天是不是心情不好？"墨离问。

"也没有啊。"商言汐粲笑着回答。

"那，你这几天是不是功课很忙？"墨离继续问。

"更没有啊。我闲得很，功课一点都不忙。如果你想找我去约会，我会很有空的哦！"商言汐凑近他，坏坏地说道。

墨离弹跳开来，俊脸上有了一丝不易察觉的很淡的红晕，但稍纵即逝。

"那，你为什么不做便当了？"哈哈，终于问到了主题。

"啊哈哈，你绕了山路十八弯，原来就是想问我这个啊？我告诉你原因，"商言汐扑闪扑闪地眨了眨漂亮的大眼睛，狡黠地笑着说道，"因为，我在厨艺班已经通过考试，厨艺毕业了，不用再上厨艺课也不用再交美食作业了。恭喜我吧？"

"恭喜。"墨离说道，但商言汐明明看到了他眼睛里有淡淡的失落。

"谢谢你这段时间做我的试吃客，辛苦你了。"商言汐说。

"不谢。"墨离说完转身离开了。

商言汐看着他略带失落的顾长背影，在心里比出胜利的 V 字："哈，计谋成功，抓住了他的胃又突然抽离，他以后一定会经常想念我做的美食，继而开始慢慢想念我。"

04

【来日方长，有我在你身边。】

A 大游泳馆。

这是一个让人流鼻血的集中营，是 A 大的经典乐园。

穿比基尼、身材火辣、前凸后翘的 A 大女生和只穿一条泳裤、身材健美、腹肌毕露的 A 大男生经常在这里走来走去，游来游去。

平时的游泳课也都是在这里上的，那时候就最壮观了，一排的比基尼女生加一排的泳裤男生，另外还有游泳课的老师们，老师们无论男女身材都是一级棒，站成一道亮丽的风景，让人血脉偾张。

青春的荷尔蒙在扑腾的水花里迷乱飞舞。

另外，这也是 A 大校游泳队的练习场。

校游泳队是 A 大的一个正规学生团队，跟校篮球队、校排球队、校舞蹈队等性质差不多，这些团队有别于那些学生自己根据兴趣组建的 cosplay 社、街舞社等，这些团队是专业的，是老师考核推举，肩负学校荣誉，要代表学校参加各种比赛的，并且有各种补贴。

墨离是老师推举的游泳队队长，因为他的游泳成绩非常好。他有一项职责是，负责帮老师训练那些新选拔出的游泳队员。

为了追墨离，商言汐参加了这个队，其实她游泳不错，但在墨离面前经常装白痴、各种游泳术不懂的样子，让墨离教她，于是两人会有不少的肢体接触。

现在正是校游泳队练习的时候。

校游泳队成员穿着训练服泳装，笔直地排成两排站在泳池旁边，这都是学校从各系学生中精挑细选出来的，一色的俊男美女，身材和体能都很好，非常养眼。

墨离身为队长，站在队伍前面，严肃板正地跟队员们讲着这节课要训练的内容。

商言汐站在前排，目不转睛地看着他，一阵心神激荡。

只穿着泳裤戴着泳帽的墨离，就像一个完美的神话，倒三角的身型，肩宽腰细胸结实，八块腹肌，人鱼线隐现，蜜色的肌肤，已经褪去高中时的年少青涩，更加的挺拔成熟，已经完全成长为一个坦然自若的成年人，又青春又性感。

加上墨黑的眉毛，星辰般的眼睛，神秘清冷的气质，俊美到让人无法相信的容貌，应该没有任何一个女生可以抵抗得了他的诱惑。

他像是一个奇迹般的存在。

商言汐忍不住流出了鼻血。

"啊，言汐，你怎么流鼻血了？是不是身体哪里不舒服？"旁边有一个女队员突然尖叫。

"哪有哪有。"商言汐赶紧用手捂住自己的鼻子，左手捂，右手使劲擦，"没事。嘻嘻，是早上吃的番茄酱从鼻子里跑出来了。"

"哈哈。"全体队员哄堂大笑。

只有墨离没有笑，他面无表情地看了她一眼，又收回视线，对着大家说："好了，今天的训练内容我先讲到这里，你们接下来开始下水练习，首先练短距离自由泳。"

扑通，扑通，大家纷纷下水。

"墨队长。"墨离在泳池旁走来走去观察队员们的练习情况时，突然从哪里冒出一只手抓住了他的脚踝。墨离吓一跳。

低头一看，是站在泳池里的商言汐。

她浑身上下都是湿的，都是水，泳帽里不小心露出的几根秀发也滴着水，她在仰着脸冲着他无比灿烂地笑，洁白、甜美、纯净的笑容，像是荒原上突然盛放的花朵。

并且，从他这个角度俯视，他正好一览无余地看到了她泳装下面雪白傲人的半胸和完美深陷的乳沟。他猛然间心跳加速，呼吸急促，心莫名的有点慌、有点烫，飞快转过脸转过身，不敢再看她。

"你找我什么事？"墨离背对着她，冷冷地问。

"队长同学，我是想请教你，我的动作怎么老是不标准？"商言汐笑着问他。

"我下来教你。"墨离舒缓好自己骤起的情绪，无奈地转身下水。

"你要这样，你的胳膊要向前伸，抱水时要用力，打退要绷紧脚，幅度小但要快速……"墨离在水中手把手地教她。

"哦哦哦。"商言汐口中这样乖乖地应着，但其实根本就没用心听，只顾看墨离的俊脸和小鲜肉好身体，只顾享受墨离教她时两人肢体接触的美妙感觉去了。

她不听没关系，她不用听也会的，她只是装白痴，好有机会能多跟墨离亲密接触。

她承认她在某种程度上是个色女，但她只对她爱的人色。

"商言汐你在看哪里？你到底有没有在认真听我讲？"墨离注意到商言汐在盯着他健美的胸部发呆，他瞪着她质问道。

"我在听，我在听。"商言汐红了脸，赶紧回过神来，收回视线，认真划水。

没过多久，她突然大叫："啊，水里有蛇！"说时迟那时快，她迅速整个人跳到墨离身上，高抬着弯曲的双腿，双手紧紧搂住了他的脖子，一副害怕不已我见犹怜的模样。墨离不得已，只能本能地顺势用公主抱的姿态抱住了她。

"蛇在哪里？"墨离抱着她在水里左望右望、左搜右搜的，都没看到蛇的半点踪影。

"就在那里啊。"商言汐将脸深埋在墨离的胸前，不敢看地指了指泳池水面的某处。

"什么都没有。你的眼睛看错了吧？"墨离没好气地说。

"咦？我刚刚明明看到了一条银色的蛇在水里向我游来，难道看错了吗？"商言汐将自己的脸从墨离胸前慢慢抬起，转过脸来看水面，"真的什么都没有耶，刚刚估计是水影，可能是我看花眼了吧？不好意思啊。最近可能睡得晚，眼睛出了点问题。"

她更紧地搂住了墨离的脖子，将头更深地埋到了墨离漂亮结实的胸前，贪恋地闻着他身上淡淡的薰衣草香，心醉地感受着他宽阔的怀抱所带来的力量和巨大的安全感，一点都没有要下来的意思。

"你很重。"墨离把她放下来，冷冷地说。

"什么呀，人家 1.68 米，90 斤，一点都不重好不好？"商言汐的语气里带了一点撒娇的味道，尽管双脚已经被墨离放落在池中了，但她的双手还是紧紧地搂着他的脖子，一点都没有要放开的想法。

"商言汐，你搂够了没有？"墨离冷着脸说。

"还没有。"商言汐娇羞着，晕晕乎乎地回答。

墨离白皙的俊脸有点微红，美人在怀，软玉温香，不是没有心动的，虽然他表面上一直装得很镇定从容若无其事的，但内心只有他自己知道，有一池春水正在被她慢慢地越搅越乱。

他咬咬牙，用力掰开了她缠绕着他脖子的手。

"你是个女孩子，害不害臊啊？就到这里。你自己练习。"他快速上岸，背对着她，走得远远的。

商言汐在他后面捂着嘴笑："哈哈，真可爱。"

05

【时间就该浪费在美好的事物上，感情也该浪费在值得的人身上。】

有一次，商言汐玩得最过分。

在墨离面前，商言汐站在游泳馆最高的跳板上，用花样跳水的跳法跳了下去，跳水的动作很美，专业性和标准度都很高，在空中像一幅优美的图画，那一刻墨离和众队友们都看呆了，他们看着她像一尾美人鱼在高空花式旋转几次之后轻盈地落入池水中，溅起的水花也不大，清爽漂亮。

正想给她鼓掌喝彩，她却突然从水里惊慌失措地伸出头和手来，大叫着："救命啊，我抽筋啦。"然后整个人就像个秤砣一样猛地沉了下去。

墨离的心也猛地沉了下去。

从未有过的害怕感觉袭击着他，身体里的血液急速地冷却，冻结。那一刻，他真的很怕她会出事。

他不知道从什么时候开始，他已经那么那么在乎她了。

他二话不说，以迅雷不及掩耳之势第一个飞奔到深水池边，纵身跳了下去。

他的游泳技术非常娴熟，很快就将沉在水底的商言汐打捞了上来，她现在呈现的是溺水昏迷的状态，像一尾将死的鱼，躺在游泳馆的岸上一动不动。

怎么办？情况危急，只能进行人工呼吸了。

墨离让昏迷的商言汐呈仰卧位状态，头部后仰，以保持呼吸道通畅，然后他跪在商言汐的一侧，一手托起其下颌，然后深吸一口气，再贴紧商言汐的嘴，严丝合缝地将气吹入，造成吸气。

为避免吹进的气从商言汐的鼻孔逸出，墨离用另一只手捏住了她的鼻孔，吹完气之后，墨离的嘴离开，将捏鼻的手也松开，并用一手压住商言汐的胸部，帮助商言汐将气体排出。

如此一口一口有节率地反复吹气，每分钟 16 ～ 20 次。

这样的动作要一直持续做下去，直到溺水之人能恢复自主呼吸或苏醒为止。

这是专业的人工呼吸方法，但在脑洞大开的人眼里，这是一场变相的浪漫亲吻，尤其是当进行人工呼吸的人是绝世帅哥，被人工呼吸的人是妙龄美女的时候，这幅画面就更加的好看、香艳和引人遐想了。

墨离没有想到，在他满心焦急地对商言汐进行人工呼吸时，当事人却是羞涩又享受的，她紧闭着眼睛，在心里说道：呀，他的嘴又软又甜又香，被喜欢的人人工呼吸的感觉真好啊，我要幸福死了。

"很想看看他亲吻我时是什么样子啊。"商言汐这样想着，终于忍不住偷偷睁开眼睛去看他。

却冷不丁，被墨离发现了，他直直地瞪着眼睛，正正撞入她微睁的视线里。

然后，原本温柔的人工呼吸就变成了残暴的掐脖子，他一把掐住她的脖子，让她被迫睁大眼睛发出了声音："啊！咳咳！我透不过气了！松手！松手！"

"商言汐！你是不是装的？你没有抽筋、没有溺水、没有昏迷对不对？"墨离睁大眼睛看着她，语气里带着愤怒和难过。害他刚刚那么担心，他真的以为她快要死了。

"我……咳咳，你松手，松手，我快要被你掐死了。"商言汐双手抓着他掐住她脖子的那只手，用力地掰。

"你就该被我掐死。你为什么要骗我？"墨离冲她大喊。

"我……我不是有意要骗你的，我只是想骗你的人工呼吸，想骗你的吻。"商言汐结结巴巴、紧张不已地说。

"呵，骗我的吻？你觉得感情和人生都是这么儿戏的吗？你把我当猴耍很好玩吗？"墨离英俊非凡的脸因为激动而涨红了，他很生气，前所未有的生气。

他狠狠地收回掐住她脖子的手，然后站起身来，擦了一把自己脸上分不清是汗水还是泳池水的液体，扔下商言汐，一个人头也不回地走了。

商言汐呆呆地坐在地上，看着墨离离去的方向，她的嘴唇上还残留着墨离刚刚对她人工呼吸时留下的清凉气息，有淡淡的薰衣草香。

她内心千头万绪，有点复杂。

"我是不是真的玩过分了？"她喃喃自语，开始后悔。

06

【生命是华丽错觉，时间是贼，偷走一切。】

自此以后，墨离很久都没有理商言汐，商言汐知道自己这次玩大了。

她听取姐妹们的意见，准备做点什么来改变这种局面。

一个周五的晚上，她包了 A 大附近一家豪华 KTV 的大厅搞活动，请了心理学专业和 A 大的很多同学，有将近一百号人，很是热闹。

其中，商言汐玩得最好的自家宿舍的伊娜、张璐瑶、孟荷和墨离宿舍的蔚蓝、白润盏、琳琅肯定都来了。

墨离是让白润盏和琳琅给骗过来的，起初他并不知道商言汐在，白润盏只是在男生宿舍跟他说："琳琅公子现在请我们去唱歌。就我们几个人，还有几个你不认识的同学。这种不用埋单的好事哪里有？走吧。"

"我不去，我要做功课。"墨离说。

"别老是一副学霸的嘴脸好吧？让我们这些不爱学习的人情何以堪？放心，你就算不做功课也会是门门第一。去嘛，墨大帅哥，你是不给我面子吗？"风流倜傥、英俊潇洒的琳琅也凑了过来，搭上了他的肩膀。

"不是不给你面子，我是不大习惯那种场合。你们去玩吧。"墨离说。

"有什么不习惯的，高中时你又不是没去过。明天周末又不用早起，也没什么事，我看你最近心情也不大好，去放松放松不挺好的吗？去放松一下，没准就能忘却所有的烦恼了呢。"白润盏边说边把他往宿舍外面拉。

墨离没有再拒绝。白润盏的最后一句话对他起了一点作用。是啊，去放松一下，没准就能忘却所有的烦恼了呢，这名为"商言汐"的烦恼。

当他和白润盏、琳琅一起走进五光十色喧嚣不已的 KTV 大厅的时候，远远的他就看到了商言汐，她在人堆里那么扎眼。

墨离的心里涌上说不出的复杂感觉，他本能地转身想打退堂鼓，白润盏和琳琅赶紧堵住了他："兄弟，干吗呢？干吗呢？你是想当逃兵吗？你是看到了老虎吗？你这么厉害，刀枪不入的，难道还有你怕见的人吗？"

"你们俩真是够了。居然骗我。不是说就我们几个人、还有几个我不认识的同学吗？"墨离冷着冰块脸说。

"是啊，就我们几个人，还有几个你不认识的同学，我们坐一桌。至于其他桌的，不是我们请的啊。这 KTV 这么大，别人想来玩我们也干涉不了啊。你要说商言汐吗？我怎么知道她在这里啊，只是凑巧而已。"白润盏摆出一脸无辜地解释道。

"我可没说商言汐，你真是不打自招！"墨离这么一说，白润盏赶紧捂住了自己的嘴。

墨离白他一眼，还是在八号桌坐了下来。

"这就对了嘛，既然来了就好好玩，既来之则安之。至于其他的，都不重要。"白润盏如释重负地笑着，在他旁边坐下来。心里在说着：商大小姐，我可是成功把他带过来了啊，接下来，就看你的表现了。

琳琅跟其他各个同学也坐了下来。

墨离坐在沙发上，不经意的，眼睛又瞟到了商言汐那里。商言汐现在还不知道他们已经到了。

他一言不发，远远的静默地看着她。

他看着她在人群里唱歌跳舞、谈笑风生、巧笑嫣然，绚丽的霓虹灯光包围着她，将她身上镀上一道明丽变幻的色彩，她的脸玲珑剔透，今天的黑发柔顺地披在双肩上，举手投足间顾盼流转，熠熠生辉，看起来如此美好又如此虚幻。很多人的目光跟他一样，都聚焦在她身上。

他发现她原来一直这么漂亮这么耀眼，是女神一般的存在。

虽然气她上次在游泳馆装晕骗了他的吻，不，是人工呼吸，但这种事都是女生吃亏他作为男生不吃亏的，他主要气的是她害他担心，他那时真以为她出什么事儿了。他什么时候开始这么在乎起她来了？

他发现自己并不排斥再见到她，甚至有点想见到她，心里的气随着她阳光一般的笑慢慢自动消弭，无声无息。

冥冥中，商言汐仿佛感知到了墨离的目光，她突然转过头，冲他的方向望了过来，四目相对，灼灼生花，他们之间人来人往，墨离的内心有巨大的震颤，他像逃一般急速扭过了自己的目光，不再看她。

没过多久，商言汐端着一杯饮料走了过来，冲他们笑着打招呼："嗨，润盏，琳琅，墨离。"

"嗨，言汐，今天穿得真是美若天仙啊！"白润盏和琳琅都热情地跟商言汐打招呼，跟她碰杯，但墨离没有反应，没有做声。

商言汐只能自己用她的杯子主动碰了下放在墨离面前的杯子，看着他说："墨离，好久不见啊，要不要去唱歌？想唱哪首歌？我帮你点一首。"

墨离依然没有理她，脸上毫无表情。

"算了，言汐，你跟伊娜她们去唱吧，墨离不喜欢唱歌的。你又不是不了解墨离的性格。"坐在边上的白润盏连忙说话化解尴尬。

"那好吧，你要一直好好地陪着墨离哦，让他吃好、喝好、玩好。"商言汐冲白润盏挤眼色说道。白润盏当然懂她的意思，意思是让他好好看着墨离、守着墨离，千万别让他中途离场了。

"OK，你放心。"白润盏笑道。

商言汐和同学们都玩得很疯，原来身边隐藏了好多麦霸，唱起各种明星的歌都几乎可以乱真，商言汐和蔚蓝都唱了，蔚蓝唱歌好听，商言汐唱歌搞怪逗笑。

墨离从来不唱歌，也不喜欢唱歌，他以前喜欢听人唱歌，现在由于失恋前女友是歌星，连听人唱歌都不喜欢了。

商言汐故意在墨离面前唱歌逗笑豪爽得很，墨离发现她跟前女友是真的很不一样的人，连唱歌都是两种风格，他心情复杂。

帅气无敌的校草墨离，身在这样的 KTV 里，太过引人注目，是很多女生的猎物。

很快，就有几个打扮得花枝招展的、心怀叵测的漂亮 A 大女生端着酒杯过来了，对他风情万种地说："墨离同学，陪我们喝几杯吧。"

墨离原本是想推拒的，但看到商言汐一直盯着他这边，就故意说："好。"然后端起了酒杯。

"他不会喝酒！我来帮他喝！"没想到商言汐像个风火轮一样立马杀了过来，抢过墨离的酒杯，一口气喝完了整杯的酒。

大家都看呆了，有个红裙女生不高兴地打量着她说："你是他什么人啊？凭什么替他喝酒？"

"你管我是他什么人。反正不管你们谁要灌他酒，我都包了！"商言汐看着她，毫不畏惧地大声说。

"好，你是他的护草使者是吧？你觉得你自己很有能耐是吧？那我们就要使劲儿地灌墨离酒，看你能帮他喝多少。"红裙女生说。

"好，来啊，谁怕谁啊。"只见那女生"哗哗哗"地又倒满了一杯酒，商言汐举起酒杯，眉头都不皱一下地又一干为敬。

"言汐，你别喝了，我来帮你喝。"穿着天蓝色衬衫的蔚蓝走来，端起了商言汐的酒杯，但很快又被商言汐抢了过来。她笑着对他说道："放心，我没事的，我酒量很好。你别管我了，你自己好好去玩吧。别拦我哦，要不然我可是会生气的。"

蔚蓝没有办法，只能站在一边关切地看着她。

就这样，商言汐帮墨离喝了很多杯酒，喝得酒气冲天、醉醺醺的了，那些女生才肯放手离去。

其实她只是有一点点醉了，并没有完全醉，她的神志还是很清醒的，她是在装醉。

"我送你回宿舍吧。"蔚蓝见她烂醉如泥地倒在沙发上，心疼地温扶起她，对她说道。

墨离一直面无表情地坐在沙发上，摆着最酷的姿态，看着这一切发生，完美无瑕的脸上好像没有任何的波澜。

商言汐醉醺醺地抬起头，语不成句地说道："不要……我、我不要你送我回宿舍……我要、我要……"她边说边伸出食指来。

美丽修长的食指在带着酒香的空中划了个圈，然后点中了墨离所在的位置："我要他送我回去……"然后她就甩开蔚蓝，趔趔趄趄地攀附到了墨离的身上，墨离躲开，她再攀附上去。

蔚蓝看着这一幕，感觉有一片寒凉当头浇下，从头顶到脸庞，到脖子，到肩膀，一寸一寸，把他的全身打湿，让他沉入寒冷寂静的深渊。

耳腔里嗡嗡作响，太阳穴的筋脉在突突地跳动。

"墨离，她要你送她回宿舍，你就送她回宿舍吧，她已经醉成了这样。另外，她是为了帮你挡酒才醉成这样的，你送她回去也是于情于理的。"蔚蓝听到自己的声音这样不真切地响起来。不是不嫉妒的，内心里已经嫉妒得发疯，可是他眼下还能怎么做呢？她不爱他，她爱的是墨离，她就算醉了想着的还是墨离。

"好吧。"墨离起身，拿起自己的外套，将商言汐从沙发上扶起来，扶着她走出了KTV的大门。

07

【爱情从来就是个伤人的东西，只有无情的人才可以全身而退。】

他招手拦了一辆出租车，将她扶进了出租车的后座。

一路无话，商言汐靠着他的肩膀，带着酒意，好像迷迷糊糊地睡着了。

墨离看着她的睡颜，竟然如同孩子般的可爱干净。

原本雪白的肌肤因为喝了酒的原因带着嫣红，好似凡尔赛的玫瑰；樱桃般红润的小嘴；像刚从树林里伐下来的乌木一样黑的头发；长密而卷翘的睫毛在眼睑下投出一层浓郁的阴影。

墨离发现，她有不逊色于慕筱柔的美貌，但她的内心，比慕筱柔简单纯净、阳光灿烂得多。

当你会不自觉地将一个女生跟自己的前任相提并论，并且觉得这个女生比前任好的时候，这是不是代表了某种很危险的信号？

墨离还没有发觉，此刻他凝视她的眼神，是很少见的如水一般的温柔。

他忍不住伸出修长好看的手，轻轻帮她整理了一下额前凌乱的头发。

然后，一动不动的，任由她一直肆意地睡在他的肩膀上。

出租车开了一段时间，然后停在了A大的校门口。

墨离给了钱，用手轻拍商言汐的脸："起来了，到学校了，要下车了。"

商言汐悠悠醒转。

她擦了擦睡眼惺忪的眼睛，晃了晃被酒精麻醉的脑袋，在墨离的搀扶下下了车。

下车之后，墨离就松开了她，商言汐想去挽他的手臂，被他灵敏躲开了。

"你方才睡了一觉，应该酒醒了，不用我扶了，你也没必要挽着我，你应该可以独立行走了。"墨离的声音还是一如既往的冰冷疏离。

"我还有点醉……"商言汐歪歪扭扭地走着。

"坚持一下，很快就到女生宿舍了，没有多远的路。"墨离边走边说。

"真讨厌。"商言汐在心里说。

走着走着，她借醉想去牵墨离的手，被墨离躲过，她本来还是有点醉的，没有防备的一个踉跄，整个人向前倒去，墨离下意识地迎面抱住了她。

两个人的身体都一僵。

商言汐灼热的呼吸和清新的体香就那么直接地喷在墨离身上，他心跳加速，内心悸动。他害怕这种感觉，想把她推远一点，可是商言汐就像没有骨头的八角章鱼一样，软软地挨着他的身体。

她靠着他的胸膛，带着酒气语不成调地告诉他："上次游泳馆装晕骗了你，对不起……是因为，是因为我喜欢你……我喜欢你，墨离……我没有将感情和人生视为儿戏，我对你是很认真的，前所未有的认真……"

终于，说出来了啊，活到十八岁以来，第一次的告白。

双子女也是有点点骄傲的，她有自尊心，她聪明美丽充满魅力，不乏男生喜欢，她不用主动就会有很多优质男生送上门，这么直接的倒贴告白，她也需要借助一下酒精的力量。

世界突然变得很寂静，一根针掉落在地面的声音都可以听到。

巴洛克风格的欧式路灯散发着朦胧的光芒。

校园花圃里的四季海棠开得艳丽芬芳。

　　夜风轻轻吹来，道路两旁的树木沙沙作响。

　　墨离一动不动，没有出声。

　　商言汐等了很久都没有等到墨离的回答，她忍不住抬起头去看他，月光照耀下的墨离又迷人又不真实，脸上的表情变幻莫测难以臆想。

　　她等不及了，情不自禁地踮起脚尖，主动去吻他。

　　她的嘴唇贴到墨离的嘴唇上短得几乎不到一秒钟，就被他推开了。

　　"我不喜欢你。"他这样对她说，声音里带着不易察觉的痛楚和苦涩。曾经被爱情伤害过，真的已经没有那么容易去接受一个人。

　　商言汐跌坐在地，将头埋进双臂里，很久很久之后，发出了压抑的小声的哭泣。

第六章

十九岁·红玫瑰·云破

【引言】

幸福都雷同，

悲伤千万种，

在这个世界上，

没有人真正可以对另一个人的伤痛感同身受，

一个自以为刻骨铭心的回忆，

别人或许早已忘记，

一个人身边的位置只有那么多，

有些人要进来，

就有一些人不得不离开，

爱情除了努力，

还需要缘分，

没法强求你得不到的，

亦无法躲开该属于你的。

上帝不会把所有的好事都给谁，

但也绝不会亏待谁。

生命有限，

希望无限。

01

【愿我们成长的速度大于父母老去的速度。】

告白遭拒的商言汐，很受伤，她的心，简直像被千军万马践踏了似的。

但女生的第六感又告诉她，墨离对她并非全无动心。

她不甘心，也不死心。

很难过的时候，她跑到公话亭里，给远在长沙的父亲打电话。

电话打通了，父亲商镇禹接了电话："咳⋯⋯咳咳⋯⋯"话还未讲，咳嗽声就传出来了。

"爸，您是不是生病了？"商言汐担心地问。

"没⋯⋯没事，"商镇禹赶紧装出很好的状态，"只是喝水不小心呛到了。"

"哦，您自己小心点。"商言汐没有起疑心。

"嗯，我会的。"商镇禹内心沉重地说。

"家里还好吧？您公司生意怎么样？"商言汐问。

"都很好。你在学校还好吧？北方的饮食还习惯吗？和同学关系相处得怎么样？老师喜欢你吗？"商镇禹问。

"我⋯⋯挺好的，都挺好的。"商言汐有种想哭的冲动，其实一点都不好，她最近心情很差，因为喜欢的人不喜欢她，她费尽心思用了那么多方法、付出了那么多努力去接近他，最后还是只换来一句"我不喜欢你"，那种挫败感巨大到无法形容。

"爸，我问您一个问题，有些东西是不是不管怎么努力都无法得到？"商言汐说。

"不是，要看是什么东西。如果是在合理范围之内的，大多数东西都可以通过适当的努力获得。多数的错失，是因为不够坚持、不够努力、不够挽留，然后催眠自己说一切都是命运。"商镇禹说完这一长串，捂住话筒的传声筒，隔开老远，控制不住地咳嗽了一段时间。

"哦。"商言汐点头。

"言汐，你是不是喜欢上什么男孩子了？"商镇禹咳完之后，松开话筒的传声筒，问。

"没有。"商言汐立马否认。这种心思不能让父亲知道，太害羞了，何况还没开始就已经失恋了。

"你已经成年了，爸爸不反对你谈恋爱了，但一定要看准啊，对方的人品很重要，有必要的时候你可以跟我分享。如果你还没有合适的对象但又想谈恋爱了，爸爸给你推荐蔚蓝，他是一个各方面都很不错的男孩子。"商镇禹说。

"爸，如果没什么事我挂电话了哦。"商言汐不想再聊这个。

"好吧，你自己一个人在北京要好好照顾自己，我也嘱咐了蔚蓝让他多照顾你的，你要记得多吃饭，保重身体，好好学习，有什么事随时跟爸爸打电话。"商镇禹说。

"嗯。"商言汐挂了电话，挂电话的那一刻眼泪流了出来。

她有点想家了，也有点想父亲，但在电话里她讲不出那种"爸，我想您，我想回家"之类的肉麻话，她和父亲之间还是有隔膜的。

爱而不得更让她思乡情切。

在这个巨大繁华的北方城市里，这个人人梦寐以求的帝都，虽然身边有好姐妹，商言汐还是感到了一种异样的孤独。

这种孤独感是谁都排解不了的。

爱一个人是孤单的开始。

02

【爱情里，有时需要一点小计谋。】

自从那晚墨离拒绝商言汐后，商言汐和墨离开始了长久的冷战，互不理睬，就算偶然碰见了都是绕着走的那种，水火不容。

表面是这样，但商言汐的内心其实并没有放弃。

加上蔚蓝频繁找她、不断对她好，她就顺水而下，接受蔚蓝的好，跟蔚蓝玩起了暧昧。

但只是在墨离面前故意玩暧昧，目的就是为了刺激墨离。

有一次，墨离在男生宿舍洗澡，澡才洗了一半，洗发水泡泡还在头上没洗干净，就听见外面"咚咚咚"的有人敲门，他以为应该是同寝室的室友忘了带钥匙，于是赶紧在下半身草草裹了一条浴巾就去开门。

"琳琅，又忘了带钥匙是吧？"墨离边开门边说。

但门一打开，他就吓坏了，门外站着的竟然是商言汐。

他呆了片刻才想到要把门重新关上，但已经晚了，商言汐已经进来了。

"你到底是不是女生啊？怎么可以随便擅闯男生宿舍？"他整个脸都红了，本能地赶紧背过身去，随手从床上拿起一件T恤就往自己身上套。

"你别一副见了鬼的样子，放心，我不是来找你的，我是来找蔚蓝的。"商言汐冷着脸看都没看他，很大方自然地坐到了蔚蓝的床上。

两个人都不再说话，气氛变得沉闷又尴尬。

墨离不再理她，从衣柜里翻出一条裤子，去了洗浴间，关上了门。

他的心情有点烦乱，随便擦干一下身子，将下身的浴巾换成裤子出来了。

这时候，蔚蓝回宿舍了，商言汐格外热情地迎了上去："蔚蓝，你回来啦。"那独独冲着蔚蓝绽放的向日葵般的灿烂笑脸刺痛了墨离的眼睛。

"嗯，言汐，这是你要的心理学课外辅导书加教学光碟，我全部都给你买回来了。"蔚蓝抱了一大摞书进来，放在商言汐面前。

"蔚蓝你对我真是太好啦，谢谢你。"商言汐给了蔚蓝一个大大的拥抱，蔚蓝被她抱得怔在了原地，她从来没对自己这么热情过。幸福真是来得太突然了。

墨离看着这一幕，内心说不出的酸疼，他有一种冲动，很想冲过去将他们俩分开。

"咳，商言汐，这是男生宿舍，还有别人呢，请注意点影响。"墨离面带愠怒地说道。

商言汐白了墨离一眼，然后松开蔚蓝，温柔地笑着对他说："蔚蓝，你不是说买了两张电影票要请我去看电影吗？我今晚有空，就今晚去看吧。"

"好啊。"蔚蓝很开心，眼里满满都是欣喜。

"那我先帮你把这些书和光碟送到你们宿舍去，然后我们就去看电影。"蔚蓝接着对商言汐说。

"好。"商言汐无比甜美地笑着点头。

"墨离，你头发上的泡泡还没洗干净呢，去洗头发吧。我们出去了啊，再见。"蔚蓝对墨离说完这句，便跟商言汐一起出门了，商言汐还很亲密地挽着他的手臂。

墨离看着他们离去的背影，怅然若失地走进洗浴室，他发现自己完全没有了洗头的心情，任凭自己顶着一头的洗发水泡泡，坐在马桶盖上，发了很久的呆。

03

【生生的两端，我们彼此站成了岸。】

　　蔚蓝生日这天，蔚蓝在"绝色人间"酒吧的包厢办了一个小型的生日PARTY。

　　商言汐、伊娜、白润盏、墨离、张璐瑶、孟荷、琳琅都来了，还有蔚蓝玩得好的一些工商管理专业的同学们。

　　大家纷纷给蔚蓝送生日礼物，商言汐有点不好意思地走上前对蔚蓝说："对不起哦，蔚蓝，我因为太过匆忙还没来得及给你买生日礼物，我现在就去买，很快就回来。"

　　蔚蓝却紧紧地拉住了她的手，不让她离开，无比温柔地笑道："不用买了，言汐，你送我的礼物已经带来了啊！"

　　"啊？你说的是什么？在哪里？"商言汐有点丈二和尚——摸不着头脑。

　　说时迟那时快，蔚蓝深情地看着她，突然揽住她纤细的小蛮腰，将她揽进怀里，在她美丽无瑕的右脸颊上轻轻地亲吻了一下。

　　薄如蝉翼的亲吻，就像粉红色的花瓣，带着温暖和深情。

　　商言汐和全包厢的人都惊呆了。

　　墨离清晰地将这一幕看在了眼里，像是打翻了五味瓶，浑身上下都不好受。

　　"我亲了一下你的脸颊，这个福利就当是你送我的生日礼物。"蔚蓝像天使一样温柔地微笑着说，带着波光荡漾的满足。

"呵呵，好。"商言汐笑靥如花，露出洁白整齐的牙齿。她一点都不生气，反而看起来好像还挺幸福的。

两人面对面笑意盈盈地相互凝视着，远远看去，不知情的人还真以为这是一对热恋中的情侣，毕竟，形象气质等方面都看起来很般配。

"喂，言汐和蔚蓝是不是私底下谈恋爱了？这情这景都是分分钟要虐死单身狗的节奏啊。"白润盏看着蔚蓝和言汐，问伊娜。

"暂时还没有确定关系，不过我想应该快了吧。"伊娜呆呆地看着他们俩，面上浮现出一丝不易察觉的忧伤。

"我凌乱了，她不是……好吧，他们俩也挺般配的。"白润盏说。

"不是挺般配，是最般配，"伊娜强调道，"蔚蓝是水瓶座，言汐是双子座，从星座学的角度来说，他们俩是十二星座里最匹配的一对星座，是最佳的结合，匹配度高达 96%。所以如果他们在一起了你一点都不用觉得奇怪，因为非常的合情合理。"

"啊，匹配度 96%？那确实很高哦！"白润盏说。

墨离站在身后，面无表情地听着他们俩的谈话，脸上的颜色越来越不好看。

感觉像有人朝自己身体里插进了一根巨大的针筒，然后一点一点地抽空内部的存在。

他一个人退至包厢角落的沙发里，闷头喝酒。

"商言汐，不管你是有意还是无意地刺激我，你都成功了。"墨离一边喝酒一边在心里苦涩说道。

他承认，他吃醋了，每一次看到商言汐跟蔚蓝玩暧昧犹如一对，他醋意翻腾，只是死忍着，他快要酸死了。

他不知道这个女生何时开始慢慢占据了他的心，能牵动他的所有情绪，让他做什么事都无法再专心了。

04

【青春是一场有去无回的旅行，好的坏的都是风景。】

2月14日。

情人节。

北京的冬天很冷，干冷干冷的，滴水成冰。

但这一天很特别，大街小巷被众多情侣们的爱情和玫瑰芳香填满，有了别样的暖意。

"言汐，我昨天跟你说了的，记得，今天上午十点半在西单文化广场见面啊。不见不散。"蔚蓝一大早就打电话给商言汐了。

"知道啦，知道啦。"商言汐迷迷糊糊地答应着，这个时候，她还在女生宿舍温暖的被窝里。

今天不用上课。

十点半，穿得严严实实像只小企鹅一样的商言汐准时出现在了西单文化广场上。

她把双手插在羽绒服的口袋里，戴着帽子，围着围巾，只露出两只扑闪扑闪的漂亮大眼睛。

商场里到处贴着情人节促销的活动广告，花花绿绿的闪瞎人眼。

空气里流淌的除了玫瑰和巧克力的浓香，还有商场里放出的绵软浪漫的情歌。

来来往往的都是成双成对的情侣，女孩不是抱着玫瑰花就是抱着毛茸茸的公仔等各式各样的情人节礼物，男孩则搂着女孩，一脸的浓情蜜意，还有大胆的时不时当街香吻一个，穿过冬天呼啸而起的风，完全不惧严寒。

"秀恩爱死得快。"商言汐在心里不无嫉妒地咒骂了一句。天啊，情人节叫她这个单身狗怎么过？能不能成立一个什么单身狗保护协会之类的？

真冷。现在应该只有 0 ℃左右。这还不是北京一天中最冷的时候，最冷的时候在夜里，只有零下几度、零下十几度甚至零下二十几度，据说北京的历史最低温度是在 1966 年，-27 ℃。

商言汐一边跺着脚，一边用手机打电话给蔚蓝："喂，蔚蓝，我到了，你在哪儿？"

"我在这里，你看后面。"手机里传出蔚蓝好听而熟悉的声音，商言汐慢慢转过了身。

然后就像被人点了穴道一样，轰地怔住了。

她不可置信地睁大了眼睛。

蔚蓝确实是在后面，但是是在后面不远处的全彩 LED 户外超大显示屏上，这是商言汐活到这么大以来第一次看到如此巨大的蔚蓝，被放大了无数倍的蔚蓝，像广告男明星一样存在于屏幕里，明眸皓齿，清新俊逸，温文尔雅，仪表不凡，微笑如风，散发着万众瞩目的耀眼光芒。

在屏幕里的蔚蓝开始说话了，他说："A 大心理学系的商言汐，我是蔚蓝，你看到了吗？我好不容易鼓起勇气给你录了一段视频，请你看着这里，看着我，认真听我说完。"

这时，西单文化广场上聚集了越来越多的人，商言汐边上走来了很多人，大家都和商言汐一样抬着头，看着同一个方向，看着全彩 LED 户外超大显示屏上的内容，看着屏幕里那个俊朗如星的少年如何对心爱的人表白。

"言汐，我叫蔚蓝，我今年十九岁，水瓶座，O 型血，身高 183 厘米，体重 68 千克，A 大工商管理系，最大的兴趣爱好就是守护你。言汐，我喜欢你，从出生七个月后看到襁褓里的你，我就深深地喜欢上了你，我相信这种命中注定，我们青梅竹马、两小无猜，我已经喜欢了你整整十九年，我的心里除了你，装不下其他任何人。

"我喜欢你，不是单只喜欢你一个方面或某些方面，我喜欢你，是喜欢你的全部，好的坏的我都喜欢。我愿倾我所有，对你不离不弃；我愿以身化剑，护你一世周全。

"我愿意陪你看每一场春夏秋冬，我愿意为你承受所有的风霜雨雪，我愿意包容你大大小小一切的缺点，我愿意白发苍苍还牵着你的手，我愿意当你难过时靠着我的肩膀，我愿意打破你所有的不安和忐忑，请你相信我。在我面前你无须任何伪装，你大可做最真实、最轻松的自己。

"我知道你拒绝过我一次，你的心里有一个别人，但是没有关系，谁规定了你这一生只能爱一个人呢？最合适的两个人，往往不是一开始就一拍即合，而是愿意在漫长的岁月里，不断地付诸努力成为越来越适合对方的人。你现在爱的这个他并不爱你，他只会让你痛苦，那就说明，也许他只是你生命中的一个过客，命运安排他的出现，只是为了教会你一些东西，等到他的使命完成，他可能就会功成身退。

"人生这么长，如果不走到最后，你怎么知道谁是那个对的人呢？青春这么宝贵，你如果不试着接受一下我，你怎么知道我不是你对的那个人呢？难道，这十九年的时间还不足以证明我是这个世界上最爱你的人吗？

"言汐，我爱你，并且会永远爱你，至死不渝。今天，我当着全世界的面跟你告白，就代表了我蒲苇纫如丝、磐石无转移的坚定决心，让北京和世界见证我的爱。请给我一次机会，让我将你从痛苦中带出来，忘掉那个不属于你的人，给你幸福吧。答应我，做我的女朋友，好吗？"

商言汐呆呆地看着那个全彩 LED 户外超大显示屏，内心潮涨潮落，产生着巨大的起伏。

周围是一片喧嚣起哄声，围观的人们议论纷纷，都在评论着这场告白好浪漫好感人，评论着告白的男孩好优秀、好勇敢，带着震撼、赞赏或羡慕。

商言汐一下子成了全世界女生都羡慕的人。

然后，随着人群发出巨大的惊叹声，策划这场告白的当事人蔚蓝的真身出现在了这个全彩 LED 户外超大显示屏的下面。

商言汐看着他，十级台阶上的他，风姿卓越地站在那里，穿着笔挺的杏色呢子大衣，长条的格子围巾垂下来，怀抱着一大捧鲜艳欲滴的玫瑰花，如同刚从马背上跨身而下的王子，冲她露出深情款款的微笑。

她看到他俊美的眼里有浅浅金色，温暖闪烁。

这时候，下雪了，下得并不大，美丽的小雪花在天空中纷纷扬扬、飘飘洒洒。

忽如一夜春风来，千树万树梨花开。

玲珑剔透，洁白如玉。

在这样蹁跹飞舞的雪花里，蔚蓝望着言汐，怀抱着玫瑰一级一级地走下台阶，像国际男模一样优雅的走路姿势，修长的脊背挺得笔直，细碎的刘海儿垂落，遮住他半边光洁的额头。

这真是一场无法形容的盛世美景，宛若海市蜃楼一般，人们生怕一眨眼就会消失不见。

这是商言汐青葱岁月里永难忘却的一幅画卷，事隔多年，依然可以清晰想起。

她看到他那样风华绝代地走过来，朝她捧出那一大抱玫瑰，无比真诚、无比深情、无比温柔地说道："言汐，答应我，做我的女朋友，好吗？"

那是一个让商言汐如此感动的蔚蓝，仿佛聚拢了全世界所有的温柔和深情，在二月的雪花里带着期待和忐忑看着她，好听的嗓音湿润到能掐出水来。

他的脸那么英俊迷人，斯文宁逸，无可挑剔，北京冬天的日光在那一刹那噼啪作响，如碎屑般溅落于他的眼眶。

商言汐的双手在身侧握紧成拳，她听到有风声暗自涌动和血液扑扑流窜的声音。

怎么办？这一刻，她真的好像对蔚蓝有点心动了。

周围响起很多的起哄声："答应他！答应他！"

"在一起！在一起！"

"这么好的男生，你还有什么可犹豫的？"

"答应他吧，机会难得，试一次吧，别想那么多了，爱对了是爱情，爱错了是青春。"

这些声音搅得商言汐更加心乱如麻，纠结不已。

她爱墨离，但墨离不爱她，现在有蔚蓝这么好的男生爱她，她是不是真的要认真考虑一下接受他？

蔚蓝说得有道理，如果她不试一下，她怎么知道蔚蓝不是她对的那个人呢？

蔚蓝在她身边默默守护了十九年，就算她已经拒绝过他一次了，他也没有放弃，遇挫而上，还有谁能比他更爱她？这么好的男生，她为什么不珍惜呢？

蔚蓝真的一点都不比墨离差，各方面都不比他差。他的家世还远远优于贫寒出身的墨离，跟自己门当户对。为什么她要泥足深陷，当局者迷，傻想着不属于自己的人，而忽略掉身边对自己最好的人？

这世界是不公平的。伤你最深的人，你却爱最多。对你最好的人，你却对他最抱歉。早离开你的人，你却一直惦记着。而总想陪你的人，你却老嫌他烦。让你哭泣的感情，你舍不得。明知会幸福的爱，你却又不想要。人生的不公平，只是源于内心的纠结。对别人公平一点，也许你就会过得好一点。

想到这里，商言汐仿佛想明白了，她想告别灰暗的过去，开始一个崭新的明天。

于是，她犹疑着、慢慢地伸出了手，准备克服内心的纠结，去接蔚蓝的玫瑰……

"啪！"

"不要接受他！"

就在这时，一个冷酷霸道的声音响起，与此同时，她的手被不知从哪里冒出的一只手用力地牵住了，让她没有办法再去接那束玫瑰。

她震惊回头，看到了墨离熟悉的、英俊到无可救药的脸。

她无法形容自己这一刻的震撼，夹杂着莫名的罪恶的狂喜。

那一刹那，商言汐有一种要眩晕过去的感觉。

像是被漩涡一样地吸进某个看不见的地方，她无法思考、无法呼吸、无法动弹、无法判断，只能听到自己如雷如鼓的心跳声。

05

【乘着月光，来见你。】

"跟我走！"墨离牵着商言汐的手就跑。完全不管蔚蓝的反应和周围人的议论喧哗。

商言汐近乎本能地跟着他跑了。

这就是真爱啊，毫不犹豫，义无反顾，奋不顾身。像中了毒，着了魔一般。

对不起，蔚蓝，我终是又一次负了你。

枝丫交错着伸向天空。

柔软的雪花在他们头顶飞舞，落到他们的头上肩上。

沿路的繁华和城市气息缠绕在一起，像是电影布景般朝身后卷去。

嘴里呼出的气体，瞬间在干燥寒冷的空气里形成好看的白色雾状花纹。

一大一小两只紧紧牵着的手，可以看到细细的淡蓝色血管，温热的液体在里面流淌。

跑了一段时间，也不知道跑到了哪里，商言汐慢慢地清醒了过来，慢慢地恢复了理智，她停止奔跑，打掉墨离的手，恼怒地大声责怪他："你到底是几个意思？你又不喜欢我，你为什么还要阻止别人追我？你这样拉着我跑，你是什么意思？"

墨离深深地看着她，黑色的瞳孔中映出丝丝幽蓝，嗓音沉郁钝痛："商言汐，你为何要招惹我？招惹了我又为何半途而废？"

商言汐的眼泪流下来："不是我想半途而废，我有什么办法，你都拒绝了我，你像茅坑里的石头又臭又硬的，我千方百计怎么都追不到你。"

墨离怔怔地看着她，半天没有出声。

然后，他慢慢地走过，用双手握住她的双肩，缓缓地说出了这句话："我输了，我承认，我喜欢你。"

然后，还没等商言汐反应过来，他就霸道地拉过她吻了起来。

商言汐早已经忘却了呼吸。

她呆愣片刻，颤抖着闭上了眼睛。

气氛超级宁静。

墨离吻住商言汐，用手固定住她的脑袋，他吻得很深很用情，甚至可以听到唇瓣辗转缠绵的动静。

六角形的雪花烂漫地飘洒着,在亲吻的两人周围飞舞旋转,像是祝福。

街道上有行人来来往往,见到他们俩都忍不住眼光逗留了一下,或惊讶或赞叹或羡慕的。

爱情的味道像刚做好的德芙巧克力一般在空气里弥漫得格外浓稠。

商言汐的脸红了,带着无法克制的娇羞和欣喜。

墨离的唇火热。这是商言汐第一次感觉到一贯冰冷的墨离原来也有这样一面。

他饱满火烫的双唇长久地亲吻着羞涩颤抖的她,有一丝呻吟似有若无地逸出来,画面香艳美好如令人脸红心跳的激情片现场。

06

【走过的曲折全部会变成彩虹。】

商言汐和墨离终于在一起了。

彼时,两人都是十九岁,大二。

两人开始了幸福甜蜜的交往期。

星期六,周末,不上课。去学校食堂吃饭的人寥寥无几。

商言汐决定贿赂学校四食堂的人、借学校四食堂的场地和其中的一个炉灶亲手做一顿大餐,加做一个恋爱蛋糕,在食堂摆一桌,宴请他们俩的所有好朋友们,庆祝他们俩在一起了,跟好友分享两人在一起了的好消息。她觉得自己亲手做比较有诚意。

学校的四食堂只是 A 大众多食堂中的一个小食堂。

这个主意最先是白润盏提出来的，他说："这么甜蜜的好消息，应该请我们吃一顿好的吧，要不然怎么说得过去呀？"

商言汐笑着说："你就是想趁火打劫。"

白润盏理直气壮地说："哪有，得到好处最多的人是你，请我们吃顿你就可以收获满满的祝福啊。嘻嘻。你如果不请我吃一顿好的我可能就不会对你说祝福语哦，你请我吃得越好我的祝福保准越多、越大、越好。"

"好吧，好吧，我真是服了你。"商言汐灿烂地笑着说。

不是商言汐一个人做大餐呢，墨离当然也在。

两人一大早就去超市买了一大堆食材拎到四食堂。

互相系好可爱的情侣围裙之后，墨离就准备开工，商言汐拿出手机，拉住他说："等一下，先拍张合照纪念一下。"

墨离配合她，摆好动作。

"亲爱的墨鱼同学，笑一下。"商言汐轻轻掐掐他的俊脸，笑着提醒他。

墨离微笑。

"咔嚓。"拍好了。

商言汐开始鼓捣手机，墨离凑过去看："你在干吗？"

"哈哈，将我们俩的甜蜜合照发微博，宣誓主权，让那些觊觎你的女生们死心。"商言汐笑道。叮咚，微博图片发出去了，她还在图片上面配了一句话：我和臭墨鱼的情侣围裙，好看吗？

"谁是臭墨鱼？"墨离看了她的微博，装作不高兴地板着酷脸问道。

"哈哈，你啊。你难道还是香的吗？"商言汐发出银铃般的笑声，恶作剧地顺手将做恋爱蛋糕的白色奶油涂了一把涂在他脸上，然后跑得远远的。

"我当然是香的。不信你闻闻。"墨离坏笑着去追她。

商言汐跑，墨离追，商言汐再跑，墨离再追，两个人围着食堂的厨房打转转，打打闹闹的，还用奶油相互涂抹对方的脸，欢乐甜蜜羡煞旁人的笑声充斥在上空，让空气都忍不住红了脸。

就这样在嘻嘻哈哈、打打闹闹中做好了恋爱蛋糕，蛋糕很漂亮，做了三层，抹了很多的奶油，撒了很多的巧克力碎，用各色切好的水果装饰着，还用白巧克力做了桃心形的插牌，牌子上用褐色巧克力挤出了"恋爱快乐"四个字，旁边还有小小的墨离和商言汐的名字。

之后，他们俩一起做饭菜，分工合作，墨离切菜洗菜，商言汐下锅炒菜，墨离洗米煮饭，商言汐熬汁炖汤，墨离还会细心地帮商言汐擦汗，情到浓时商言汐就亲他一下，两人非常的默契、幸福。

丰盛的饭菜做好了，商言汐和墨离的好朋友们也都到了，有伊娜、白润盏、琳琅、张璐瑶和孟荷。

独缺了蔚蓝。大家都心照不宣地没有叫蔚蓝，即使叫了他他也绝对不会来的。

大家都知道，商言汐的恋爱日，就是蔚蓝的失恋日。

在不易察觉的一瞬间，伊娜的脸上掠过一道心事重重的光。

在学校四食堂的餐桌上，面对着丰富的菜肴，商言汐对在座的人说："大家应该都知道了，我和墨离恋爱了，我们是在2月14日情人节那天确定交往的，今天请大家来吃饭，就是想跟大家分享这个幸福的好消息，你们都是我跟墨离最好的朋友，所以我的幸福我也想第一时间让你们知道，也祝福你们每一个人都能早日找到属于你们自己的幸福。"

"太好啦，真不容易啊，真替你们俩感到高兴，恭喜恭喜。"大家欢呼着，纷纷举杯，送上祝福。

"你们是天生的一对，祝你们永远幸福。"孟荷说。

"愿你俩永浴爱河，白头偕老。"张璐瑶说。

"如果大学毕业后结婚了，一定记得叫上我哦，保准给你们包一个最大的红包。"琳琅说。

"谢谢，一定一定。"

"墨离，你可要好好对言汐哦，言汐对这段感情是非常认真的，她生平第一次喜欢一个人，你是她的初恋，她当初为了追你可真是……啊！"伊娜还没说完就惨叫一声，是被言汐在桌子底下踢中了脚脖子，为的就是防止伊娜再乱说。

不管她为了追他用了多少方法和努力，她都不想让他知道，免得他扬扬得意、蹬鼻子上脸。

墨离好像察觉到了一些端倪，眯着眼睛笑看着商言汐，说道："言汐同学，老实交代，你是从什么时候开始追我的？你又是从什么时候开始喜欢我的？"

"那你是从什么时候开始喜欢我的？"商言汐不答，反问他。

墨离想了想，答道："不好说，我自己也分辨不清楚。"

"那我也是，我也不好说，我也分辨不清楚。"商言汐伶牙俐齿地说。

"你这个小鬼头。"墨离无比宠溺又哭笑不得地轻掐了一下她的脸。

"哎哟哟，你瞧瞧这两个人，又开启虐狗模式了，求放过。"娘娘腔帅哥白润盏看不下去了，风情万种地伏在伊娜的肩头无比阴柔地控诉。

"吓死宝宝了，我说白公子，你能不能别用这种腔调说话了？"张璐瑶扶了扶鼻梁上的黑框眼镜，一边吃菜一边瞪着白润盏说道。

"人家偏不。"白润盏故意表现得更娘了，还用兰花指对着她。

"哈哈。"大家见这情形笑喷了。

"你赶紧去找个男生谈恋爱，这样你就能正常了。"琳琅对白润盏说。

"呸呸呸，我应该去找个女生谈恋爱好吧？人家是不折不扣的直男，你们误会了人家好多年呢。唉，说来真是心酸。"白润盏女声女气地说。

"哈哈哈哈。"大家笑得更厉害了。

欢乐融洽的气氛回荡在食堂上空，久久不愿散去。

07

【好好爱人，好好被爱。】

星期天。

墨离和商言汐在游乐场约会。

北京的游乐场有很多好玩的东西，又丰富、又刺激、又新奇，他们吃着棉花糖、拿着卡通气球，玩了很多项目，坐了悠长浪漫的摩天轮，体验了极速刺激的海盗船和过山车，心跳加速地在群魔乱舞的鬼屋里尖叫着玩了一圈，欣赏了各种有着历史和故事的漂亮壁画、雕塑，还尝试了非常锻炼体力、耐力、技巧与智慧的丛林攀爬，等等。

玩得非常开心，畅快淋漓。

后来，他们又去了爱情桥。

爱情桥因所挂爱情同心锁众多而得名，桥的两边铁栏杆锁链上被情侣们挂满了密密麻麻的爱情锁，一眼看去，很是壮观，有密集恐惧症的人慎入。

桥下面是潺潺的河水，欢快地吟唱着爱情的歌谣。

"这里好漂亮啊！"商言汐站在桥上，扶着栏杆，四处欣赏地感叹。

"嗯，当然，这种要花钱的地方，如果不漂亮谁还会来？"墨离说道。

"你给我闭嘴啊，怎么什么美好的东西在你嘴里就变味了呢？漂亮是不能用钱来衡量的。"商言汐瞪了他一眼。

然后，她转移视线，看到桥上除了他们这一对情侣，还有其他几对不认识的陌生情侣，其中有一对半蹲在地上，拿着锁在桥的锁链上非常认真地挂着。

"咦？你看，他们俩在挂什么？是在挂同心锁吗？"商言汐好奇地问墨离。

"嗯，相传月老有一件宝物叫同心锁，相爱的男女只要被同心锁锁住，就会生生世世，永结同心，永不分离，天长地久。相爱的人将同心锁锁在锁桥上，期盼的是锁上自己一生一世的爱恋。同心锁将他们的名字刻于锁上，将两颗心紧紧地'锁'在锁桥上，期盼他们的爱情永恒不变，用这把同心锁见证他们最忠贞、最真诚的爱情。"墨离说道。

"哇噻，好浪漫啊！"商言汐听得出了神。

"言汐，这种寓言，你信吗？"墨离转过脸来看着商言汐。

"信啊，当然信！"商言汐毫不犹豫地脱口而出。

"关于同心锁，还有一个美丽的传说，"墨离帅气地倚靠在爱情桥的栏杆上，慢慢说道，"很久以前，一个善良的富家女和一个忠厚的穷后生相爱了，从商的父亲不想让女儿吃苦日子，把她许给了官家的公子，成亲那日，后生勇敢地抢出新娘逃到了山里，前有堵截后有追兵之际，他们俩挽着手从山上飞身跳下去，消失在了山谷里，无影无踪。人们沿山谷寻找了数日，却并无尸首，只发现了一把刻有二人名字的石锁，传说是天上的月老被他们的爱情感动了，将他们变成了这把石锁，好让他们生生世世永不分离。"

"好感动……"商言汐捂住了发酸的鼻子，有种想哭的冲动。

"墨离，我们也去挂同心锁吧，让月老也保佑我们的爱情天长地久。"商言汐说。

"好。"墨离点头。

他们俩选了一把漂亮精致的同心锁，同心锁是两颗心合拢在一起的形状，代表心心相印，他们让爱情桥的工作人员将他们俩的名字都深深地雕刻在那把锁上。

刻完之后，他们把这把同心锁扣在一起，牢牢地锁挂在了爱情桥的锁链上，并把钥匙用力地扔进了河里，扔得远远的。

"让爱情桥和爱情河见证我们永恒的坚固的爱。"墨离深情地对商言汐说。

"嗯，海誓山盟，永不分离。"商言汐摩挲着那把厚实的同心锁，一字一顿地念着同心锁上原本就有着的八个字。

"对，海誓山盟，永不分离。"墨离温柔坚定地拥抱住商言汐，在她美丽光洁的额头上印上了一个炙热的饱含了所有感情的吻。

08

【他提着酒从街头喝到巷尾，而长辫子浅色裙的姑娘在昨天恋爱了。】

在这段和墨离交往的时间里，商言汐无疑成为了世界上最幸福的人，她也不再做那个"女人跳楼坠死"的梦魇，爱和被爱让她更懂得体谅了别人，她对父亲的态度也好了一些。

在大一的暑假，商言汐怕回去又和父亲有很多争执，找了借口没有回长沙，只是在寒假过年的时候勉强回去了一趟，但在大二的寒暑假，在墨离的建议下，商言汐都有回去看父亲。

她觉得父亲好像比起以前，有点虚弱，更清减了一圈，她只当是他工作太忙劳累所致，并没有多想。

商镇禹曾背着商言汐多次偷偷来Ａ大看过她，只是在车上或街角或教室外偷偷地关注她，并没有让女儿发觉。

女儿的开心或不快，女儿交了男朋友，他都是有看到的，只是当不知道，用自己独特的深沉的方式关心着女儿。

在商言汐和墨离幸福的时候，商言汐看不到蔚蓝在他们身后一个人悲伤。

本来很乖、从不喝酒的蔚蓝开始流连酒吧，每次喝醉都是伊娜在照顾他。

又有一次，蔚蓝在酒吧喝醉了。

伊娜看着他颓废空洞的俊脸，嘴唇上湿湿的还带着酒渍，看着他如同被全世界遗忘了一样星光般孤独的身影，心痛得无法自抑。

她把他送回男生宿舍，那时候宿舍还一个人都没有，她扶他躺在下铺上，细心帮他盖好被子，擦洗干净脸，准备走的时候，蔚蓝突然一把抓住她的手腕，闭着眼睛醉醺醺地说道："给我酒，我还要喝酒。"

多年来积攒的隐忍的感情在那一刻如火山般喷发，伊娜热泪盈眶，忍不住倾身扑上去，紧紧地抱住了蔚蓝。

身体突然被压上了重量，而且是一种很不舒服的重量，蔚蓝蓦地睁开眼睛，看到伊娜正紧紧地抱着自己，他震惊不已，酒瞬间醒了，用力推开了她，坐起了身。

"你干什么？"他恼怒非常。

"蔚蓝，不要再糟践你自己了，这世界上不是只有商言汐一个女生，我也是女生，我也喜欢你，我不比她差。"伊娜动情地哭着说。

"伊娜你知不知道你在说什么？你是不是跟我一样喝醉了？我们一直都是好朋友啊！"这个消息对于蔚蓝来说，一下子真的有点吃不消，太意想不到了。他掀开被子起了床。

"我没有喝酒，我很清醒，我知道自己在说什么。我从高中起就开始暗恋你了，但是我知道你的心里有我的好姐妹言汐，所以我一直不说，一直不跟言汐抢。但是现在言汐已经有了属于她自己的幸福，我不用再顾忌什么了。"伊娜认真地说道。

"可是对不起，我心里只有言汐。我跟你会是永远的好朋友。"蔚蓝转过身，背对着她说道。他单手捂住了胸口，言汐这个名字让他心痛，每念一次他的心就会痛一次，心痛形成无法言说的焦灼感，他需要一个释放的出口，需要一个麻痹自己的方式，他像只无头苍蝇一样开始翻箱倒柜地在宿舍里找酒。

终于找到了一瓶，他拧开盖子就要喝，伊娜猛地夺过酒扔在地上摔碎了，然后她再一次紧紧地抱住他，哭着对他说："蔚蓝你醒醒吧，不要再用酒精麻痹你自己了，言汐她不爱你，你不要吊死在她这棵树上了。你看看我，我什么都愿意为你做，我爱你。你不要再伤害你自己了。"

"你走。谁都比不上言汐。"蔚蓝决绝地将伊娜推出了门，紧紧地反锁上了宿舍门。

伊娜在宿舍外哭得泣不成声。

哭了一会儿后，她气势汹汹地去找商言汐。

这时候，商言汐和墨离正在 A 大校园的林荫小道上手牵手地散步，温情脉脉，煞是甜蜜。

伊娜从中间冲上去，扯开他们俩牵着的手，气愤地大声说道："你们俩不要再秀恩爱了。商言汐，你能不能对蔚蓝好一点，你们俩的幸福是建立在蔚蓝的痛苦之上的。如果在高中时我就知道你对蔚蓝没心思我早就下手了，我为了你不去碰蔚蓝，结果你一点都不珍惜他。你既然不喜欢他干吗要给他希望？给他希望又让他失望。"

商言汐愧疚地低下头说："对不起，我一直以来只是把蔚蓝当哥哥，是我坏，我当初不该利用他来刺激墨离，我跟他的所有暧昧都只是为了刺激墨离……你尽管打我、骂我吧。"

"商言汐你真的是个人渣！你仗着你自己是富家女，以为全世界都必须围着你转吗？你太自私了！你根本就不会考虑别人的感受！你看看你把蔚蓝伤成了什么样？你还是人吗？你有没有良心？我怎么会有你这样的好朋友？我真是看走眼了。我要跟你绝交！"伊娜原本就心情不佳，她情绪失控地狠狠骂了商言汐一通，然后冲动地走了。

"什么绝交？你别瞎说。伊娜，伊娜。伊娜你别这样，你说什么气话呢？伊娜……"商言汐在后面怎么喊都喊不住她。

她蹲下身来，难过得不得了。

第七章

二十岁 · 满天星 · 曲径

【引言】

有时候聪明的谎言会比真相更可信，

真相往往光着，

因为衣服常常被谎言穿走了。

真正的爱情是心电图，

心跳是高低不平的，

不是永远不吵架、不生气、不耍性子、不胡闹，

而是吵过、闹过、哭过、骂过，

最后最心疼彼此的，

还是对方。

青春是最好的编剧。

我们太年轻，

在谈不起永远的年纪谈了永远。

01

【父爱，是这个世界上最厚重、最深沉的情感。】

伊娜开始后悔帮商言汐追到了墨离。

她想，她可以撮合他们，也可以拆散他们。

商言汐多次请求伊娜原谅、请伊娜不要跟她绝交，还送好多礼物去讨好伊娜、哄伊娜开心，但伊娜一直对她很冷淡，根本就不理睬她。

商言汐以前一直不认为友情会因为爱情而变质，可当她的好朋友喜欢一个男生，而那个男生爱的却是她，她又不爱那个男生，这样复杂的三角关系出现的时候，有一些东西产生的微妙变化是她都预想不到的。

对，主要是她坏，她不应该利用蔚蓝伤害蔚蓝，但放在以前，不管她做错什么事情，伊娜都会原谅她的，这次却感觉完全不同了。

她想，只能等时间慢慢平复她们友情之间的裂痕了。

大三的时候，微信出台，采用创新性的沟通方式，使得沟通交流越来越没有障碍，有"朋友圈"、"摇一摇"、"公众平台"、"漂流瓶"、"语音记事本"等众多服务插件，深得用户们的喜爱，迅速风靡全球。

很多人都变成了手机族低头族，微信慢慢变成很多人的一种生活方式。

活泼外向的商言汐经常在微信朋友圈发她和墨离的恩爱照，开启各种虐狗模式。

三七女生节，墨离送了她一条亲手设计亲手制作的手工项链，手工项链上挂着一枚四叶草吊坠，四叶草是幸运的象征，墨离送这条项链是希望商言汐一生幸运，虽然这条项链不怎么值钱，但是心意却是满满的，尤其是，这条项链是墨离送给她的第一件礼物，所以她视若珍宝。

她把项链照片加墨离帮她戴项链的照片放到朋友圈，并注了一段文字："亲爱的们，三八女生节快乐。我的墨鱼送了我一条四叶草吊坠项链做节日礼物，重点是这条项链是他亲手设计亲手制作的，是不是很好看呢？是不是很有才呢？爱你，我最有才华的大墨鱼。"

"墨鱼"这个称号，不知不觉已经变成了商言汐称呼墨离时的专属昵称了。

墨离有时候会发 5.20 元的微信小红包给商言汐，这个数字代表"我爱你"，商言汐也会兴高采烈地晒到朋友圈。

商言汐知道墨离家境贫寒，墨离自己打工赚学费很不容易，她对墨离在经济和物质上全无要求，这种 5.20 元的微信小红包，她收了，截图在朋友圈晒完之后，她又会以另外一种方式还给墨离，怎么还呢？就是，她也包一个 5.20 元的微信红包，上面写着"我也爱你，么么哒"，发给墨离。

墨离其实不怎么发朋友圈的，他是简单沉默的人，他就在朋友圈发了一条，贴的是他和商言汐微笑的合照，合照配的文字内容是："为了让她过得更好，我要更加努力才行。"

很多对他有想法的女生，看到这条朋友圈，只能望而止步。

商言汐每天发几条朋友圈，基本秀的都是她和墨离恋爱的各种甜蜜幸福事件和照片。

有一天，娘娘腔帅哥白润盏看不下去了，他每次打开朋友圈，都有活在精神病医院的感觉。他发微信给商言汐说："我亲爱的好姐妹，我出一个问题考考你啊，你知道吗？江湖流传着一个传说，朋友圈有最容易被拉黑的十类人，你知道是哪十类人吗？"

"我不知道耶，是哪十类人？"商言汐发微信问他。

"1. 晒照专业户；2. 代购狗；3. 情侣档；4. 鸡汤狗；5. 正能量爆棚的大神；6. 养生党；7. 失恋，自拔了半年还没有拔出来的；8. 电影逗比；9. 加班也要满世界宣告的人；10. 换成'新'头像调戏处女座的人。亲爱的，你觉得你有没有很荣耀地上榜呢？"白润盏发了一个笑脸给她说。

"哟，白公子，几日不见你的智商见长呀，知道变着法子来损老娘啦？我是你说的'第三类情侣档'是不是？"商言汐说。

"正解。你不知道江湖流传着这样一句话吗？秀恩爱，死得快。No Zuo No Die（不作不死）。"白润盏跷着兰花指一字一顿地对着手机微信语音说道。

"你现在在哪里？"商言汐咬牙切齿地瞪着手机屏幕道。

"我现在在我上课的教室啊，服装设计系的教室，现在是下课十分钟休息时间，你要干吗？"白润盏的心头突然涌上一种不怎么好的预感。

"你等着我，我马上就过来。"商言汐对着手机微信语音说。

"你过来干吗？"白润盏有种头皮发麻的感觉。

"过来掐死你这个胡说八道的呀！我告诉你，我跟墨离怎么秀恩爱都不会死的，我们秀恩爱会活得天长地久！另外，谈了恋爱的女生都会不自觉地变得有点作的，这个是常理你不懂吗？我还算是恋爱女生里不作的了，好吗？"商言汐很大声地说道，边说边大踏步地走出了心理学系教室。

"啊！救命！Help！女魔王要来了！"白润盏连忙跷起兰花指、摇曳生姿地冲出教室躲到男厕所里面去了。

正在这时，商言汐的手机响了，手机上显示的名字是"爸"，商言汐有点惊喜，父亲给她打电话的次数并不多，她快速地接起了电话："喂，爸。"至于去找白润盏算账的事情，当然没有这个电话重要，等接完电话再说。

"嗯，言汐啊，你最近还好吗？"父亲商镇禹的声音在电话里听起来有点虚弱。

"爸，我很好啊。北京是个美好的地方，A大也是个美好的地方。您还好吗？"言汐的声音既欢快又有活力，叫爸的频率也多了，对父亲热情了许多，说明她最近确实很好啊，那当然，被爱情滋润着呢，恋爱中看什么都是美好的，爱情的魔力确实很大啊。

"我……挺好的。"父亲的声音好像有点异样，"你今年读大三了吧？都已经二十岁了吧？"

"是啊。爸，您突然提我的年龄，是暗示我已经老了吗？"商言汐嘟嘴说道。

"呵呵，傻丫头，如果你二十岁都老了，那我这个四十多岁的人该怎么办呢？二十岁多年轻，是最好最美的年纪。不过，真的，时间过得好快啊，转眼之间，你居然都已经长这么大了。"商镇禹感叹地说道，有点心事重重的样子。

"每个人都要长大的，我们最不能抗拒的，就是时间的进度和生命的速度。"商言汐说。

"嗯，爸爸这次给你打电话，主要是想跟你说一件事，你今年暑假不用回来看爸爸了，爸爸的公司生意越做越大，暑假会在外地出长差，寒假也是，大四的寒暑假也是这样，等你大四毕业了你再回来吧。两年时间很快就过去了。这两年我会托你小叔经常去学校看你，他去北京出差出得勤，所以顺便。"

商言汐根本就不知道，商镇禹现在是坐在长沙湘雅医院的病床上给她打电话，他已经形容枯槁，憔悴得不成样子了。

商镇平坐在病床边上沉默地听着哥哥打电话，眼睛红着，脸上是一片汪洋大海般的悲伤难过。

"好吧。"商镇禹的手机里传来商言汐的声音。商言汐虽然有点纳闷儿，还是点头答应了。

"言汐，你不是谈恋爱了吗？正好，这两年寒暑假你可以多陪陪你男朋友。你男朋友寒暑假要打工的吧，你可以跟他一起打工，当作体验社会生活，提早锻炼。"商镇禹在手机里说道。

"啊？爸，您怎么知道我谈恋爱了的？"商言汐很惊诧地睁大了眼睛，同时有一点害臊。

"呵呵，是蔚蓝无意中告诉我的。"商镇禹说。

"好吧，既然您都知道了，我也承认。爸，我觉得我现在很幸福，我觉得我找对了人，我男朋友是我所见过的世界上最优秀、最完美的男生，他长相好、人品好、学习好、对我也好，什么都好，以后如果时机成熟了我带他来见您，您一定会非常喜欢他的。"商言汐说。

"嗯嗯，我知道，我商镇禹的女儿眼光绝不会差的。"他怎么会不知道呢？他好几次偷偷来学校看她，都看到她跟他男朋友在一起，那个男孩子他见过的，是很优秀。

"哈哈，是的。爸，快上课了，我不跟您多说了啊，以后再联系。拜拜。"商言汐看了看手腕上的手表，边往教室走边说。

"好，再见。你好好上课。"商镇禹有点恋恋不舍地看着手机，等到女儿摁了挂机，他才慢慢地有点吃力地将手机放到病床边上的床头柜上。

"哥，你都病成这样了，你干吗不告诉言汐，让她回来多看看你，多陪陪你？"商镇平非常难过又不解地问商镇禹。

"镇平，我不是跟你说过了吗？言汐她只是个小孩子，如果告诉了她这个消息，除了让她难过、着急、担心甚至恐惧之外，还有别的作用吗？她又帮不上什么忙。告诉了她，我的病就能马上治好吗？这既然不是个好消息，让她知道后只能带给她负面的东西，那为什么不瞒着她呢？能瞒多久就瞒多久。我不想耽误她的学习。"商镇禹靠着床头虚弱地说道。

　　"我这个越来越不像人的鬼样子，连我自己都不想看到，如果她见到了我本人，肯定是会察觉的，所以这两年找借口别让她回家，别让她见到我，是明智之举。"

　　商镇禹咳嗽了几声，捂着自己的胃部，继续说道："你是不知道言汐的脾气，我做父亲的很了解，她虽然有点倔强，一直放不下她妈那件事情，但她的本性是很善良、很孝顺的，如果她知道了这个消息，保不准她会马上休学每天守在医院陪着我，我病两年她就陪两年，我病得更久的话她就会陪得更久，那她的学习和人生就会全部被我这个病给耽误了。她还这么年轻，她的人生还有很长的路要走。你觉得有必要吗？"

　　商镇平低着头，抿着嘴，叹了一口气，不再说话。

02

【别把吵架想得那么恐怖，吵架有时是照料爱情花园的一种沟通方式。】

　　商言汐和墨离的热恋期一过，很多问题开始慢慢出来了。

　　身为双子座女的商言汐，和身为处女座男的墨离，星座性格等方面本身就存在着很多差异，只是在前期他们因为爱情暂时冲昏了头脑，都看不到对方的缺点，等到交往的时间一久，慢慢冷静下来，很多问题就显山露水了。

　　加上伊娜在旁边和背后的煽风点火，更加明显。

　　处女座男的墨离很龟毛，他对自己苛求，对自己的爱人也苛求，爱上商言汐后喜欢管她，想改变她的各种坏毛病，比如纠结、善变、神经质、情绪不稳定、早上赖床爱迟到、不爱收拾房间、不喜欢运动、饮食不规律、喜欢熬夜等毛病，这些他都想改变她，想把她改造成自己理想的模样。

前期商言汐还可以装一装，努力配合一下，但后面就不行了，爱自由的双子女商言汐还是只想做自己，两个人之间的争吵就开始越来越多。

吵架第一幕：

"言汐，你既然答应了我每天早上跑步就要坚持跑，不要变来变去的。"清晨，一身跑步装束的墨离在女生宿舍楼下拉着睡眼蒙眬的商言汐，商言汐刚刚是被他的夺命连环 call 给 call 下来的。

"哎呀，墨鱼同学，我不想跑了，我很累，休息一天行吗？"商言汐打着哈气就要上楼。

墨离拉住她："不行，有第一天休息就会有第二天休息，这会变成恶性循环的。做人不能有惰性思想。再说你都下来了。"

"哎呀，你烦死了，我身体健康身材苗条，不需要跑了，我不跑了，每天晨跑计划取消。我要上楼补觉。"商言汐甩开他的手。

"商言汐，你的人生态度怎么能这么随性？"墨离有点生气了。

"生命的乐趣就在于随性和自由，就在于第二天起来你不知道自己想要干什么，每天像个机器人一样固定好了程序，有什么意思。反正我决定了，我不跑了，你怎么讲也没用的。也许以后有一天我又会晨跑，但要看本姑娘的心情了。"商言汐也有点生气了。

"商言汐，你太善变了，你真是不可理喻！"墨离彻底生气了。

"你才不可理喻呢，你走，我现在不想看到你！"商言汐大声喊道。

墨离头也不回地走了。

吵架第二幕：

"喂，言汐，你现在睡了吗？"墨离在男生宿舍外捂着手机、很小声地给商言汐打电话。

"喂，墨鱼，你怎么这个时候打电话过来了？嘿嘿，是想我了吧。

你千万别问我想不想你，我现在不想你，我现在只想着帅帅的韩国欧巴呢，我现在正在看韩剧，超好看的，嘿嘿嘿。"商言汐抱着轻薄的苹果商务笔记本在洗手间里看，她们宿舍的其他三个姐妹睡了。

"我就知道你没睡，所以才打电话督促你睡觉。现在都十二点了，还看什么韩剧？赶紧关了笔记本睡觉。熬夜很伤身的，尤其是对女孩子来说。再说，明天你还要上课，要早起，你别又迟到。"墨离说。

"没事，我晚点睡，明天一样起得来，我设了手机闹铃的。我正看到精彩处呢，我准备看到三四点钟就睡觉，你先睡吧。"商言汐对着手机小声说。

"准备三四点钟才睡？你有没有搞错？明天上完课之后再看不行吗？"墨离的声音提高了。

"不行，我等不到那个时候了，我今天如果不知道这几集的剧情走向，我一整晚都会睡不着的，那太折磨我了。"商言汐说。

"今天不看完不会死的！你这个喜欢熬夜的臭毛病真的要改掉！听我的，赶紧关掉笔记本睡觉！"墨离严厉起来了，声音里带着冷酷。

"不听。"商言汐说。

"你到底听不听？"墨离说。

"我说了不听就不听。我想什么时候睡就什么时候睡，这是我的自由，你无权干涉。"商言汐加大了声音分贝。

"你真是气死我了，你太让我失望了。你不听我的，经常熬夜，迟早短命。你明天别跟我说话，接下来的一个星期都别跟我说话。"墨离"啪"地挂了电话。

"哼，不说就不说。"商言汐"啪"地把手机摔在了洗手台上。

双子女的商言汐也慢慢受不了处女男墨离的一些习惯：

"喂，墨鱼，你这个洁癖也太恐怖了吧？你说你们处女座的人是不是都有洁癖啊？你为什么每天要换三套衣服，每天要洗三次澡，每天要洗三次衣服呢？你不觉得这样很累，又完全没必要，还很浪费时间吗？"
周末，商言汐盯着学校洗衣房里正在用手搓洗衣服的墨鱼问道。

"不觉得，我已经习惯了。"墨鱼边优雅帅气地洗衣服边说。

"可是有洗衣机啊，你为什么不用洗衣机？"商言汐说。

"学校的洗衣机洗过这么多人的衣服，很不干净。就算洗衣机没人
用过，我也不会用那个洗，因为本身那个机器就洗不干净衣服，衣服上
的污渍完全洗不掉，还容易把衣服洗坏。"墨离一板一眼地说道。

"好吧，我真是服了你。"商言汐无奈地耸肩。洁癖症患者的世界
她不懂。

好不容易等墨离洗晾完衣服，墨离又开始打扫他们宿舍的卫生。

"你能不能别打扫了，这么干净要扫什么、要拖什么呀？我还等着
你去看电影呢。"商言汐说道。

"明明很脏，你眼睛怎么这么马虎。每天都要打扫一次，这是惯例。
别急，很快的，电影时间没到。"墨离在拖地的一桶清水里倒入消毒液，
商言汐立马捂住了鼻子。

"哪是我眼睛马虎，是您老人家有洁癖好吗？你能不能别用消毒液
这玩意儿？气味可呛人了。你以为这是医院吗？"商言汐皱着眉头说。

"不行，打扫卫生一定要用消毒液，要不然细菌杀不干净，你不知道，
在你肉眼看不到的地方，其实滋生着大量的细菌。你走远一点气味就小
了。"墨离边拖地边说。

好不容易等墨离搞完宿舍的卫生，商言汐挽着他的手、将头靠在他
的肩膀上撒娇，墨离却在她头上闻了闻，然后把她的头轻轻地挪开了，
煞有介事地问道："言汐，你有几天没洗头了？"

"才两天而已。天气又不热，又没出汗，也没怎么出油。"商言汐说。

墨离沉默了一会儿，很冷静地说道："不如，我现在帮你洗个头吧。"

"墨离！你什么意思？你是嫌弃我头发脏有气味吗？我才两天没洗

头而已，你怎么就会觉得脏呢？我真是受够了你这个恐怖的洁癖！所有的心情都被你破坏了！"这一瞬间，商言汐去看电影的心情全无，她气鼓鼓地甩门而去。

03

【 亲吻是两个灵魂在嘴唇上的相遇。 】

两个人吵了又和好，和好了又吵，经常这样。

商言汐发现，跟墨离做朋友时觉得他话不多，等成了他的恋人，他还蛮啰唆和唠叨的。他对待朋友和对待恋人的标准完全不一样，他会毒舌地挑剔她这个挑剔她那个，然后大男子主义地跟她讲很多建议。而且每天检查她的功课，说她这里那里没做好。

虽然她知道他都是为她好，她也在努力按他的建议改了一些，但有时还是会有点受不了，捂着耳朵不想听，然后跟他吵。毕竟，她只是个普通女孩，跟我们生活里所见到的很多女孩一样，一点都不完美。

星期二晚上，A 大图书馆。

来看书的同学并不多。

在并排的书架与书架之间，商言汐看到墨离一个人冷着俊脸在找书。她喊住他，低着头跟他道歉："对不起，墨离，之前跟你吵架是我不对，你说我功课没做好是有道理的，我确实偷了懒没用心做，我不应该嫌你烦，你都是为了我好，为了我的学习能更好，我不是一个脾气好的女孩，我以后一定好好做功课，努力改进。跟你吵架后我也不开心。我们和好吧。"

墨离面无表情地看着她，看了很久之后，一伸手把她拉进了自己怀里。他拥着她说道："跟你吵架后我心里也难受，我们俩发生矛盾，你有错，我也有错，我想把你改造得更优秀，这个太急了一点，应该慢慢来，我对你太过严苛了一点，没有认识到你跟我是不同的个体，会一下子不适应、吃不消，我以后注意方法，尽量用你不排斥的方法慢慢引导你往更好的方向成长。"

"嗯嗯，"商言汐也紧紧地回抱住了他，"那我们现在这样算是和好了吗？"

"还不算。"墨离突然扬起了嘴角，把她从自己怀里拉了出来。

"啊？为什么还不算和好？你明明都已经理我了。那到底要怎么样才算和好了？"商言汐有点急了。

"让我亲一下就算和好了。"墨离坏笑着，凑近她，低下头去寻找她的唇。

"别，这里是图书……啪！""馆"字还没出口，她的唇就被他给吻住了，所有想说的话都被他吞进了口中。

他灼热的唇吻着她清甜的嘴，因为太过突然，她惊慌得退步，整个身子靠在了书架上。

墨离的吻技高超，商言汐对于他的吻是完全没有抵抗力的，她一下子就软化了，渐渐的，忘记了这里是有可能被人撞见的图书馆，双手情不自禁地环住了墨离的脖子。

慢慢的，言汐开始配合墨离，回吻墨离。

两个人吻得缠绵悱恻，难舍难分。

头顶橘黄色的灯光轻轻柔柔地照射下来，和两人的影子纠缠在一起，温暖而暧昧。

一本本或厚或薄的书安静地立在书架上，羡慕地微笑着凝视他们。

墨离身上的薰衣草香和言汐身上的肥皂甜香在空气中交错着。

琴瑟再御，岁月静好，现世安稳。

言汐的世界旋转起来，无数的星星在她眼前闪烁，在墨离热烈的拥抱和亲吻中，她觉得自己活得是那么鲜活，那么不可思议。

04

【有的人注定要成为很多人的太阳。】

有一次，伊娜给商言汐发了一条短信，内容是：虽然我一直没法说服自己原谅你，但是蔚蓝的事我从来都没法坐视不管。蔚蓝现在在挪威森林酒吧喝醉了，因为喝醉了在跟人打架，把别的女孩错认成了你，一直在吵着闹着要见你，谁去扶他都不让，如果你还把他当朋友，你现在就去找他，把他送回他的宿舍。

商言汐一看到这条短信就马上跑去挪威森林酒吧找蔚蓝了，她当然把蔚蓝当朋友了，她一直以来都把蔚蓝当成一个很重要的好朋友和好哥哥。

商言汐找到蔚蓝的时候，他正在挪威森林酒吧里醉醺醺地跟人打架，起因是他喝醉了，把别人的女朋友错认成言汐、一直纠缠她，那个女孩的男朋友就不干了，两人厮打起来。

商言汐跑过去，拉开蔚蓝，跟别人笑着赔礼道歉："对不起，一场误会，他喝醉了，认错了人。"这场打架才终止。

"蔚蓝，是我，我是言汐，你别喝了，我送你回宿舍。"商言汐看蔚蓝这样，很是难过。

"言汐，真的是你吗？"蔚蓝稍微恢复一点神志，目光沉痛，颤抖着瘦削嶙峋的手去抚摩商言汐的脸，想确认她的真实性，他害怕又是一场幻觉。

"是我，真的是我。"当他的手抚上她的脸，商言汐的身体僵硬了一下，但是没有躲开，她想她不能再伤他的心了。

她没有想到蔚蓝会得寸进尺，在巨大的失意和酒精的迷醉下，蔚蓝抚摩脸颊的手稍一用力，顺势变为捧住，他双手捧住商言汐的脸，非常冲动、非常突兀地吻上了她的嘴唇。

商言汐睁大了眼睛，整个人都吓呆了。

蔚蓝从来没有吻过她，这是第一次。这难道是他的初吻吗？

她从来没有见过如此失控的蔚蓝。

几秒钟之后，她反应过来，用力推开了他。

但还是晚了，她不知道，在酒吧的暗处角落，伸出一只抓着手机的手，像是蓄谋了已久似的，用手机"咔嚓、咔嚓"地拍下了这一幕。

"蔚蓝，你真的是喝醉了！"商言汐只能归结于他酒醉，看着那么消瘦、憔悴、颓丧的蔚蓝，她都不忍心发火和责备他，毕竟，是她把他伤成这样的，她拒绝了他两次，还在大庭广众之下抛下他跟另一个男生跑了，那样的羞辱都让那么美好的蔚蓝承受了。他就算强吻了她，她又有什么理由去怨他？

"我送你回宿舍。"商言汐吃力地扶起蔚蓝，往酒吧门外走去。

等她把蔚蓝送回 A 大的男生宿舍安顿好，关上门退出去，她掏出口袋里的手机，发现有几十个未接来电，全都是墨离打来的，商言汐一拍脑袋，叫道："完了完了，我忘了晚上 7：30 约墨离在话剧院门口碰头，去看话剧的。现在都晚上 10：30 了，墨离岂不是等了我三个钟头吗？哎呀，瞧我这记性，一忙起蔚蓝的事情就忘了，刚刚一直在酒吧，那么吵，也没有听见手机响。"

她赶紧打电话给墨离，但是没有人接，一直打一直没有人接，墨离是生气了吗？

商言汐急坏了，赶紧打出租车以最快的速度赶去了话剧院门口。

墨离果真还在话剧院门口等着，那场话剧现在早已经散场了，观众们都往外走了，墨离呆呆地站在那里，手里抓着手机，像一尊冰冷的没有生命的石雕。

商言汐哭着冲过去抱住他："对不起，对不起，我不是故意晚来的，也不是故意不接电话的，是7点钟的时候伊娜发短信给我，说蔚蓝喝醉了在酒吧跟人打架、嚷着要见我，所以我就赶去了，酒吧很吵，我一直没听到手机响，蔚蓝的情况真的很糟糕很让人担心，等我处理完蔚蓝的事情才看你的未接来电，就赶紧给你打电话，你不接，我就着急找来了，我一时间忙忘了，对不起，对不起。都是我不好，害你等那么久，我应该先打个电话跟你报备，让你先别等了的。是我罪孽深重，你怎么惩罚我都行。"

"你到底是去救蔚蓝的还是去跟他接吻的？"墨离重重地挣脱开商言汐的拥抱，走得远远的，不让她抱着自己，然后他"啪"地把自己的手机摔在了商言汐身上。

商言汐看墨离的手机屏幕定格在一张照片上，这张照片就是蔚蓝在酒吧强吻商言汐的那一幕。

商言汐僵硬地站在那里，心里凉成一片。

说不出口的惊慌和恐惧，让她把手捏得骨节发白。

"墨离，你听我说，不是你想的那样的，是蔚蓝喝醉了强吻的我，他自己也不知道干了什么事情，我更是不知道他会这样，被他吓到了，你没有看到这张照片上我被他吻着的时候表情是很惊恐的吗？"商言汐急急忙忙地解释。

"我没有看到，我只看到了你的不抗拒、不讨厌。还有多张照片，多角度的，你自己翻翻。"墨离生气地说。

"墨离你真的误会我了。我只爱你。我根本就不爱蔚蓝。我的为人你还不了解吗？你为什么不相信我？"商言汐的眼泪直流。

"我很想相信你，可是，你承认吗？你的异性朋友很多，你数数你微信里有多少人。你承认吗？你对蔚蓝一直很关心。你性格活泼，对人热情，为人豪爽，人缘不错，性格测试上说这样的人都是有点花心的。你在心底里给蔚蓝保留了一个角落，是不是？"墨离醋意翻腾，内心又恼又恨。

"我没有！我不花心！我的心里只住着你一个人，没有多余的角落再来安放其他人。异性朋友多有什么错？我的同性朋友也很多。朋友多了路好走，朋友多了人生会更开心，人本来就是群居动物。我对蔚蓝很关心又有什么错？他是我的青梅竹马，是我的哥哥和好朋友，我对他是亲情和友情，这样的感情和你我的爱情难道不能共存吗？"商言汐大声说道。

"可是他对你的感情是爱情！你明知道他爱你你还和他走那么近，你也许只是单纯关心可是人家不这么想。你可不可以自尊、自爱一点？你是有男朋友的人了，你不怕别人误会吗？你有没有考虑过我的立场和感受？今天是一个酒醉强吻，再这样下去，是不是保不准有一天他会直接把你按到床上？"

"啪！"墨离的话音还未落，满脸泪水的商言汐就重重地打了他一耳光。

心好痛。最痛莫过于自己深爱的人不信任自己。

商言汐泪雨如注地跑走了。

剩下墨离一个人站在风中痛苦。

他有一点后悔他刚刚说的话，他太生气、太嫉妒了，所以口不择言。但是言汐真的有时让他没有安全感。

是谁那么欠揍，发给他这样的照片？

发给他强吻照片的是个陌生号码，他根本无从查起，可是其实是谁发的都已经不重要，酒吧那么多人，无聊的都可以举起手机来拍，他和蔚蓝、言汐又是Ａ大的知名人物，总有好事者会找到他的手机号码发的。

这场吵架伴随而来的冷战持续了很久，但后面，两人慢慢冷静下来之后，还是和好了。他们都信任对方，而且觉得发照片的人太有心机，是有心想挑拨拆散他们俩，越是这样，他们越要幸福坚固定地走下去。

05

【长大以后，我们会发现，重要的不是拥有很多朋友，而是拥有几个真正的朋友。】

大三第二学期。

Ａ大的英语角。

夏日炎炎，白润盏、张璐瑶、孟荷、商言汐、琳琅五个人各拿着一本英语书，在有亭子遮盖的英语角朗读、练习英语。

至于伊娜，自从上次伊娜说要跟商言汐绝交之后，凡是有商言汐在的地方，伊娜都尽量避开了。

虽然这五个人学的专业各不相同，但英语这门他们都是要学的，因为要过英语四级，学校规定没过英语四级是拿不到学位证的。

"喂，言汐，趁墨离不在，我问你一个很严肃的问题啊。"白润盏读着读着英语，突然脑子里灵光乍现，嘴角浮现坏笑。

"有话快说，有屁快放。"商言汐一看他这表情，就知道准没好事。

"你和墨离交往了也快两年了，你们俩现在的恋爱进度发展到第几垒了？"白润盏带着一点不胜凉风的娇羞，女声女气地问道。

"什么几垒几垒的？你以为是在打棒球吗？"商言汐皱着眉头说道。

"就是啊，就跟打棒球差不多。咳，我说得直白一点啊，恋爱就像棒球跑垒，共有四垒，你现在是在第几垒？"白润盏问。

琳琅在一边笑而不语，他是很懂的。长相清秀的孟荷也捂着嘴笑，她听他们系的女同学议论过。戴着黑框近视眼镜的张璐瑶，跟商言汐的表情差不多，问号在上面打圈圈。

"白公子，你是从外星来的吗？我怎么完全听不懂你在说什么？"商言汐迷惑地问道。

"哈哈，还是让我这个资深人士来科普一下吧。"琳琅实在憋不住了，插嘴说，"恋爱的第一垒是牵手，第二垒是KISS，第三垒是打BALL（摸胸），第四垒就是全垒打，啪啪啪。懂了吧？"

"噢，原来是这么回事，你们怎么这么色情？真是不学好。我和墨离可是非常纯洁的好吗？"似朝霞一样的红晕飞上了商言汐青春美丽的脸庞。

"那到底进行到第几垒了？"白润盏紧追不舍。

"这是我的私生活，凭什么要告诉你？"商言汐扭过头去。

"不会是还停留在第一垒吧，所以不好意思说。唉，真是太悲惨了。"白润盏故意这么说。

"谁说的，已经进行到第二垒了好吗？"商言汐脱口而出，说完之后反应过来，猛地捂住了自己的嘴，但已经迟了。

"哈哈，套出来了吧。才第二垒，交往快两年了，商言汐，你太失败了，太没魅力了，简直是身为女生的悲哀和耻辱。放着墨离那么好的小鲜肉，就光看着，真是暴殄天物。"白润盏出口不留情。

"你说什么？我这叫作洁身自爱好吗？"商言汐意欲争辩，但声音明显有点发虚。怎么办？连她自己都好像觉得自己太失败了、太没魅力了。

双子座的商言汐，其实并不是思想那么保守的人，现在的大学生都有很多公开同居的了，商言汐认为，只要彼此相爱，在时机恰当的时候就可以交付身体，她不反对婚前性行为，好的性爱可以促进感情，灵肉合一才是最完美的。

可是，她是个女孩子，那种事情总不可能让她主动开口提出来吧？那也太害羞了，也显得她太不矜持了，那样的话，她担心墨离会觉得她很容易得手，会不好好珍惜她的。

唉，怎么办？

白润盏仿佛看穿了她的忧愁，说道："你们俩老这样原地踏步不行呢，爱情需要不断地有进展，不断地有新鲜的东西刺激，才能维持更长久的关系。你可以想点办法勾引墨离上床嘛，你不一定非要那么直接地主动，聪明地给他一点暗示就好了呀。或者，把他挑逗起来，让他情难自控把持不住、想把你扑倒啊。就算他再怎么正人君子坐怀不乱，他也是个血气方刚的青年。"

"哦……"商言汐听得出了神，但马上又反应过来，"什么？你别瞎说了，我还用你这个没谈过恋爱的娘娘腔教我吗？"说完，商言汐抱着英语书急匆匆地走了，转过身的那一刻，她的脸已经红成了猴子屁股。

白润盏在后面风情万种地跷着兰花指、扭着比女生还细的水蛇腰说："哼，娘娘腔怎么了？哼，没谈过恋爱怎么了？哼，这些一点都不妨碍我成为一个资深的情感专家好吧。哼，你们知道吗？做情感专家是需要过人的天赋的，而很不幸，我就拥有这个无与伦比的过人的天赋。"

"哈哈哈。"大家拍着英语书，笑倒一片。

06

【想拥抱你，如同拥抱一整个夏天的风。】

天气越来越热，商言汐借学校食堂的厨房熬了一锅香喷喷的绿豆粥，并且适当的冰冻了一下，送到墨离住的宿舍，这天是星期六的晚上，不上课，那间宿舍只有墨离一个人拿着直尺在认真画图，其他三个人都外出了。

"我亲爱的墨鱼，你在画什么图啊？又是横线又是竖线的，密密麻麻的。"商言汐把那锅绿豆粥放到桌上，好奇地问道。

"这是我们建筑设计专业的建筑制图作业，很复杂，你看不懂的。"墨离浅笑着对她说。

"是，你就算让我懂我也不想懂，看着那图就头大了，"商言汐边说边拿出碗来盛绿豆粥，"我给你亲手熬了好喝的绿豆粥，消暑解热，营养抗癌，排毒美颜，好处多着呢，最适合夏天喝了，你赶紧尝尝看。"

"嗯，你熬的，肯定好喝。"墨离接过商言汐盛好的绿豆粥，舀起一勺放到嘴里。

"嗯，真的很好喝，我立马觉得凉快了许多，你熬了这么多，我一个人怎么喝得完，你也喝吧，跟我一起喝吧。"墨离说。

"好。"商言汐盛了一碗给自己喝。

"啊呀！"一个不小心，商言汐的手一哆嗦，端着的碗倒了，整碗的绿豆粥都泼洒到了她漂亮的紫色连衣裙上，把整条裙子都弄脏了。其实不是不小心，是她自己故意的。

但墨离没看出来，连忙帮她擦。

"别擦啦，擦不干净啦。"商言汐说。

"那你赶紧去你宿舍换一件衣服过来吧。"墨离说。

"我就这样穿着脏衣服走出去吗？好多同学会看到，丢脸死了。"商言汐说。

"那你说怎么办？"墨离看着她说。

"你就借一件你的衣服给我穿呗。"商言汐说着，就开始去翻墨离的衣柜。

"喂。"墨离还未来得及阻止，商言汐就已经快速地翻出了一件墨离的宽大修长的白衬衫。

"这件好，我就穿这件。"商言汐眨着她漂亮无比的大眼睛，去了洗浴间换衣服。

"怎么样？好看吗？"没过多久，商言汐就开门出来了，坐在椅子上的墨离一转身看她，整个人就僵住了，原本握在手中的画图铅笔，"啪"的一下掉到了地上。

这件白衬衣在墨离身上时是合身的，但现在在作为女孩的言汐的身上，显得很大，像睡衣，带着一种慵懒的美感，最上面的两粒扣子没有扣，露出性感美丽的锁骨，睡衣只遮盖到言汐大腿的三分之一处，下面就是白花花的直接暴露在空气中的玉腿了，又修长、又笔直、又纤细，泛着珍珠般盈亮的光泽，皮肤吹弹可破。

简单，干净，清纯，窈窕，美好，又朦胧。

配上言汐甜美灿烂的笑脸，让空气中飘浮着一种暧昧湿润的芳香。

让人浮想联翩，想着白衬衣之下包裹着的是怎样一具玲珑剔透、青春可人的身体，很想掀开来看一看，很想去欺负她，这也算是制服诱惑吗？

这分明就是赤裸裸的诱惑好吗？

墨离屏住了呼吸，他感觉到自己的脸发烫，全身发热，身体里所有的血液都在沸腾、咆哮着，慢慢汇聚到某一处。

他努力克制着自己，转过身，拼命画图，不再看她。

"墨鱼，你怎么啦？我问你好不好看呢，你还没回答我。"穿着墨离白衬衫的商言汐走近他，用柔软的双手将他的身体掰过来，面向自己。

"好看。"墨离低着头说。

"你都没看我，怎么知道好看？"商言汐捧起他的脸，让他抬眼看着自己。

墨离坐在椅子上，商言汐站在他的两腿之间，捧着他的脸，他们四目相聚，长久地相互凝视。

商言汐看到了他俊美眼眸里平常看不到的一些东西，那好像是一团隐压着的火焰，灼热的，带着丝丝入扣的欲望，它随时可能会蹿腾起来，把她燃烧和吞没。

"我爱你，墨鱼。"她深情地说着，然后缓缓地弯下腰去，用嘴唇亲吻墨离光洁的额头，亲吻墨离高挺的鼻梁，最后亲吻墨离冷峻精致的嘴唇。

她一接触到墨离的嘴唇，墨离就像一颗火苗被点着了，疯狂地反吻她，他很快反被动为主动，让她跨坐在他的大腿上，意乱情迷地深吻她，商言汐可以感受到他的呼吸越来越急促。

"扑通、扑通"，可以听到两个人的心跳，巨大的，如雷贯耳般。

他抱得她如此的紧，她的腰都要被折断。

他吻得她如此的深，她呼吸困难到险些窒息。

墨离衬衫下面绷得紧紧的充满活力的身体渐渐压向软绵绵的她，他的身体越来越滚烫，像火一样，汗珠从额头上渗出来，红潮从脸、从耳根，一直弥漫到了脖子。

商言汐从未见过如此疯狂炙热的墨离。

他为她发疯了吗？真好。

他已经开始不满足于嘴唇上的亲吻，他把他的吻移到了她的耳根、她的脖子、她的锁骨，他宽大的手掌也开始不安分地在她曼妙的身体上游走，每到一处，那个地方就像被电流划过，颤抖地开了花。

某个瞬间，他突然腾空抱起她，将她压倒在了就近的下铺上。

就在他的手欲往她的白衬衫里伸的时候，他却猛地停住了，仿佛骤然之间清醒了，整个人从她身上起来，倒在了一边。

"对不起，我不能这样对你。"他反手用前臂挡住了自己的眼睛，发出了一声克制的叹息。

"我愿意。因为我爱你，所以我愿意把完整的自己交给你。"商言汐侧到墨离这边，用手拿开他挡住眼睛的手，然后俯身想继续去吻他，却被墨离躲开了。

"我不愿意！"他冷酷而坚决地说着，"唰"地站起来，跑到洗浴间去洗冷水脸，让冷水刺激他意乱情迷的神经，好彻底地清醒过来。

"为什么？"商言汐起身跟到洗浴间，"难道你不想要我吗？难道我没有魅力吗？难道我没有吸引力吗？"

"不是。只是这样珍贵的时刻，应该留到我们结婚的那晚才对。"墨离抬头说完这句，又继续在水龙头下不停地洗冷水脸。

"不用等到结婚，我不介意，我知道你是一个很负责任的男生，我对你很放心，我只想给我们的大学生活多留一点美好的回忆。"商言汐把水龙头关了，不让他再冲冷水，她踮起脚去吻他湿漉漉的脸，墨离推开她。

"这跟我的观念是不一样的，我是一个很传统的男生。大学，不是一定要做这种事情才会有美好回忆的。别这样，求你，别再引诱我了。我不想犯错。"他离她远远的，面上浮现压抑的痛苦。

"这算哪门子的犯错？我就引诱你了，我看你能忍到什么时候。"

商言汐一任性，当着墨离的面，把整件白衬衣都脱了，她的白衬衣下面，居然什么都没穿。

那是一具毫无瑕疵的完美胴体。

雪白丰盈，温润如玉，青春欲滴，美丽绝伦。

散发着少女独有的清甜的香气，带着纯洁而美好的光亮，鲜奶般柔滑。

像世界博物馆珍藏的价值连城的艺术品一般。

可以轻易地把所有人的欲望都激将出来，然后，淹没一切。

如果是其他男生，应该早就控制不住地扑上去了，但他不是其他男生，他是墨离，他不是一般人，他紧紧地闭上了眼睛，摸瞎拿起浴巾裹到她身上，然后以最快的速度冲出洗浴间，冲出宿舍，反带上门，在门外丢进来一句话："你穿好衣服，别感冒了，宿舍留给你，我出去了。"

商言汐抓着浴巾，委屈的眼泪慢慢地流出来。

说什么他很传统，说什么要等到结婚那晚才碰她，这是不是都是他不够爱她的借口呢？她真的怀疑自己没有身为女生的魅力。

后来，商言汐又鼓起勇气引诱了墨离两次，结果墨离还是坚持忍住了，让商言汐一度有挫败之心。

商言汐为此跟墨离吵过架，墨离跟她解释说，只是两人在性观念上不一致。

商言汐并不知道，其实是因为墨离太爱她，所以才想用这种方式保护她。她一点都不理解。

与此同时，在伊娜的煽风点火之下，两人更是出现各种矛盾，吵架频频，彼此伤害，彼此痛苦。

之前蔚蓝强吻言汐的吻照，就是伊娜借用陌生人手机发的呀。

每次吵架之后，商言汐和墨离都会冷静下来分析自己的过错。

商言汐发现自己的错比较多、比较任性，所以她就努力让自己改好一点，虽然改错的过程或改掉坏习惯的过程很痛苦，但是为了爱情她还是努力克服了过去。

墨离也对她有些方面开始报以理解，注意了一些新的更好的沟通方式和要求标准。

这样两个人就又和好了。

吵了又和好，和好了又吵，时间久了，彼此都有点累。

因为彼此都很爱对方，所以一再地相互包容忍让，一再地不断自我反省。

这样的折腾，在不知不觉中，也确实让彼此都慢慢变成了更好的人。

这也是让伊娜惊诧的地方。

她发现他们俩的爱可以战胜很多的东西，她好像没有那么容易拆散他们。

07

【我们总以为谎言最伤人，但事实是，真相更残忍。爱你才会骗你，反之，连骗都不屑一顾。】

这样到了大四。

商言汐和墨离都二十一岁了，两人居然磕磕绊绊、吵吵闹闹地交往了两年多。

在那次酒醉吻了商言汐之后，蔚蓝慢慢地振作了起来，那是他的初吻，他觉得自己也是幸福的，起码，他最初的吻给了他最爱的人。

　　他想通了，他会祝福他们，他依然会在言汐背后默默地守护她。

　　蔚蓝一直没有停止调查商言汐母亲死亡原委的事情，高考前他跟商言汐说过一定会查出真相的承诺他一直记着。

　　历经诸多曲折辛苦，真相终于查出来了：

　　原来，当年出轨的不是商言汐的父亲商镇禹，而是商言汐的母亲俞沛菡。

　　当年，商言汐的母亲被爱冲昏头脑，跟情夫约定双双离婚在一起，情夫也是有妇之夫，情夫在最后时刻临阵脱逃，跟商言汐母亲分手，选择了原来的家庭。

　　母亲一时冲动，结束了自己的生命，跳楼自杀。

　　父亲为了保住母亲名声，把黑锅都背在自己身上。

　　那个情夫就是墨离的父亲，等于是墨离的父亲间接害死了商言汐的母亲，他欺骗了商言汐母亲的感情。

　　商言汐的母亲非常美丽，她是一个没有爱情活不了的女人，但商言汐父亲常年忙于事业冷落了她，她很寂寞，在寂寞中慢慢消耗掉了她对父亲的爱。

　　因缘际会遇到墨离父亲，两人擦出爱的火花，他们俩真正爱过也幸福过，但墨离父亲最终清醒过来选择了现实，造成了对商言汐母亲的致命打击。

　　面对这些真相资料，蔚蓝犹豫了，他不敢告诉商言汐真相，如果她知道了墨离父亲就是害死自己母亲的间接凶手，那么她跟墨离的恋情还怎么继续下去？

　　蔚蓝很爱商言汐，他想让她幸福，就算给她幸福的那个人不是他。

　　他不愿看她痛苦。

　　他把这些真相材料都压下来，锁进了抽屉。

　　"这些，都会烂在我自己的肚子里的。"他想。

08

【人之将毕业，其言也善。】

大四毕业前夕，同学们都开始找工作，学校一场一场的招聘会应接不暇，挤满了面试、送简历的同学们。在这个当口儿，大家都有些焦虑或迷茫，对于就业、梦想或人生的方向，该如何选择？该何去何从？

商言汐宿舍的四个女生和墨离宿舍的四个男生一起吃了个饭。

伊娜没有缺席，因为蔚蓝早振作起来了，并且找伊娜谈了话，让伊娜原谅商言汐，伊娜也就给了蔚蓝面子，勉强和商言汐和好了。

商言汐以茶代酒跟伊娜碰杯："伊娜，谢谢你原谅我，我们会是一辈子的好朋友，对吗？"

"哈，看你表现。"伊娜给了她一个模棱两可的答案，然后肆无忌惮地笑，用力跟她碰一下，一干为敬。

"所有好的坏的都过去了，我们快毕业了，毕业后可能会各奔东西，所以大家要好好珍惜这在一起的最后日子。"蔚蓝说。

"嗯嗯，是的。"大家都深有感触。

接下来，大家开始畅谈理想和毕业后的打算。

孟荷说："我想找个北京户口的有钱人结婚生孩子，在北京扎下根来，本来我读大学也就是混文凭。"

白润盏娘娘腔十足地说："人家想去巴黎做著名服装设计师，然后娶一个洋妞名模做老婆，让她天天穿上我设计的各种衣服，给我走秀，多美呀！"

"哟，原来你真是直的呀！"伊娜笑他。

大家都笑了。

大家也聊到了一些现实的问题：

"现在就业竞争压力大，每年那么多的毕业生，但就业机会只有这么多，找工作没那么容易呢。"

"想实现梦想也没那么容易呢。"

聊着聊着，不胜唏嘘。

第八章

二十一岁·金盏菊·泪岛

【引言】

在你的心目中，

你对你父亲的印象是怎样的？

你爱你的父亲吗？

年幼时，

我总觉得，

我更爱我温柔能言的母亲，

父亲太过沉默，

严肃，

做什么都无声无息。

等到长大了，

我发现，

这是不能比较的两种爱。

母亲给了我血肉，

使我成长；

父亲却给了我骨骼，

使我站立。

父爱蕴于无形之中，

如大海般深沉而宽广，

当你读懂它时，

你会泣不成声。

为人父母天下至善，

为人子女天下大孝。

愿你有生之年，

来得及跟父亲说一句：

爸，我爱你！

01

【兴趣很重要，能找到一份自己喜欢做的工作，是人生的幸事。】

A 大的电脑机房内。

同学很多，座无虚席，大家都紧紧地盯着电脑屏幕，手在快速动作着，按动鼠标的咔嚓声和敲击键盘的噼啪声，细细碎碎地响成一片。

都是大四生在忙着给各家公司投简历呢，一个个忙得七上八下的。

商言汐和墨离也在这群人当中。

"墨鱼，告诉你，我今天给十八家公司投了简历呢，我打算今天的量就到这里了，明天再接着投。你今天投了几份简历？"商言汐对坐在旁边的墨离说。

"没投几家。"墨离的情绪明显不高，他冷着脸，声音低沉，说话的时候眼睛都没有看商言汐，只是皱着眉盯着电脑。

"怎么啦？"商言汐察觉到他好像有点不对劲，轻轻握住他的手。

墨离没有说话。

"对了，上次你去面试的那家 ABC 建筑设计事务所，就是国内最好最有名的那一家，你说你很中意的那家，来消息了吗？"商言汐突然想到了这个，便问。

墨离沉默了一会儿，低低地说道："来了，通知我的结果是没有面试成功。"他的声音里透着沮丧和不得志的失意。

"别不开心了，你这么优秀，在我眼里你就是天才，他们不要你是他们的损失。"商言汐安慰地拍了拍墨离的背。

几天之后，墨离接到一个电话："喂，你好，请问是 A 大建筑设计专业的墨离同学吗？我这里是 ABC 建筑设计事务所。"

"我是，请问有什么事？"墨离有点疑惑，他不是已经被这家拒绝了吗？

"是这样的，上次你参与的那轮面试在程序上出现了一些失误，另外最重要的主考官上次也没出席，我们其实对你的能力和潜质都是很看好的，也不想错过你这样一个好的人才，所以能不能请你明天再重新来面试一次？"

墨离沉默了片刻后，答道："请让我考虑一下。"

墨离接电话的时候，商言汐就在旁边，墨离开的是外音，电话内容她听得一清二楚，她很着急地拍他："还考虑什么呀？赶紧答应了。"

墨离没有理她，通完电话后挂了，挂完才说话："有点奇怪，明明已经被告知没通过，过几天又改变了主意，堂堂的 ABC 不会这么不严谨吧？"他好像并没有失而复得的喜悦感。

"虽然我也觉得有点奇怪，但是人家在电话里不是有解释吗？因为面试程序出现失误＋第一主考官没到场，人家不想错失你这么好的人才。古代都有'亡羊补牢，犹未晚也'的寓言和'三顾茅庐'的典故呢，身为现代人的你难道还这么板正固执、不知变通吗？这是一个好机会，那么好的事务所，你再去面试一次又不会掉块肉。"商言汐说。

"嗯。"墨离想了想，第二天还是去面试了，面试结束后的半个小时，就宣布了他通过的结果，要他下个星期就去 ABC 建筑设计事务所实习。

墨离在第一时间把这个好消息告诉了商言汐。

商言汐很开心，一蹦三尺高，比自己找到了好单位还开心。

这时候，父亲商镇禹打电话过来了，她喜滋滋地跟父亲说："爸，我正想给您打电话呢，我告诉您一个好消息，我男朋友找到了好工作，是国内最好最有名的一家建筑设计事务所，一万个应聘者里面才选十个，他进去了肯定前途无量的。怎么样？有没有觉得他特别棒？"

"嗯，很棒，爸爸也替你高兴。不过，你的工作还没找到吧，你也要上心你自己的工作哦，别只顾着谈恋爱。"商镇禹的声音好像比前几次更加虚弱了。

"放心，我会的。对了，爸，您是不是生病了？怎么听您的声音好像有气无力的？"商言汐说。

"没，"商镇禹赶紧说，"因为昨天熬夜加班了，睡眠不足，可能就没什么精神吧。"

"要注意保重身体啊，您可是四十多岁、快奔五的人了，不比年轻小伙儿，不服老不行。身体是最重要的。您的事业都做这么大了，赚的钱几辈子都花不完，不要这么拼啦。"商言汐说。

"嗯，"女儿的关心让商镇禹的心里暖暖的，"爸爸想给你多留点钱，这样等你大学毕业踏入社会就不用那么辛苦。我越成功，你就算万一不成功也能安好地过一辈子。女儿啊，你一定要好好照顾自己，按时吃饭，按时睡觉，及时根据天气情况添衣减衣，每天开开心心的。万一爸爸有一天不在了，你要独立，要坚强。"

"虽然你对蔚蓝没有男女之情，但你们俩青梅竹马，彼此了解，他一直很关心你、照顾你，你如果有什么困难都可以找他，蔚蓝的爸爸妈妈，他们也一直很喜欢你，你就当是亲人一样地可以多来往。还有你叔叔，他一直把你当亲闺女看，有事没事你都可以多打电话给他。至于你的工作，不着急，慢慢找，但一定要找好，要找一个适合你的、能学到很多东西、有发展前景、待遇福利也很厚道的单位……"

父亲这一次唠叨了很多很多，话语里饱含着浓厚的复杂的深沉的感情，仿佛想把这一生要对女儿说的话都一股脑儿说完。

六月的A大校园，枝叶茂盛，百花齐放，一排的香樟，一排的龙爪槐，一排的冬青树，叶子都绿得发黑，在阳光的照射下熠熠发光。

商言汐就这样坐在操场边的高大台阶上，抓着手机，跟父亲通电话。

花坛里的月季、昙花、夜来香、玉簪花、晚香玉、马兰花、万寿菊、矮牵牛、丁香花等竞相开放，各自妖娆，百紫千红，花香阵阵。

依墙植有数株蔷薇，满枝红粉几许出墙，蜂蝶飞舞，暗香盈袖。

到处挂有"××校园招聘会"的横幅或牌子，有抱着简历的大四生们从商言汐身边匆匆穿过。

这通电话打了将近两个小时，商言汐因为心情好，很有耐心地一直听完了。

接完电话后，她摸摸自己发烫的耳朵，仰起头，望天，看到二十一岁的浅灰色的浮云从头顶滚滚而过。

02

【如果你忘了苏醒，那我宁愿闭上眼睛。】

有一天，伊娜去找蔚蓝，无意中发现了蔚蓝锁在抽屉中的秘密，就是商言汐母亲自杀真相的证据资料，她长了个心眼，偷偷将那些资料全部拿出去复印了一份，又完好无损地放回去。

然后，她找到商言汐，把资料复印件摊在她面前，毫无隐瞒地告诉了她这一切。

商言汐知道了实际出轨的是母亲，知道了父亲是隐忍的背着黑锅，知道了母亲的出轨对象是墨离的父亲。

是不是很残忍？伊娜为什么要告诉她这些真相？

有时候，友情像一面圆形的镜子，它原本的样子光滑明亮、完整无缺、光可鉴人，一旦上面出现了一条裂缝，就算你再怎么去弥补粘合，它都会有一条疤，你照它的时候那条疤就印到了你的脸上，再也回不到最初了。

有些人，你一直对她千般万般好，而某一天，你不小心伤了她一点，这一点就有可能盖过以往你对她所有的好，被她记一辈子。

一念天堂，一念地狱，这句话适用于爱情，亦适用于友情。

伊娜暴露出了她阴暗的一面，因为太过爱蔚蓝，她内心阴暗的小怪兽被激将出来了，早就从她怒吼着要跟商言汐绝交那日开始，那个小怪兽就开始蠢蠢欲动了吧？

有时候，我们总以为我们很了解身边熟悉的人，但某些时刻，你回过头，会蓦然发现，你也许从未真正认识过她。

伊娜看着崩溃痛哭的商言汐，内心复杂。

伊娜说："你也许觉得这个真相很残忍，觉得告诉你真相的我更残忍，但这是我的方式，我认为现实不管再怎么惨烈都应该直面。活在谎言里的人是很可笑、很懦弱的。"

此时此刻，商言汐的内心像狂风卷起的波浪一样产生着巨大的起伏，百感交集，思绪万千。

她一方面庆幸不是父亲商镇禹害死了母亲，对父亲这么多年的误会充满愧疚；一方面无法接受自己爱人的父亲竟然是害死自己母亲的间接凶手，这会成为她跟墨离在一起的一个巨大心理障碍。

她不知该如何再去面对墨离。

这时候，墨离打电话过来了，她不接。

墨离打了很多个电话给她，她都不接。

墨离给她发短信，她也不回。

墨离那边看着手机，俊脸上的表情莫名其妙的，心里在猜想：是手机没放在身边吗？还是又抽风了在发小脾气？他只是想约她晚上在外面吃饭而已。

"墨离，来一下我办公室，我有工作找你谈。"主任工程师在叫墨离。

"好，来了。"墨离利索答道，他将手机放到自己的办公桌上，迈着矫健的步子进去了。

现在的墨离已经开始在 ABC 建筑设计事务所实习，白色衬衫工工整整地扎在黑色裤子里面，系着发亮的皮带，打着斜纹领带，衣服和裤子上都没有一点褶子，脖子上挂着蓝色的工作牌，头发上适当地抹了一点摩丝定型，形象干练、精神、清爽、端正，帅得不要不要的，已初有职场新人的风范。

商言汐跑到了 A 大教学楼的天台上吹风，她只想一个人静一静。

也不知道静了多久，她的手机铃声急促而沉重地响了，她一看来电显示上的名字是"小叔"，便努力调整好自己的情绪，尽量平静地接了起来："喂，小叔。"

"言汐，快，你现在去找蔚蓝，你们俩赶紧一起回长沙一趟，家里有很重要的事情。你们俩的机票我都已经帮你们在网上订好了，今天下午的飞机，你们带身份证就可以去坐飞机了，我现在把飞机航班号和具体起飞时间用短信发给你。"小叔商镇平的声音前所未有的急促，很快地一口气说完了，还带着嘶哑。

"家里发生了什么事？干吗这么急？今天下午的飞机？现在已经中午了。"商言汐感觉自己的胸口很闷，堵得慌，心里涌上一股很不好的预感。

"你先回来，回来你就知道了。你赶紧和蔚蓝一起去机场，我也给蔚蓝打了电话的，就这样。我挂了。"商镇平火急火燎地说完就挂了，这风格还真不像平时一贯温和平静的小叔。

"言汐,可找到你了。"当商言汐往天台下跑的时候,蔚蓝在往上面跑。

"快点,我们现在去机场。"蔚蓝拉着她往下小跑。

从接到小叔电话之后,商言汐的心跳就一直没有平稳过,她忐忑不安地以最快速度和蔚蓝一起赶回了长沙,没有来得及把她回长沙的消息通知任何人。

当他们抵达长沙黄花国际机场,商言汐发现,长沙的天色很不对劲。

天黑沉沉的,很闷热,像玉帝打翻了墨汁瓶。

突然,一道闪电划破了天空,接着便是轰隆隆的雷声,那雷声好像从头顶滚过,然后重重地一响,炸裂开来,很是吓人。

蔚蓝赶紧用他的双手帮商言汐捂住了耳朵,商言汐一抖,拿开他的手,用自己的手捂住。

蔚蓝尴尬一笑,站在路边等他们家的司机。蔚家的司机说很快就到。

不一会儿,黄豆大的雨点从天而降,打在地上噼里啪啦直响,道路两旁的花草树木被狂风吹得东倒西歪,摇摇欲坠,这时候司机也开着车来了,蔚蓝赶紧扶着商言汐进了轿车。

"以最快的速度开去言汐家。快点。"蔚蓝跟司机交代了一句。

"好的,少爷。"司机答应着,加快了油门。

车窗外雷雨交加,电闪雷鸣,雨水让玻璃窗外的世界模糊成一片,就算坐在车里也感觉到了雷阵雨那种地动山摇的气势,商言汐忍不住打了个哆嗦,本来挺热的夏天,刚刚被雨一淋,身上的裙子湿了一些,有些地方皱皱地黏在身上,有点又冷又热的感觉,很不舒服。

这种天气太压抑了,令人胆战心寒,就好像,就好像一大群黑黝黝的恶鬼在索命一样。

想到这个比喻,商言汐突然没来由地感到了一种窒息般的心痛,仿佛被利刃狠刺了一下，她连忙伸手抓住了胸口心脏处的衣服。

"我是怎么了？是晕机反应吗？"商言汐在心里想着。

当商言汐踏入家门，她怎么也没有想到，她用尽一生的力气也没有想到，她赶上的只有父亲的葬礼。

我们给生活假想了一千种可能，但我们往往不知道，生活还有第一千零一种可能。

父亲商镇禹巨大的遗像挂在灵堂里，英俊深沉的脸，带着淡淡的笑容，仿佛在跟言汐说："女儿，你回来了。"

黑色的相框，满屋的花圈，在哭泣着的叔叔、蔚蓝父母和商家的亲戚，肃杀的氛围，死亡的气息。

"轰隆隆！"门外巨大的雷声响起，闪电犀利地撕扯着天空，光亮闪到了商言汐惨白震惊的脸上，阵雨下得更加凶猛暴虐。

世界在一刹那炸裂。

触目有血色大团弥漫，自天边聚集，劈头盖脸而来。

商言汐簌簌发抖如风中树叶，牙齿上下咯咯战栗，手机摔落在地，她朝着遗像扑上去，扯动软如棉絮的双腿，歇斯底里般地扑过去，终于控制不住，跪跌于地，嗓子已经不由自主地裂出尖叫。

"爸——！"

眼泪像血一样喷出，耳膜中血液砰砰撞击，绷至极限的弦，"啪"的一下断了，商言汐眼前一黑，晕死了过去。

…… ……

03

【这辈子我亏欠的人太多，最亏欠的是，父亲。】

三天三夜之后。

商言汐缓缓苏醒。

她首先看到的是蔚蓝，蔚蓝满眼血丝、疲惫不堪地守在她的病床边，他守了她三天三夜，这三天三夜他都没合眼。

"言汐，你终于醒了，你知不知道，你差点把我吓死了。"蔚蓝红着眼对她说。

她在蔚蓝的搀扶下非常虚弱地坐了起来，垫着枕头靠在病床上。

还未开口说话，眼泪又流了下来。

"爸，你别离开我，爸……"她捂着脸，哭得撕心裂肺，像要哭断气似的。

"言汐……"蔚蓝将她拥进自己怀里，紧紧地抱着她，陪着她一起哭。

那样凄厉悲痛的哭声弥漫在病房上空，连空气都忍不住发出了一声呜咽。

不久之后，满脸倦容、憔悴不已的商镇平走进了病房，商言汐一把从蔚蓝怀里挣脱出来，抓住商镇平的衣襟，哭着问："小叔，您告诉我，我爸是怎么死的？我前不久才跟他通过电话，他那时候还好好的。为什么说没就没了呢？"

"言汐，你爸早在五年前就得了胃癌。靠药物和各种医疗手段维持了五年生命，突然恶化死得非常急，所以都赶不上见你最后一面。"商镇平沉痛无比地说道。

"他为什么从来都没有告诉过我？"商言汐哭得痛不欲生。

想到前不久那通打了两个小时的电话是她这辈子听到的最后一次父亲的声音，她的心里如同刀割般难过，为什么那个时候她那么笨，没有意识到父亲的反常？

"他是刻意隐瞒你的，也不让我和医生告诉你，因为怕你担心。你父亲这个病是你高三发现的，就是他被你气晕住院那次医生发现的。大三、大四这两年他打电话不让你回来，又叫我代他去学校看你，不是因为工作忙，是因为病情很严重了，怕你回来看到他，就瞒不住了。"商镇平说着说着就红了眼。

商言汐肝肠寸断，紧紧咬着嘴唇，大颗大颗的眼泪从她清瘦的脸上滑落下来。仔细回想一下，这五年中父亲很多地方都流露出些不同寻常，为什么她那么蠢没有发现？

"言汐，你知道吗？你父亲其实无去 A 大看过你数次，只是在车上或街角或教室外面偷偷地关注你，在你的身后一直默默地支持你，在你不知情的情况下，帮你解决了很多你自己解决不了的问题，那些你自以为靠自身能力和运气躲过的危机，实际上都是你父亲帮你处理的。他还以你的名义成立了一个'言汐公益基金'。"商镇平一边说一边抹眼泪。

"我今天去公司整理你父亲的遗物了，我发现了一包资料。"商镇平说着，从包里掏出一包资料，递到商言汐的手里。

"这是……"商言汐一翻那包资料，心里就一阵痛，这是关于母亲和墨离父亲出轨的事实资料啊，还有母亲自杀前亲笔写的一封遗书，纸张都泛黄了，父亲保存了那么久。

原来父亲一早就什么都知道，还知道母亲的情夫是墨离的父亲。

"是的，你父亲在很早之前就什么都知道了，他为了保住你母亲的名声谎称自己出轨背了黑锅，对于墨离的父亲，他也选择了原谅，"商镇平顿了顿，接着说，"言汐，你知道吗？那家国内最好的 ABC 建筑设计事务所的实习机会，是你父亲托人帮墨离找的，之前墨离自己去面试未通过，你父亲无意中得知了这个消息，便托人托关系让墨离进去了。因为墨离是你的男朋友，他为了你，所以去帮你男朋友实现建筑设计的理想。"

"爸……"言汐的眼睛已经哭肿，她抽抽搭搭，锥心泣血。

这些真相像从血管里探出来的一根根刺，扎破皮肤，暴露在空气里。

前所未有的难过和心痛，像无数巨大的注射针管不停地扎着她，针管里面满满装的是剧烈的毒液，从头到脚，无一幸免，进去到骨髓里，真真切切。

商言汐的脸因为彻骨的疼痛而变形了，她哭得昏天黑地。

几次哭晕过去，醒来又哭。

仿佛要流尽这一生的眼泪。

那恢复意识后钻心般的痛感告诉她自己还活着。

她终于明白了父亲是这个世界上最爱她的人。

父爱如山，所有的爱都毫无保留，不求回报。

父亲是一本书，是一部震撼心灵的世界名著。

父亲的伟大已经无法用言语来形容。

但她以前什么都不懂，多年以来只是一直忤逆、顶撞和疏远父亲。

上天这么残忍，她连父亲的最后一面都没见到，她都没有机会去孝敬父亲了。

这是对她最大的惩罚。

如果人生可以重来，如果时光可以倒流，她愿意付出一切的代价去换回。

…… ……

04

【青春就像是切洋葱，我们都泪流满面，却还乐此不疲。】

四年后。

商言汐二十五岁。

她跟蔚蓝一起从美国回来。

在北京首都国际机场，曾经玩得好的大学同学都来接机，这中间有伊娜、白润盏、张璐瑶、孟荷、琳琅，他们都带了家属。

孟荷带了一个孩子，琳琅带了位辣妹，白润盏带了个很高挑的洋妞老婆，张璐瑶带着自己忠厚老实的男朋友，只有伊娜还是一个人。

大家去北京最豪华的五星级酒店聚餐，伊娜请客。

伊娜和商言汐已经一笑泯恩仇，伊娜现在是著名的财经节目主播，很成功。

伊娜看到商言汐和蔚蓝手上戴的同款订婚戒指，看到蔚蓝望着商言汐时温柔幸福的笑，她就已经满足了，她想她会怀揣对蔚蓝的爱，以事业为伴，孤独终老。

大家现在基本都混得不错：白润盏做了著名的服装设计师；孟荷如她所愿嫁了个有钱的北京户口老公，虽然是二婚还要帮他带和前妻生的儿子，她看着钱的面子也甘愿；琳琅还是花花公子，游戏人间，根本不想结婚；张璐瑶规规矩矩地做了大学老师，跟她男友也快结婚了。

商言汐做了她喜欢的职业，心理师，收到了国内好多心理咨询机构的工作邀约，她选了北京一家很不错的心理咨询医院，准备回国后就在那里工作了。

在北京读大学的孩子们，一般毕业后都会留在北京工作。北京是中国最著名的一线城市，是全国政治、文化、教育中心，发展空间确实很大。

商镇禹死后，公司交给商言汐的叔叔商镇平打理，公司有董事会，商言汐占公司最大股份，她如果想回长沙接手公司，随时都可以。

蔚蓝毕业后在美国一边读 MBA 学位一边做 CEO，现在学成归来，被调到一家上市公司的北京分部做 CEO。

"哎，言汐，你还记得慕筱柔吗？"白润盏边吃边说。虽然他现在已经娶了老婆，但他的娘娘腔还是没改掉，说话依然是女声女气的。

"嗯，记得。"商言汐回答。时隔四年，她还是那么美丽动人，但早已不复当年的活泼，性格沉静了很多，穿着打扮也很素雅。

"她现在已经是当红的歌星，红得不得了。但红又有什么用呢？她不快乐，好像娱乐新闻报道说她最近得了抑郁症，在吃药呢。"白润盏说。

"哦，"商言汐有点呆滞漠然地应道，"这也没什么，没有谁的生活是完美无缺的，你选择了一样东西，就等同于放弃了另外一样东西，你得到多少，也注定会失去多少。明星的生活本来就这么回事，我一点儿都不羡慕他们。"

"我必须说说墨离，"琳琅拿着筷子很认真地跟大家说，"哎呀妈呀，墨离现在可了不得了，成了著名的建筑设计师。他最开始大四是在国内很强的 ABC 建筑设计事务所实习上班，后来学到了经验，毅然放弃高薪离职，自己开了一个很牛掰的 SYX 建筑设计事务所，听说最近设计了一栋体育馆，很成功。"

"嗯，这个我也有听说，整个 A 大我们那一届的学生中都传开了，墨离是他们那个小县城神话一样的励志人物，因为他给小县城捐建了一所学校，还捐修了一条路，他现在是名利双收，但一直单身。"张璐瑶补充道。

商言汐一动不动地坐在那里，沉默地听着，半天都没有说话。

墨离，是一个很久远的名字，这个名字自四年前开始，就跟自己没有任何的关系了。

那些被封锁的记忆好像又被唤醒了，瞬间痛感被传递到四肢百骸，然后汇聚成突突的心跳，在胸口处发出沉闷的震动。

真是斗转星移，时光荏苒，沧海桑田，物是人非。

"快看，电视里现在在播放墨离的访谈呢。哇，真帅，真有范儿。"孟荷突然指着他们所在的包厢前面的壁挂液晶电视屏幕说。

众人和商言汐的目光都不由自主地投射到了电视屏幕上。可不是吗？电视里，西装革履、英姿飒爽的墨离，在漂亮女主持人的采访下侃侃而谈，浑身散发着自信沉稳的气质和光芒，俨然一副都市精英的模样，围绕在他周身的冷傲气息更胜以往，但这只让他显得更加的性感和迷人。

那么熟悉又陌生的一张脸……

商言汐的心忍不住一阵绞痛。

她突然站起身，冲动地关了电视。

05

【每一个人都有属于自己的一片森林，迷失的人迷失了，
相逢的人会再相逢。】

这顿饭吃了很久，聚会散场，大家纷纷告别往外走。

"保持联系啊，有空到我家去坐。"

"一定一定。"

"蔚蓝，白公子，常打电话啊，改天带你们去我开的酒吧喝一杯。
你们女人就别去凑热闹了。"

"琳琅你有性别歧视。"

"哈哈，我是为了照顾你们，你们都太漂亮了，酒吧太多色狼了。"

"哈哈，漂亮这句话我倒是爱听。"

"哈哈，再见。"

"拜拜。"

从酒店餐厅的包厢走到酒店大堂，大家一路嘻嘻哈哈地笑闹着
告别。

"言汐，瞧你，今天怎么穿得那么单薄？爱漂亮也还是要注意保暖
哦。现在都快入冬了。"大堂的东边，蔚蓝边走，边轻轻摸了摸商言汐
肩头衣料的厚度，然后果断地开始脱自己的西装外套。

大堂的西边，几个西装笔挺的人阔步走了过来，为首的两个人气度
不凡，走路都带着一阵风，应该是老板之类的，后面跟的几个人模样谦卑、
领首含笑的，应该是下属。

"墨总，今天这个项目谈得真爽快，墨总真是年轻有为，我非常欣赏，合作愉快啊。"为首的一个胖老板笑着对另一个帅老板说。

"嗯，合作愉快。"帅老板边走边跟他有力地握了握手。

"那，墨总，对不住，我先行一步了啊，今天我的宝贝儿子生日，家里的妻儿正等着我呢。"胖老板笑眯了眼说道。

"嗯，没事，儿子重要，你先走吧。再见。"帅老板再次礼貌地跟他握了握手。

"好，再见。"胖老板说完，和几个下属快速地先行，走出了大堂。

帅老板往前面走了一段路，突然像被子弹打中了一样，僵硬地停在了那里，以不敢置信的眼睛呆呆地看着前方。

"墨总，您怎么了？怎么不走了？"身边的助理和跟在身后的几个下属都随着帅老板的脚步停了下来，老板停了，他们哪敢再走，哪敢走到老板前面去。

"来，言汐，披上我的外套，外面冷。"这个时候，蔚蓝正轻柔地往商言汐的肩膀上披自己的外套，动作熟稔自然，仿佛已经做过了无数次。而商言汐，她也没有拒绝，很平静、平静到近乎理所当然地接受了，俨然一对寻常的老夫老妻。

这个动作正好被帅老板看到了，他就是墨离。

商言汐无意识地抬起头，就撞到了墨离的目光。

四目相对，两人都霍然呆住，时隔四年的重逢，就像一场梦穿越了青春和时光。

真的没有想到，会在这里碰见。

这算是不期而遇呢还是狭路相逢？

万籁俱寂，谁也看不见了，整个世界只剩下他们两个人。

如同置身于快速旋转的镜头里，商言汐有不真实的晕眩之感。

他还是那么帅，不，比四年前更帅了，身姿挺拔，剑眉星目，脸上的线条愈发刚毅，更冷漠更有味道了，浑身上下都是名牌，有一种成功人士的成熟大气和涉世已久的游刃有余。

那些关于他的好的坏的记忆统统都翻滚出来，一帧一帧地在商言汐眼前播放。

时间的沙漏沉淀着无法逃离的过往，记忆的双手总是去拾起那些明媚的忧伤。

商言汐感到无比的心痛，她发现，就算隔了四年她还是爱他的。

但有什么用呢？他们……再也回不到以前了。

也不知道这样沉默互望了多久，墨离身边有个讲话不经大脑的毛头小职员突然叫了起来："啊，我认出来了，她就是商言汐，墨总电脑桌面上的人，四年前甩了墨总的那个人！"

墨离的耳膜一颤，红着眼，逃一般地离开了。

第九章

二十五岁 · 白铃兰 · 逢春

【引言】

这是一个流行离开的世界，

但我们都不擅长告别。

有时候，

我们不知该怎么和生活中无法失去的人说再见，

所以，

我们没有说再见就离开了。

我们同样不擅长迎接重逢。

重逢总是适逢其会，

猝不及防，

我们害怕重逢，

是因为不知对方在把你想念，

还是已把你忘记。

青春，

是不停地告别，

也是不停地重逢。

优等的心，

不必华丽，

但必须坚固。

01

【总有一些让我们悲伤的歌，让我们哭泣的并不是歌本身，而是藏在背后的那些回忆。】

商言汐一路上都魂不守舍的，脑子里全是刚刚与墨离重逢时的场景，一遍一遍地回放着，怎么挥都挥不去。

刚刚重逢时，墨离没有跟她打招呼，虽然她也没准备跟他打招呼。他们之间的交集就是一个对视，他看着她的眼神是陌生的、冷酷的，还率先甩她而去。他是忘了她吗？如果没有忘记她，那一定就是恨她的了，可是，她也有恨他的理由啊。

唉，别想了，怎么想都只能是心碎神伤。

商言汐将头扭向车窗外，呆呆地看着因车速而不断往后退的城市风景，那样的繁华绚丽，但都不属于她。

蔚蓝坐在驾驶座上优雅斯文地打着方向盘，不知有意还是无意地看了一眼言汐，然后又继续沉默开车。

今天是他送她回去。

两人一路上无话。

刚刚那场重逢，让蔚蓝的心里也不好过，自己的未婚妻跟前任时隔四年后重逢，还一副旧情难忘的样子，你说他这个做未婚夫的怎么会好过？

车子停在了一栋非常高档豪华的湖景房前，这是商言汐在北京的房产，是小叔商镇平以父亲商镇禹的名义给她置办的房产。

蔚蓝也在北京买了一套房子，就跟商言汐家一个小区，步行十分钟就可以到商言汐家。

商言汐站在家门口，对着蔚蓝努力挤出微笑："我到了，谢谢你送我回来，再见。"

"言汐。"蔚蓝凑近她，想去吻她的脸颊，却被商言汐本能地躲开了。

"只是一个告别吻而已。"蔚蓝解释。

"对不起，再见。开车注意安全。"商言汐打开门，进去，关门。

蔚蓝站在门外，看着那扇冰冷僵硬的门缓缓合上，生生将他和言汐隔绝在两个世界，白皙俊美的脸上露出苦涩的笑容。

四年了，她依然不愿他碰她。

不是不心痛的。

那种疼痛，就像寒冬腊月里家中的水管破了，地面开始积水，从仅仅打湿脚底，到盖住脚背，漫过小腿，再往上汹涌，一点一点地，把他整个人困在寒冷寂静的深渊。

他不断地付出，付出，再付出，却始终得不到回应。

他不知道他还要等多久。

然而，不管要等多久，他都不想放弃，他舍不得放弃。

他是乐观主义者，他总是坚信，她总有一天会冰雪消融、春暖花开，会张开双臂满心欢喜地接纳他。

他这样自我安慰着，转过身，走了。

02

【在爱情里，我们都这样不断地在"练习"，"练习"失去，"练习"承受，"练习"思念。】

第二天，商言汐就去心理咨询医院报到了。

她是开着崭新的豪华轿车去的，这辆轿车早在她回国前小叔就帮她置办好了，一直放在这栋湖景房的车库里。

自从父亲商镇禹去世，小叔就俨然成了她的另外一个爸爸，对她的各方面都事无巨细地关照打理着，她非常感恩。

商言汐穿着心理师专属的白大褂工作服忙了一整天,忙到很晚才回去。

忙一点好，忙一点就没有心思去想别的事情了。

当她泊好车，一身疲倦地走到家门口，已经是晚上九点钟了。

她"滴滴滴"地按密码打开门，这种高档公寓用的是防盗密码锁，无须钥匙，按户主之前设定的密码就可以。

她走进去，然后，欲关门之际，啪，一只修长漂亮又有力的手突然挡住了门。

她恼怒又惊慌地往门外一看，霎时睁大了漂亮的眼睛，微张着嘴，不知该摆出何种表情。

是他，居然是墨离。

"怎么会是你？你怎么知道我住在这里？"那张熟悉又陌生的完美俊脸，一下就刺痛了商言汐的眼睛，一时间，她的内心非常复杂。

"我这么聪明，有很多方法可以打听到。"墨离冷傲自负地说着，敏捷迅速地推门而入。

　　商言汐怔在原地，她其实并没有打算让他进屋的。

　　"你来干什么？"商言汐按住内心的激动，尽量让自己的声音听起来平静又疏离。

　　"我来拿东西。商言汐，你不记得了吗？你还欠我一样东西。"墨离面无表情，口气透着寒意，叫的还是她的全名。这样的问话，仿佛不带一丝感情，就只是债主在向欠债的人讨债。

　　什么时候，他们俩变得这么陌生了？好不适应。

　　"我不记得我有欠你什么。"如果硬要说欠，应该是墨离欠她的，墨离的父亲欠了她母亲，欠了他们一家，因为他是他的儿子，所以，无法撇清关系。

　　"你欠我一个交代！"墨离重重地说道，深邃好看的眼睛里带着冷锐的锋芒。

　　"我要跟你交代什么？"商言汐抬起眼看他，语气依然平静无澜。

　　"商言汐，你真是没心没肺！"墨离冲到她的面前，直直地看着她，"你终于舍得回来了？四年前你为什么会突然去美国？为什么不告而别？为什么不给我一个理由就把我给甩了？为什么？"

　　"这些，都已经不重要了。"商言汐说着，将左手五指并拢，手背朝外竖起来，向着墨离的视线。她的中指上赫然有一枚闪闪发光、价值不菲的漂亮戒指。

　　"重要的是，现在我已经订婚了，未婚夫是蔚蓝，而不是你。"

　　那枚订婚戒指的光芒刺痛了墨离的眼，他狠狠地盯着那枚订婚戒指，极致的难受像抽丝般缠绕成一个透明的茧，恼恨与嫉妒所筑就的心脏容器里，被飞快地灌注进黏稠的墨汁。

　　他猛地用力抓住她戴着戒指的手，肌肤接触的地方，电流"滋滋滋"地蹿起，烫得商言汐差点要跳起来，但很快，那种触电的感觉就变成了真切的疼痛，他很大力地捏着她的手，捏到他自己手上的青筋都凸起了，恨不得将她的手捏断、捏碎一般。

"商言汐，你这个负心女！"墨离咬牙切齿地骂出了这样一句。

然后，在商言汐还没有反应过来之际，他突然失控地用力扯下了商言汐左手中指上戴的那枚订婚戒指，拿着戒指，三步并作两步地走到了客厅的窗户边，打开了窗子。

窗外的风景是很漂亮的，地段绝佳，坐拥三大主题公园。站在这里俯视，可以看到一个波光粼粼的碧绿色大湖，水深不可预测，湖景房和湖景小区不是浪得虚名的。

"你要干什么？"商言汐慌了，赶紧跟过去。

"你自私地背叛了我们的爱情。我用这枚戒指诅咒你，诅咒你离开了我之后得不到幸福！"墨离边说边单手举起商言汐的订婚戒指，话音落地之时，将那枚戒指远远地抛出了窗外。戒指在路灯下发着光，呈一条抛物线，凄惨地落进了深幽的湖中。

"不！"商言汐大叫着欲阻止，但已经迟了。

墨离扔完戒指就头也不回地走了，走之前把门带得很响。

商言汐呆呆地站在屋内，看着自己空空如也的手指，泪流满面。

03

【愿你自强到无须有人宠有人惯，却依然幸运到有人宠有人惯。】

次日一大早，商言汐就请了工人从湖中打捞戒指，但是打捞了几个小时都没捞到。

中午，工作休息时间，商言汐主动打电话请蔚蓝吃午饭。

蔚蓝深感惊喜，很高兴地准时赴约了。

在离两人的工作地点都不是太远的西餐厅里，商言汐愧疚无比地对蔚蓝说："对不起，蔚蓝，我把你给我买的订婚戒指弄丢了。我昨天晚上在湖边散步时，发现戴在手上的戒指脏了，所以便取下来擦，结果手一滑，戒指就不小心掉湖里去了。我今天请工人捞了好几个小时都没捞到。对不起，实在很对不起，我真是太不小心了。你放心，我会自己再去订做一个一模一样的戒指，再戴到手上来的。"

一半谎言，一半真话，只字未提墨离。

她当然不能提墨离，如果蔚蓝知道墨离昨晚去找了她，并将她的订婚戒指扔进了湖里，蔚蓝肯定会气疯的，也会怀疑她跟墨离还藕断丝连，那问题就大了。

蔚蓝惊诧，然后心里本能地涌上一丝不快。

未婚妻丢了订婚戒指，这是很不吉利的一件事情。

可他是那么温柔儒雅的人，怎么可能表现出一丁点的不快？

他只是微笑着，装作很平静地说："言汐，没关系。丢了就丢了吧，你也不是故意的，我知道你是有点大大咧咧、毛毛躁躁的人。旧的不去，新的不来。你不用自己去订做，我改日有空时再带你重新去买一个。订婚戒指肯定是要我买给你的，才有意义。"

"嗯，好。真的对不起哦，蔚蓝。"蔚蓝对她真的太好了，她愧疚得恨不得要钻到地缝里面去了。

"说了没关系，别放在心上了。一万个戒指都不及你的一根头发丝重要。吃牛排吧，都要凉了。"这时候，蔚蓝已经将言汐盘子里的一整块牛排切得工工整整的了，他温柔宠溺地端放到了她面前。

"好。"商言汐熟练地叉起一块，吃了起来。

04

【你的掌心，便是我的天涯。】

两人用完餐，便各自回了自己的单位上班。

商言汐所工作的心理咨询医院是非常优秀的，她在这里是一名高级心理师，院长很器重她，也看重她在美国留学的经验。

她换好跟医生的工作服差不多的白大褂工作服，立马变得跟天使一样了，端庄大方，优良贤淑，如同款款绽放开来的一朵白百合，很有高级心理师的Style。

"你自私地背叛了我们的爱情。我用这枚戒指诅咒你，诅咒你离开了我之后得不到幸福！"坐在办公室给心理疾病患者做心理咨询的时候，商言汐突然想起墨离说的这句话，又冷又汗又难过。

墨离真是狠心啊，居然下这么毒的诅咒。

她心里的苦，他又能明白几分？

向来缘浅，奈何情深。

"商医生。"坐在她对面的患者在叫她。

商言汐严格说来也算是心理医生，她比一般的心理咨询师更专业，她是考了执业医师证书的，从治疗手段看，心理医生一般有处方权，在心理治疗时，可以采用药物和医疗器械、谈话和行为训练等多种手段，而心理咨询师不能使用药物和医疗器械，治疗技术限于谈话和行为训练等。

所以患者一般都是称呼她为医生。

"……"对于患者的声音她没反应。

"商医生。"患者抓着她的手摇晃了一下,加大了音量地喊。

"啊?哦。什么事?"商言汐终于反应了过来。

"商医生,您在发什么呆走什么神啊?我刚刚问的问题您半天都没回答我。"患者有点不高兴了。

"我……对不起啊,我、我刚刚从美国回来,还在倒时差,所以不是很有精神,"商言汐只能撒了个谎,"你刚刚问的那个问题,还能不能麻烦你再重复一遍?"

…… ……

今天的上班状态真是不好,她一想到墨离就无心上班,给客人做心理咨询时老走神儿。

助理看她这样,也以为她是时差还没倒过来,给她冲了一杯上好的咖啡。

她喝着热腾腾的咖啡,闻着咖啡浓郁的醇香,感觉好像好了一点儿。

"笃笃笃",又有人在敲她办公室的门了,应该是下一位客人到了,她赶紧放下咖啡,正襟危坐,很职业地冲着门外说了一声:"请进。"

门被推开了,进来的却是年近五十、两鬓花白的院长,商言汐吓了一跳,赶紧从椅子上恭恭敬敬地站起来:"院长好。"

"嗯,小商,跟你说个事儿,我们医院来了位很重要的高级 VIP 客户,是我的朋友,点名要你做心理咨询。我也挺高兴的,没想到你才回国名气就这么大,我没看错你。你一定要好好地给他进行心理咨询,拿出你的看家本领来给他咨询,这个客户可得罪不了。听到了吗?"

"哦,好。"商言汐还有点蒙。能被院长亲自嘱托的客户肯定金贵得不得了，她顿时觉得压力山大。

"唐助理，现在去把VIP会客室里的那位先生带进来吧。"院长冲着门外喊。

"好的，院长。"唐助理回答。

很快，胸前的工作牌一晃一晃的唐助理领着那位神秘的高级VIP客户进来了，商言汐一看到那个人的脸，整个身子都僵硬了，像在原地生了根，一动不动。

那张脸秋水为神，玉为形，眼睛晶亮如黑曜石，即使不笑也可以让女人腿软，这个迷倒众生的英俊男人，商言汐化成灰都认识，她与他昨天才见过面。

"小商，这就是我跟你说的那个VIP客户，他叫墨离，是著名的建筑设计师，很成功的。"院长跟商言汐介绍。

"你好，我叫墨离，这是我的名片，初次见面，请多指教。"墨离客气地说着，边说边掏出名片递给商言汐。

商言汐客套地接过名片，露出僵硬的笑容："你好，我叫商言汐，你以后可以叫我商医生。初次见面，请多指教。"他怎么说，她就怎么回他。装陌生人谁不会？

"小商，我可嘱咐你了啊，一定要好好招待墨离，好好给他咨询，如果怠慢了他我唯你是问。"院长再三交代。

"是，院长。"商言汐说。

"墨离，你也放心，你别看小商年轻，她有美国留学经验，是我们医院最棒最有才华的心理师之一。"院长笑着对墨离说。

墨离点头微笑。

"那就这样，你们聊，我先去忙了。"院长说完，跟唐助理一起退出去了，唐助理从外面轻轻地合上了门。

当办公室只剩下商言汐和墨离两个人，气氛一下就变了。

"墨离，你还想怎么样？你之前骂我也骂够了，我的订婚戒指都被你扔湖里了，你如果要泄愤应该也泄得差不多了吧。我们本来就已经不是彼此生活里的人了，好聚好散，不要再相互打扰了，安安静静地过各自的生活，不好吗？"商言汐说。

他非但打扰到自己的生活，还打扰到自己的工作中来了，商言汐真搞不懂他在想什么。

"商医生，我听不懂你在说什么。我们俩不是今天才第一次见面吗？哪有那么多乱七八糟的过去。我是来做心理咨询的。"墨离看着她说，无可挑剔的俊脸上毫无波澜。

你就装傻吧。商言汐在心里说。

"那你有什么心理问题是需要咨询的？请讲吧。"商言汐严肃地坐到自己的办公桌前，挺直了腰板。

"我觉得，我患上了一种心理疾病，叫爱无能。"墨离在商言汐的办公桌对面帅气坐下，缓缓地说。但商言汐怎么觉得他的表情带有玩味的成分？

"哦，请简单述说一下你的患病症状。"商言汐边说边在电脑上做记录。

"在上大学的时候，我爱上了一个女生。她其实有很多的缺点：她性格不好，脾气暴躁，不温柔，不淑女，那张脸就跟长沙的天气一样说变就变，阴晴不定，不爱学习，像猫一样有点小懒惰，也不怎么懂得撒娇，任性，很吵，喜欢恶作剧，喜欢捉弄人，还自称大姐大，有时候倔得跟头驴一样，又臭美又自恋，喜欢玩自拍。"墨离看着商言汐说。

商言汐表面平静地听着，内心里在叫嚣：该死的，这不是说的我吗？他怎么可以这么损我？我哪有他说那么糟糕？太可恶了。

"她既然有这么多的缺点，那你为什么还会爱上她？"商言汐问。

"她也有优点的,她偶尔漂亮,偶尔可爱,偶尔聪明,偶尔善解人意。"墨离用似笑非笑的眼睛看着她。

晕,为什么都只是"偶尔"?难道我不是一直漂亮,一直可爱,一直聪明,一直善解人意吗?商言汐在心里反驳他。

"最开始,我是爱她的一腔孤勇,爱她的一视同仁。她孤独又勇敢;出生豪门却并不嫌弃比她穷的人,没有阶级观念,不嫌我没钱,不嫌我家世不好,可以跟我一起吃路边摊,一起买最廉价的小商品,我就算送她最便宜的礼物她都视若珍宝。我现在成功了,终于可以凭我自己的能力带给她最好的东西了,但她却早就离开了我。"墨离说的时候一直都目不转睛地看着商言汐。

商言汐躲开墨离的目光,看着电脑屏幕说:"墨先生,你是不是跑题了?我只是请你简单诉说一下你的爱无能患病症状,你却在大说特说一个你曾经爱过的女生。"

"我没有跑题,因为,这个女生就是我患上爱无能的根源。"墨离隔着办公桌凑近商言汐说,那双深邃漂亮的眼睛里仿佛藏着暗涌的悲伤。

商言汐整个人随着带轮转椅本能地往后退。

墨离坐回原位,继续说:"这个女生在大四毕业前夕莫名其妙地把我给甩了,连甩我的理由都没有说,就彻底地离开了我的世界。最开始是她主动追我的,想要开始这段恋情的是她,想要结束这段恋情的也是她。她把我当什么了?招之则来,挥之即去吗?做人怎么可以这么不负责任?"

商言汐呆呆地坐在椅子上,没有说话。

"自从她离开我之后,我就发现,我无法再爱上任何人了,我不是没有遇到过好女孩,我认识了很多比她优秀的女孩,比她漂亮的,比她身材好的,比她聪明的,比她温柔的,比她可爱的,比她性格好家世好的，她们都喜欢我，可我连一丝爱的力气都提不起来，连正眼都不想看她们。我已经单身四年了，我事务所的员工和我身边的亲戚朋友都开始有点怀疑我的性向问题了。商医生，你说，这是不是爱无能？"墨离说。

他想说什么？他是想说他还爱她，还忘不了她吗？

"墨先生，你的这种症状只是爱无能里比较轻微的一种，不用紧张。站在心理学和医生的角度看，'爱无能'确实是一个心理疾病，但它并非无可救药。爱无能患者只要能够不断健全和完善自己的人格，调整心态和思维方式，相信真爱一定存在，对爱抱以美好的期待，相信爱会有好的结局，就能积极去实践。"商言汐以心理师的口吻很职业地回答。

"商医生，你有没有什么具体的可以治愈这种心理疾病的方法？"墨离问。

"墨先生，我给你三点建议：第一点，多相亲，还可以去参加《非情勿扰》之类的电视相亲节目，相亲越多中奖概率越大，总有一天瞎猫能够碰到死耗子；第二点，抽空看看韩剧和肥皂爱情剧，让轻轻浅浅的温情撩拨一下你尘封已久的小心灵，再从别人的故事里反观对照你自己的人生，遥想一遍当年的冲动与激情，从而下定在现实里施之于行动的决心；第三点，万一，怎样都发现不了感情投诸的对象，那么，不妨问问你自己：究竟爱的是男人还是女人？有时让人生调整一下方向，其实也没什么大不了的。"商言汐一板一眼地说道。

"多谢你的建议。我很确定我爱的是女人，而且，她现在就坐在我对面。"墨离深情地看着她说。

"请遵守我们医院的规定。"商言汐面无表情地说着，将一块桌上立的牌子转向墨离，牌子上毅然写着"禁止调戏心理师，违者一次罚款五千"。

墨离哑然失笑，从包里掏出一叠厚厚的现金，放在桌子上："这里有五万，如果我刚刚那句话算调戏你，那我现在应该还剩下九次调戏的机会吧？"

商言汐的脸色很不好看，一会儿白一会儿红的，她皱着眉头，把钱推给他："我不要你的钱，也不准备再给你调戏的机会。罚款不是目的，引导才是关键。请你走吧。你的心理咨询到此结束了。"

她说完，朝门外喊："唐助理，过来送客。这场心理咨询结束了。"

"好的，商医生，马上就来。"唐助理很快过来了。

商言汐在唐助理进屋之前，把那五万现金硬塞回了墨离的包。

墨离其实不想走，他还有很多话没有说完，用四年漫长光阴积攒的话，多久都说不完，但他看她一脸要送客的神情，也不想为难她，来日方长。

"我明天还会来的。"墨离漂亮精致的嘴角往上一勾，带出一个似有若无的冷逸坏笑。

05

【 谁应了谁的劫，谁又变成了谁的执念。 】

墨离真是说到做到，翌日下午又来到了商言汐工作的心理咨询医院。

很明显，墨离醉翁之意不在酒。

他故意要商言汐进行健康心理咨询、发展咨询中的性心理知识咨询，还有对梦的解析等，咨询的问题里牵扯他的爱情、婚姻、家庭，还有命运，每一种都会联系到她。

还请教她这个心理咨询师，让她做决定，说他最近遇到了一个想要结婚的人，问她要不要求婚，总之用了各种方法、各种问题不停地骚扰她。

他每天准时去骚扰她上班，把她的工作时间都给占了，借着心理咨询的名义跟她说很多和心理咨询无关的话题。

照这样下去，他一定会被医院评为"年度最捧场的客户"的。

"墨离，你每天泡在我这里，你都不用上班的吗？"忍无可忍之时，商言汐恼怒地问。

"有上班啊，我每天上午上班，下午就在你这里。我是 SYX 建筑设计事务所的老板，因为你回来了，我重新调整了一下我的工作时间，现在，我每天上午会高效率地处理完事务所一天的事情，下午的时间就专属于你。"真难以想象，类似于无赖的表情竟会出现在墨离那张帅到无敌的脸上。

"你真是够了。这四年里，你是不是又重新投了一次胎，变成了无赖附身？"商言汐说。

"我怎么是无赖呢？你见过这么帅的无赖吗？每笔心理咨询费我可都交清楚了，并且还预付了一年的。院长可交代了让你好好对待我这个高级 VIP 客户的，你如果稍有怠慢，保不准我会向院长打小报告的哦。"这种淡淡坏笑的表情，在一贯以冷酷形象示人的墨离脸上，可真是少见。也只有面对自己心爱的女人，他才会这样吧？

商言汐很无奈，心里在念叨着：我忍忍忍。

有什么办法呢？看在院长的面子上，她只能忍着，小心应付他。在北京，这么好的工作也不是那么好找的，没必要为了跟前任置气，牺牲掉自己的工作吧。

能忍则安。她已经不是以前那个冲动幼稚的商言汐了，经过这么多变故，经过四年的磨炼，她成长、成熟了不少。

毕竟，也二十五岁了，二十五岁是人生一个分水岭，说小也真的不小了。

她也不敢把墨离每天去打扰她工作的事告诉蔚蓝，怕引起蔚蓝的误会。

06

【空白了的时光，只是为了等待一个人将那斑驳的记忆唤回。】

这一天，墨离又来找商言汐进行心理咨询，他进来时，商言汐正在办公室心烦意乱地找一条项链，根本就没注意到他进来了。

"在哪儿呢？在哪儿呢？我记得我每天都放在包里的，昨天还在呢，今天怎么就不见了呢？真是撞鬼了。"商言汐一边着急地翻箱倒柜，一边自言自语。

"是不是在找这个？"墨离如大提琴般悦耳的嗓音突然在商言汐身后响起，吓了她一大跳。

她转过身，看到墨离手上举着一条项链，四叶草形状的吊坠，链身已经被磨得很光滑，色泽有些参差不齐，看着就知道不是新项链了。

"是，就是这条。怎么会在你那里的？"商言汐惊喜地走上去。

"你昨天在办公室翻包的时候不小心掉出来的，我凑巧捡到了。"墨离回答。

"这是我的，你给我吧。"商言汐上前欲夺项链，墨离灵敏地一闪躲，她扑了个空。

"你回答我一个问题，我就把项链还给你。"墨离说。

"你说。"商言汐有点不悦，讨厌这样被要挟，但为了项链，没办法。只能忍着。

"想必你一定还记得，这条四叶草吊坠手工项链，是我亲手设计亲手给你做的，是我们俩在大学交往后我送你的第一件礼物。你现在还留着它，这证明了什么？证明了你还是爱着我的，对不对？"墨离深深地看着她，眼睛里有太多的情意和期待，还有想要洞悉一切的尖锐。

商言汐被最后一句问话钉在了原地，她脸色发白，心跳加速，忽然有点喘不过气来。

这种被人猜透了内心的感觉一点都不好受，尤其是，当她不希望她的内心被看破的时候。

就像被迫脱离海水、暴晒在太阳底下的一尾蓝鲸，煎熬，焦灼，又痛苦。

"没有，我早已经不爱你了。"商言汐沉默挣扎了很久，终于低着头，努力咬牙说出了这么残忍的话。

"这条项链我之所以留着，是因为已经习惯带在了身边，正因为无所留恋，所以不会避讳你以前送我的东西。只有心里还未完全放下的人，才会把前任送的所有礼物都毁掉吧？"她的鼻子会变长的吧？因为她撒谎了。

"你骗我！你骗得了我，骗不了你自己的心！"墨离猛地抓住她瘦削柔弱的双肩，强迫她正视他的眼睛，"我派人调查清楚了，你当年突然去美国，是因为你父亲得胃癌死了，你父亲在遗嘱里把你托付给蔚蓝，说他才是你这辈子最值得依靠的人，所以你就做了孝顺女。你还要瞒我到什么时候？"

"不是的，不是这样的。"她拼命否认，却阻止不了自己的眼泪往外流。

回忆横生，她想起了父亲死后她去美国的真正原因。

四年前，父亲病逝后，小叔商镇平将父亲生前早就准备好了的遗嘱转交给商言汐，遗嘱里有一段内容提到了她的感情问题，那段内容大致是这样的：

言汐，爸爸在你的情感方面想给你一点过来人的建议。

蔚蓝和墨离这两个人，爸爸觉得蔚蓝更适合你。

爸爸从小看着蔚蓝长大，对蔚蓝的人品等方方面面都非常了解，如果你跟蔚蓝在一起，他一定会护你一世周全，免你惊，免你苦，免你四下流离无枝可依。

你的性格爸爸最清楚，你不是那种性格很好的人，你有很多的毛病，你需要找一个温柔的、很包容你、更爱你的人，这样你才会没那么辛苦，爸爸也会更安心。

但墨离，他跟你一样，都是带着满身刺的，你们俩在一起就像两只刺猬拥抱，在温暖了彼此的同时也易扎伤彼此。愈爱愈伤。

我并没有强求你跟蔚蓝在一起，你如果执意要选择墨离，我也不拦你。

我的女儿，祝你幸福，我会在天堂一直好好看着你，庇佑你。

就算没有父亲这番遗嘱，商言汐也会选择放弃墨离，跟蔚蓝去美国，因为墨离的父亲是间接害死自己母亲的凶手，虽然错不在墨离，可这个横跨在他们中间的上一代恩怨和心结，她如何消弭？

商言汐还记得，父亲病逝后，她很长一段时间都无法接受那个残酷的事实。

她悲伤过度，精神出了很严重的问题。

她在父亲死后才发现这个世界上她最爱的人是父亲。

可什么都来不及告诉他。

在很长一段时间内，商言汐什么都做不了，每天流泪发呆精神恍惚，不断地回忆跟父亲在一起的点点滴滴，眼前经常出现有关父亲的幻觉。

小叔安排蔚蓝和她去了美国，让她去美国接受精神治疗。

她治疗了两年才慢慢恢复。

"商言汐，你知道四年前你突然消失后，我是怎么过的吗？"墨离紧紧地抓住她的肩膀，眼睛里是深沉如海的痛。

商言汐摇着头，不说话，只是哭，眼泪在她美丽苍白的脸上闪着湿漉漉的亮光。

心脏像冬天的落日一样，随着墨离下拉的嘴角，惶惶然下坠。

墨离低沉地说："四年前，你突然在学校消失，电话也打不通，我和白润盏、伊娜、张璐瑶、孟荷、琳琅到处找你，大家很着急，还以为你出了什么事，都报警了。后来，你小叔带人来学校宿舍，把你和蔚蓝的行李都收拾走了，给了我们一个解释，说：你跟蔚蓝去美国深造了，可能永远都不会再回来了。"

"你知道当时我听到那句话，是什么感觉吗？就像掉进了冰窖里，从心顶凉到了脚尖，那种天崩地裂的痛苦我一辈子都忘不了。"

"你根本不知道这四年我过的日子有多么煎熬，丧失爱的能力，埋进工作的沙堆，嘴里咀嚼着对你的恨，守着回忆空茫度日。"

"现在，我好不容易盼到你回来了，迎接我的却还是你无休止的拒绝和摇头。你明明还爱着我，为什么要否认？"

墨离抓得她的肩膀好痛，他所有的感情仿佛都化成力气汇聚到了他的两掌之中，商言汐努力挣脱他的钳制，不停地摇着头，拼命后退。

"我不再爱你了，不爱了，你死心吧……"她心虚地喃喃说着，豆大的眼泪一颗接着一颗地掉下来，像是没有拧紧的水龙头。

嘴巴可以撒谎，可她无法忽略自己胸腔里跳动的一阵强过一阵的钝痛感，这是经年累月蛰居在身体里的毒。

看着这样的商言汐，墨离的心脏好像被人"啪啪"打了几枪，流血流脓，痛得无以复加，他忍不住一把将她揽入怀里，冰冷的嘴唇狠狠地吻住了她撒谎的嘴唇。

商言汐流泪挣扎。

墨离却仿佛将她箍进了骨头里，肆意激烈地亲吻着她。

她不知道，他有多渴望她的温暖，她曾经是他最明媚的阳光，独一无二的鲜活，照耀着他融化着他，把他从深深的黑暗里带出来。

这四年里，他没有哪日不在想她，没有哪夜不梦到她。

可她呢？她曾经温暖的嘴唇，为什么会变得这么冰凉？还不停地闪躲。这四年里，他没有变，她却好像变了很多。

他使劲地吻着她，想把她吻热，后来，干脆，疯狂地吞噬着她的双唇。

商言汐怎么挣扎反抗都没用。

他用的力气那么猛烈，似乎想要用全部的感情将她吻成碎片。

他压着她的头，撬开她的嘴，吸吮着她口内所有甜美的汁液。

他的眼睛狂暴疼痛如黑夜里飓风中翻涌咆哮的暗色大海。

他的味道浓郁地包围着她，他似乎想要将她整个人都融进他的身体里去。

商言汐一边推拒，一边哭泣，一边越来越不能思考。

这样的墨离，太疯狂，太危险了。

终于，商言汐下定决心，用力去咬他。

墨离突然感到一阵剧烈的疼痛，血腥冲进了两人的口中。

他"啊"的一声松口，商言汐趁机拼命挣扎出来，躲他躲得远远的。

躲到了离他最远的墙角里。

鲜血从墨离的嘴里流下来，把他的唇滋润得艳若情花，他抬手用力抹了一把，全是触目的红。

"你真是猛，居然把我的舌头咬破了。"墨离怔怔地看着商言汐，感觉又找回了一点四年前她活泼任性的影子。

第十章

二十五岁·迷迭香·半圆

【引言】

每个女生的青春里，

都注定会遇到两个男生。

一个惊艳了你的时光，

一个温柔了你的岁月。

惊艳你时光的人，

他会让你痛不欲生。

温柔你岁月的人，

他会陪你走过平淡流年。

墨离是惊艳言汐时光的那个人。

而蔚蓝，

是温柔她一生岁月的人。

那么，

亲爱的，

你呢？

谁惊艳了你的时光？

谁又温柔了你的岁月？

01

【非伊莫属，爱不另与。】

"墨离，你走吧，我们俩已经回不去了，我离开你的最大原因不是因为蔚蓝，这个原因我原本不想告诉你的，不是什么好事情，可是你执意纠缠，我就只能说了。"商言汐躲在角落里，两手环抱住自己，边说边流泪。

"原因是，我在四年前得知，你父亲当年间接害死了我母亲，你父亲是我母亲的出轨对象，两人约定一起离婚时，你父亲反悔，还是选择了你和你母亲，我母亲冲动之下就跳楼自杀了。"商言汐哭着说。

轰隆，这个消息好像一枚炸弹在墨离的耳朵里爆炸，他惊骇欲绝。

"你有什么证据？"他不敢置信地看着商言汐。

商言汐擦了一把脸上的眼泪，从墙角里虚弱起身，将自己办公桌里一个上了锁的抽屉打开了，把一包当年事件的证据资料摆在他面前。

墨离颤抖着手一页一页地翻着那些资料，帅脸上的表情越来越难看。

他真的怎么都想不到，会有这样的事情，命运真是太诡异了。

他不愿意相信，可是事实摆在面前，他也想起了家里面的很多疑点。

在墨离不到一岁时，父亲为了赚奶粉钱，离开那个贫瘠的小县城，去了长沙打工。

墨离的父亲年轻时是很英俊的，身形俊朗风度翩翩，肌肤被太阳晒成了小麦色，因为常年干力气活身材也很健美，不亚于那些城市里每天泡在健身房里的壮男，是小县城远近闻名的大帅哥，是村里的村草，很多姑娘想嫁给他，而且他的眼睛比山涧里的溪水还清澈，那种大山孕育出的淳朴干净，是很多沾满了欲望和浮躁的城市男人无法相比的，也不知道父亲当年怎么就看中了各方面都一般的母亲。

墨离的好基因有多半都是遗传自父亲。

只是父亲文化低了一点，多半靠力气，没法找到高薪的工作。

自从父亲去长沙打工之后，家里的生活状况有了一点改善，父亲每个月都会带钱回去，基本每周周末都会回家。

在他读小学的那几年，父亲回家次数变得越来越少，给母亲打电话也打得越来越少，母亲总疑神疑鬼地念叨父亲有可能在长沙有女人了，她说外面的女人总是又香又白又温柔，容易勾住汉子的心。但墨离一直不信老实本分的父亲会干出那样的事儿，只觉得是母亲更年期提前到了。

父亲一直在长沙打工打得好好的，在他十岁那年，却突然回村，从此怎么都不愿再出去，说是在外面打工打久了很疲了，想多点时间陪妻儿和照顾家里，另外性格也变得颓丧忧郁，现在一对照资料，那年就是商言汐母亲跳楼自杀的那年啊。

后来，父亲一直对母亲不冷不热的，家里也经常有争吵，母亲总骂父亲变心了，心思已经不在她身上，可是也就骂骂，也拿不出什么证据。母亲是刀子嘴豆腐心，生活依然在这样的吵吵闹闹中过去，墨离的童年也就这样，算不得开心。

大学毕业后，墨离在北京混好了，前两年在北京很好的地段买了套很大的房子，想接父母到北京来长住，但是他们拒绝了，说不习惯北京，太大了，走出去都会迷路，车子又多，担心被车撞，还有雾霾，只适合年轻人奋斗，不适合外地人在那儿养老，还是老家舒服自在。

墨离也没有办法，只能尊重他们的意愿。

墨离每个月都会汇很多钱回去给父母，让他们别再操劳，安心过好晚年，但他们基本不用他的钱，都存着，他们二老闲不住。

去年，父亲在山上砍柴时，不小心坠入山谷，摔得只剩一口气了。

在医院躺了几个月，还是回天无力，临终前，父亲在病床上流着混浊的眼泪对墨离说："这一辈子我过得没有什么出息，养个家都没有养好，你和你妈跟着我没少吃苦，我对不起你，对不起你妈，我还对不起一个人，我最对不起的就是那个人了，那是我一生最大的心病和愧疚……你要照顾好你妈……"

父亲没有说完就咽气了，那些未曾说出口的话，被他永远地带入了天堂。

那个时候墨离太过悲痛，根本没有细想那个父亲口中最对不起的人是谁，现在对照这些资料，他说的人应该就是商言汐的母亲俞沛菡吧？

他没有办法再不相信了。

他一动不动地站在那里，缄默不语。

这间办公室的空气此刻是死水一般的沉寂。

过了很久之后，墨离低低地说："对不起。我代我父亲向你说对不起，向你母亲说对不起，向你父亲说对不起，向你一家说对不起。"

"这句对不起，算是迟来的安慰吗？"商言汐的眼里满是明晃晃的泪，"可是有什么用？我母亲再也不可能复活！我们俩也再回不到过去了！"

"我父亲也死了！"墨离走近她，红着眼大声说，"他去年在山上砍柴时不小心跌入山谷，摔死了。他已经得到了他该有的惩罚，你就不能原谅他吗？"

商言汐震惊，颤抖着苍白的嘴唇，眼泪流得更加凶猛了。

"在某种层面上来说，你母亲和我父亲都没有错，他们只是在错误的时间里相爱了，他们比我们勇敢。"墨离说。

"上一代的恩怨只是上一代的，我和你都是无辜的，为什么无辜的我们要背负上一代的恩怨？"墨离边说，边伸出手去，缓缓地握住了商言汐纤细的双手。

商言汐呆怔着,半天才反应过来,挣开他的双手,转过身,背对着他。

她望着窗外说:"爸爸生前,我很少听他的话,后来他病逝,我追悔莫及。我想好好听一次他的话。他没有逼我选择谁,但他说的真的是对的,跟蔚蓝在一起我会幸福的。"眼泪止不住地往下流,几乎是一个字一滴泪,流串成晶莹剔透的珍珠,顺着白净的下巴滴下来。

"那你为什么哭?你的眼睛和眼泪明明在告诉我,你根本就不爱蔚蓝,你跟他订婚你一点儿都不幸福,你为什么要勉强你自己?"墨离从她身后转到她面前,强迫她面对着他、直视着他,"什么叫错?什么叫对?爱情才是婚姻的最大基础,没有爱情的婚姻只能是坟墓。"

"我跟蔚蓝之间有爱情的,他很爱我,比你都还要爱我,他能给我更多的安全感,而我……迟早也会爱上他的,我在努力,在往爱他的路上行进着。只要有努力的心,一切就都有希望。"商言汐泪眼婆娑地这说着,眼里的凄苦却怎么都抑制不住。

"商言汐,你终于承认了,你还没有爱上蔚蓝。"墨离的眼睛里出现欣喜又庆幸的光芒,"所以,你们之间这种根本就不叫爱情,只是他单恋你,这种单向的感情,无异于飞蛾扑火,你明明知道自己不爱他还跟他订婚,你这是在害他,也是在害你自己,你想把你们两个人都拽入十八层地狱吗?"

"墨离,这是我的事情,不用你管!我和蔚蓝之间有没有爱情,干你屁事!"商言汐大声说,"这个世界上有那么多结婚的人,你敢保证他们每一对都是因为彼此相爱才结婚的吗?没有爱情的婚姻就都注定会死吗?"

"这个世界上有很多种人,有很多种思维,不是人人都跟你想的一样。我现在跟你的想法不一样了,如果老天爷注定让我得不到爱情,那我就不去追求了,我想开了,爱情也不一定是必需品,爱情并非构成婚姻的必要条件,婚姻是一辈子的事情,只要双方合适做一生伴侣就行,在婚姻里，合适也许比爱情更重要。"商言汐说。

"他能给你婚姻，我也可以给你啊。"墨离说着，突然在商言汐面前单膝跪下，从口袋里掏出一个精致的小盒子，"噼啪"的一声打开。

天，里面赫然有一枚硕大的钻戒，漂亮至极，无可挑剔的完美设计，鬼斧神工，精雕细琢，上面镶嵌着密密麻麻的钻石，大的，小的，一下子根本就数不清有多少颗，璀璨夺目，熠熠生辉，聚焦了所有的光，一看就是价值连城，几乎要闪瞎商言汐的眼睛。

"这个求婚戒指我早就准备好了，就想在合适的时候跟你求婚，"墨离单膝跪在地上，举着钻戒，对商言汐深情无限地说，"言汐，我爱你，我离不开你，我不能没有你，这四年我过得太痛苦了，求你不要再折磨我了，也不要再折磨你自己了。跟蔚蓝分手，嫁给我吧。"

面对着单膝下跪满脸真诚的墨离，面对着闪闪发光的求婚钻戒，商言汐的内心受到前所未有的巨大冲击，她捂住自己的嘴，哭得泣不成声。

脑子里一片空白。

内心激动，复杂，而纠结，不知道是幸福还是悲伤。

太阳穴上有突突跳动的声音。

视界里的墨离高大俊美得像神一样，带着无比期待的眼神，时而模糊，时而清晰。

漫长的时光像是一条黑暗潮湿的闷热洞穴。

青春如同悬在头顶上面的点滴瓶，一滴一滴地流逝干净。

而窗外，依然是阳光灿烂的晴朗世界。

"不能……不可以……你放过我吧……"好半天之后，商言汐痛苦地挣扎着，牙关一咬，摇着头，给出断断续续的、无可奈何的、浸满了泪水的答案，然后，把呈献在她眼前的戒指"啪"的一声关上盒盖，抓着墨离的手硬塞回到他的口袋里，紧接着，要扶他起来。

墨离僵在原地，那声"不能"让他的天空彻底坍塌，所有的期待破碎成灰，他的心在泣血，绝望和痛苦袭来，眼泪毫无预兆地流下来。

自己，竟然哭了吗？很可耻，居然又是为同一个女人，掉泪了。

他顺势一扯，将欲扶他起来的商言汐用力地扯进了自己的怀里，然后，重重地吻上了她的嘴唇。

他跪坐在地上，紧紧地抱住她，无比绝望放纵地亲吻着她。

明明爱我，为什么不接受我？为什么要拒绝我的求婚？

商言汐，你好狠心。

我不想放开你，不愿放开你。

你是我的，我的。

只能是我一个人的。

既然你的嘴巴喜欢撒谎，那我只能去逼供你的身体。

你身体的反应不会欺骗我的。

墨离在心里这样狂叫着，嘴唇更加疯狂绵密地亲吻她。

商言汐被吻得喘不过气来。

她本想挣扎，可是她发现自己早已经没有了力气。

还有，她在唇齿间尝到了墨离的眼泪，咸咸的，酸酸的，冰凉，又炽热，绝望，又不甘，带着天地崩塌般深沉的痛苦。

这些眼泪渗入她的灵魂，在她身体里的某一个地方，形成潮湿的真切的痛。

商言汐很清楚，她是爱墨离的，一直都爱，从来没有不爱过，她的心房，除了他，从未有任何人能够入住。

可是，她这一生唯一的爱人，她却把他弄哭了。

心疼，很舍不得。

她颤抖着慢慢环住他，满含着泪承接他的亲吻。

"蔚蓝，原谅我，就让我放纵这最后一次，让我再最后一次贪恋他的爱，跟这段感情告别。"商言汐在心里这样念着。

墨离感受到了她的回应，他太过惊喜，更加热烈深情地亲吻她，仿佛想就这样一直吻下去，吻到地老天荒，吻到海枯石烂，吻到日月换新颜。

可是，他的幻想在下一秒钟就破裂了。

蔚蓝过来找言汐，正好看到了这一幕，他痛不欲生，用力分开他们俩，揪起墨离就打。

"言汐是我的女人，你有什么资格碰她？"蔚蓝前所未有的恼怒和心痛。纵使平日再温文尔雅，此刻也被刺激成了发威的老虎。

"她不是你的女人，她的心里根本就没你，你用一枚破订婚戒指绑着她的身体有什么意义？她爱的是我！"墨离不甘示弱，重重地回击他。

"你放屁！言汐是我在美国教堂光明正大办过订婚仪式的未婚妻！你和她的事情早已经是过去式了，我最鄙视沉溺在过去中不能自拔的男人了！"蔚蓝边说边打。

"办过订婚仪式又怎样？你根本就从未真正得到过她，你唯一能炫耀的，也只有她是你未婚妻这个身份了，这个身份还是靠言汐父亲的帮助才得来的。哦，对了，言汐那枚订婚戒指都被我扔湖里了，你拿什么嘚瑟？"墨离边打边冷笑。

蔚蓝面上一颤："那枚戒指原来是被你扔掉的。墨离，你真的该死！"蔚蓝怒吼着，劈波斩浪的一拳过去。

两个人狠狠地打了一架，硝烟弥漫的，谁也不让谁。

本来这两人就是势均力敌、不分胜负，画面精彩好像热播的功夫片。

商言汐怎么拦都拦不住，这家心理咨询医院的其他人也拦不住。

大家全都看呆了，吓坏了。

两人都打红了眼。

整个办公室闹得鸡飞狗跳的。

02

【爱情是一种暗疾,病根在你心底,但你就是不想治愈它。】

北京协和医院。

人很多,很热闹,喧喧嚷嚷的。

面容疲惫、心力交瘁的商言汐,正在排很长的队挂号,取药。

因为刚才,墨离和蔚蓝的那场架打得旷日持久,激烈非常,两个人都打到挂了彩,都进了这家医院。

墨离和蔚蓝各住一个病房,隔得比较远,当然不能让他们俩住一起,要不然又会打起来。

所幸两人都并无大碍,主要是一些皮外伤,在医院躺几天,多打一些消炎药,留院观察几天,如果没有什么脑震荡之类的,过几天就可以出院。

商言汐把药取完,又回家做饭做菜,还煲了鸡汤,装了两份,放在保温桶里,打算做晚饭给蔚蓝和墨离送去。

她先经过墨离的病房,在病房门口站了一会儿,抓住门把的手最终又放了下来。

她心里想:"还是先去给蔚蓝送饭吧。蔚蓝是我的未婚夫,应该优先他啊。"

于是,她脚步沉重地走向了蔚蓝所在的病房。

她先敲了敲门,门里没反应。

蔚蓝肯定是在生她的气吧?怎么可能不生气,当场抓到自己的未婚妻跟前任在接吻，换作是谁，都会受不了的。

她是个坏女人，坏到连自己都厌恶自己了。

她已经想好了，随便他怎么惩罚她，要打要骂要杀她都可以，哪怕他是要解除婚约，她也不会说半个"不"字的。

她就抱着这样视死如归的心态推门进去了。

结果，她看到了什么？

什么都没看到。

只有雪白的墙壁，被风吹起的窗帘和空荡荡的病床。

病床上的白色棉被没有叠，是松散地铺开来的，有点皱皱的，还有一个角翻折开来了，证明着这个病床上刚刚曾坐了人，下衬的褥子仿佛还带着人体微微的温热的气息，没来得及散去。

病床旁立着的铁架上挂着透明的点滴瓶，瓶里还有大半瓶的液体没打完，可是最当头用来输液的针头却被人拔了，输液管软软地垂落在地上，针头上还粘着白色的胶布，胶布上带着一些红色的血迹。

原本应该坐在病床上输液的病人不知所踪。

"蔚蓝。蔚蓝你去哪儿了？"商言汐慌了。"啪"地把保温桶放在桌子上，到处张望。

然后，她的视线定格在床头柜上，那里有一封信，上面压着一支笔。

她拿起一看，信封上是蔚蓝潇洒漂亮的字迹：言汐亲启。

信封还沉甸甸的，她将手往里一摸，首先摸到了一个冰冷坚硬的东西，拿出一看，整个人都不好了，是一枚华美闪亮的戒指，她认得那枚戒指，是原本一直戴在蔚蓝手上的订婚戒指，跟她被扔湖里的那枚戒指是一对的，戒指上面似乎还残留着蔚蓝的味道。

商言汐的内心涌起一种巨大的不安。

她颤抖着手，哆哆嗦嗦地拿出信纸，展开了那封信。

"言汐：

我无法形容我是怀着怎样的心情写下这封信的。

我知道你爱他，隔了四年你还是没办法忘记他。

我和你青梅竹马，自幼同玩。

还在各自母亲肚子里时就认识了。

李白那句'郎骑竹马来，绕床弄青梅。同居长干里，两小无嫌猜'就是我们两人的写照。

我一直认为，你是我的命中注定和前世今生。

我爱了你二十五年，陪伴了你二十五年。

我自认，我能做的，能给你的，我都给了，可是我依然没有走进你的心。

我才知道，在爱情里，时间的长短并不重要。

有些事，真的不是我足够努力，就能够有结果。

也许，我真的不如他好。

我输了，输得彻彻底底狼狈不堪。

只要他能让你幸福，我成全你们。

你跟他走吧。"

一颗眼泪"啪"地掉落在信纸上，形成一个湿淋淋的圆圈，慢慢晕染开来。

03

【一个人若太具备感情，是会自伤及伤人的。】

蔚蓝一直没回自己的住所，手机号码也换了，哪里都找不到他，他把所有的联系都切断了。

商言汐慌了，蔚蓝的朋友们慌了，蔚蓝的父母也慌了，大家都慌了，蔚蓝从来就没玩过失踪，这一次他一定是绝望了。

大家发动了所有人，但谁都找不到他。

伊娜知道这个消息后发疯了，她声色俱厉地质问商言汐："你为什么不好好待蔚蓝？为什么不好好珍惜他？为什么你要一次一次地伤害他？他到底有哪一点比不上墨离？如果他死了，我要你偿命！"

"对不起，对不起，都是我不好。"商言汐痛哭不止。

蔚蓝失踪的这七天里，商言汐食不知味，夜不能寐，寝食难安。

她已经习惯了这二十五年蔚蓝都在她身边，他突然消失，她感觉被抽掉了赖以生存的氧气，呼吸困难。

她回忆起蔚蓝对她的种种好，她发现他是继爸爸之后对她最好的人。

他温柔，美好，体贴。

他见证了她所有的时光，开心的，不开心的，淘气的，不淘气的。

在她有困难的时候，他一定会出现。

无论她怎么胡闹任性，他都是微笑以待，从不生她的气。

他把她宠爱得像个公主一样。

她自私地享受着他带给她的一切。

原来，蔚蓝是超越爱情的存在。

是比爱情更重要的一种存在。

是于她的生命里不可或缺的一种存在。

"商言汐，你好贪心。"她在心底里咒骂自己。

她发现自己好纠结，这样的纠结只会伤害更多的人，而纠结的源头是由于贪心。

她既想要爱情，又不想失去蔚蓝，更不愿让天上的父亲心存不安。

可是在蔚蓝和墨离之间，她真的只能选一个，她不能太贪心。

她要斩除纠结之丝，做出果断的决定。

04

【当青春逝去的时候，很多东西都会面目全非，但我始终谢谢你，来过我的青春。】

上岛咖啡屋。

气氛安静，像一尾蓝色的丝绸。

屋里的灯光比较暗，舒缓低回的轻音乐酿造了一种浪漫文艺的氛围。

空气中飘荡着浓浓的咖啡香。

店主应该是很细致的人，咖啡屋的墙上挂着手绘油布画，靠边有书架，架上整齐摆着杂志和书，客人无聊时可以拿来翻阅，窗台上放着很多盆五颜六色的鲜花，翠绿色的柔软藤蔓从窗外爬进来。

里面三三两两地坐着几对情侣，或交头接耳，或轻盈浅笑。

墨离这一桌，两杯卡布奇诺摆在桌子上，浓浓的咖啡表面形成一个桃心形，两块甜点上都放着草莓，撒着巧克力酱。如此诱人，但没有人动。

慕筱柔坐在墨离的对面，很漂亮。

白皙的皮肤，精致的妆容，名贵的服饰，大牌的气质，随便一估测，她上上下下一身的行头就超过百万了。

有店员不时地往这边张望。

相对于高中时柔弱青涩的样子，现在的她成熟了很多，时尚了很多，眼睛里也有了很多的东西，比以前好像还更瘦了一些，娱乐圈的味道也非常的明显了。

反着光的蛤蟆镜挂在她的衣领上，她出门就得戴着，怕别人认出来，粉丝和狗仔太多了。

只是刻意擦厚的粉底还是没能掩盖住她的黑眼圈，彰显着主人近段时间的睡眠不好。

是的，她老失眠。

"墨离，好久不见。"她深深地看着这个俊逸冷漠的男子，语气有点动容。

"你有事快点说，我很忙。"墨离冷酷无比，整张脸仿佛是刚从冰窖里拿出来的一般。他并不想见到她，她约了他很多次，他才勉强答应出来这一次。

"墨离，我很想你，我们重新在一起吧。"慕筱柔的眼泪流了出来。

"你开什么玩笑？"墨离皱起眉，脸上的冷酷更多了一层。

"我没有开玩笑，这个决定，我想了很久，"慕筱柔美丽的眼泪噼里啪啦地往下落，跟大珠小珠落玉盘似的，"你相信吗？这么多年，我只爱过你一个人。我很后悔当年跟你分手，我不应该为了梦想和前途放弃我们俩的感情。"

"我现在虽然成功了，但是很不快乐，我以为高处的风景会很美，现在到了高处，发现风景也就那样，而更多的是高处不胜寒。我很孤独，现在根本就没有人会真心对我。我老是想起跟你在一起的年少时光，那么单纯美好、干净透明，没有夹杂一丝的利欲。"慕筱柔越说越难过，眼泪跟决堤了的河水一样，不停地往外涌，看着怪可怜的。

"娱乐圈很复杂，风光都只是表面的，身在这个名利场太累了。我患了抑郁症，最近在吃药。"慕筱柔悲戚无比地说。一边说，一边擦眼泪。

"墨离，我是说真的，我们重新在一起吧，请你原谅我当时的年少不懂事，再给我一次机会。我爱你，一直爱你。"慕筱柔说着，从桌子上缓缓伸出自己漂亮的手，去握住了墨离冰冷修长的手。

墨离冷漠地将自己的手抽了出来。

"对不起。人都应该为自己的选择付出代价，承担后果。如果说你曾经给过我爱情的梦想，那商言汐才是真正给了我爱情启蒙的那个人，我是因为她才学会怎么对一个人好，怎么千方百计地去爱。我现在只爱她，以后也只会爱她，除了她，我已经没办法再爱上其他人。她是我此生最爱。"他说。

"慕筱柔，我和你，也许只是青春懵懂时陪彼此走过一段的过客而已。但我还是要谢谢你，曾经给过我美好，我会把我们之间的所有不快都遗忘，只记着美好的部分。"墨离继续说。

他的每一句话都非常坚定。

慕筱柔捂着嘴，哭泣着，伤心离去。

05

【慢一点，让我再把你想一遍。】

伊娜做了一个疯狂的举动，她全副伪装扮成陌生人，开车撞了墨离的车。

她想，只要墨离死了，那么商言汐就只能选择蔚蓝了，她一定要让蔚蓝幸福。

墨离没有死，他只是受了重伤，失去记忆，忘记了商言汐。

伊娜被警方抓了起来，因涉嫌故意杀人罪判了几年的刑。

她光辉的财经主播生涯就此终止。

蔚蓝在电视上偶然看到这些新闻，匆匆回来了。

他之前失踪，是躲到一个地方独自疗伤去了。

最后，商言汐还是跟蔚蓝结婚了，她没有辜负蔚蓝，她也做了商镇禹的孝顺女儿，但他们俩到底幸不幸福，只有他们俩自己心里清楚。

商言汐记得自己结婚那天，是在极富盛名的度假天堂巴厘岛，斥资几千万的婚礼，豪华风光到不亚于任何一个一线明星的婚礼，她穿着最漂亮的婚纱，收获了很多人的祝福。

绿水青山，万花烂漫，林木参天。

阳光，大海，沙滩，万种风情。

从远到近，从近到远，都是一幅幅的水彩画。

这里的天空总是高高蓝蓝的，偶尔有飞鸟经过，不着痕迹。

阳光泼泼溅溅，太阳花灼灼灿灿，一直开到了云朵里面。

对于巴厘岛来说，"南海乐园""神仙岛"的美誉都不为过，每年来此游览的各国游客络绎不绝。

站在巴厘岛的沙滩边，一眼望去，海水的颜色各不相同。最远处是一片蓝色，中间层为绿色，最近处则是黄色，绚丽缤纷，美不胜收，生动有层次。

商言汐披着洁白的婚纱，像天仙一样亭亭玉立于沙滩上，海风吹起她的头纱，雾般朦胧，蔚蓝亲手给她戴上钻戒，然后拥吻她，在被蔚蓝吻上的那一刻，商言汐流泪了。

别人都以为她是因为太幸福高兴而流下的喜悦之泪，一般结婚新娘子都会流喜泪，只有她自己知道，她是为什么而流泪。

06

【流水里洒落光阴，一路向东，不停留。】

几年后，这座城市竖起一栋被人赞不绝口的恢宏地标建筑，叫"言汐城"。

路过这栋楼的路人们，经常会谈论：

"好漂亮的楼，太高大上了。谁设计的？"

"设计这栋楼的建筑师叫墨离，言汐是他最爱的人的名字，建这栋楼是为了纪念他最爱的人。还有，他的建筑设计事务所名字叫SYX，就是他爱人的名字开头字母，SYX，商言汐。"

"真痴情啊，那他的爱人哪儿去了呢？"

"不知道，可能死了吧。"

商言汐偶然路过，听到这些，看着那栋楼上"言汐城"几个字，眼泪成雨。

她想，他应该早就恢复记忆了吧，但终究，他们只能毫无瓜葛，红尘陌上，独自行走。

图书在版编目（CIP）数据

青春正好，莫言离殇：我是双子座女孩 / 乔雪言著. --
北京：北京联合出版公司，2016.11
ISBN 978-7-5502-8533-0

Ⅰ. ①青… Ⅱ. ①乔… Ⅲ. ①长篇小说－中国－当代
Ⅳ. ①I247.5

中国版本图书馆CIP数据核字 (2016) 第218970号

青春正好，莫言离殇：我是双子座女孩

作　　者：乔雪言
出版统筹：新华先锋
责任编辑：徐秀琴
特约监制：黎　靖
特约编辑：黎　靖
版式设计：徐　倩
封面设计：王　鑫
营销统筹：章艳芬
封面绘图：吴　莹　黄小玉

北京联合出版公司出版
（北京市西城区德外大街83号楼9层 100088）
北京雁林吉兆印刷有限公司　新华书店经销
字数132千字　620毫米×889毫米　1/16　16印张
2016年11月第1版　2016年11月第1次印刷
ISBN 978-7-5502-8533-0
定价：36.00元